Uwe Goeritz

Im Feuersturm

Grete Minde

Bibliografische Information der Deutschen Nationalbibliothek:
Die Deutsche Nationalbibliothek verzeichnet diese Publikation in der Deutschen Nationalbibliografie; detaillierte bibliografische Daten sind im Internet über http://dnb.dnb.de abrufbar.

© 2019 Uwe Goeritz

Coverbild: Marion Jana Goeritz

Covergestaltung: Uwe Goeritz

Herstellung und Verlag: BoD – Books on Demand, Norderstedt

ISBN: 978-3-7481-2078-0

Inhaltsverzeichnis

Im Feuersturm - Grete Minde

Vor genau vierhundert Jahren starb eine junge Frau in den Flammen eines Scheiterhaufens. Wie viele andere, die in dieser Zeit wegen Hexerei angeklagt waren, so war auch sie unschuldig. Doch noch lange Zeit später glaubten die Menschen, dass sie den großen Stadtbrand von Tangermünde verursacht haben sollte. Was hat zu ihrer Verurteilung geführt und wie hat sie gelebt?

Diese Geschichte versucht eine Rekonstruktion und Richtigstellung der Ereignisse des Jahres 1619 anhand von Vergleichen zum Leben von anderen Menschen dieser Zeit und den erhalten gebliebenen Überlieferungen zum Leben der Margarete von Minden oder kurz: Grete Minde.

Ein Teil der handelnden Figuren ist frei erfunden, um die Zusammenhänge zu verdeutlichen. Die historischen Bezüge sind jedoch durch archäologische Ausgrabungen, Dokumente, Sagen und Überlieferungen belegt.

Erinnerungen

S ie saß mit dem Rücken gegen die buckelige Wand gelehnt und hatte die Beine weit von sich gestreckt. Es war ein kleines Kellerloch, worin sie sich befand und das Rathaus ruhte mit seinem steinernen Bau über ihrer Zelle. Noch war es dunkel, so dass sie noch nicht mal ihre Hand vor Augen sehen konnte. Sie versuchte sich anders hinzusetzen, doch ein Schmerz durchzuckte sie und sie hörte mitten in der Bewegung auf. Nur so konnte sie einigermaßen Schmerzfrei sitzen. Darum rutschte sie wieder zurück in die vorherige Position. Vor vielen Tagen hatte die Folter geendet, doch ihr geschundener Körper hatte noch immer nicht die Kraft gefunden, sich davon wieder zu erholen.

Wie lange war sie schon hier unten? Es schien ihr ewig her zu sein, dass sie die Sonne zuletzt gesehen hatte, und doch war es noch keine neun Wochen her, dass sie noch unbehelligt vor diesem Rathaus Kräuter verkauft hatte. Hätte sie noch Tränen gehabt, dann wären diese nun sicher in ihre Augen getreten, doch Grete hatte keine Tränen mehr. Diese letzten Wochen waren einfach nur furchtbar gewesen und immer noch fragte sie sich, warum sie eigentlich hier unten war, aber das Urteil des Gerichtes war eindeutig gewesen. Vor ein paar Tagen hatte man sie zum Tode auf dem Scheiterhaufen verurteilt und damit würden heute wohl diese Woche und gleichzeitig auch ihr Leben enden. Ihr Mann und dessen Kumpan waren schon vor einigen Tagen diesen Weg gegangen. Nur sie hatte man aufgehoben für ein besonderes Schauspiel, das der Rat seinen Bürgern bieten wollte. Es war ein grausames Urteil gewesen.

Eine Rettung konnte es nicht mehr geben. Entschieden war entschieden. Vielleicht konnte sie wenigstens die Gnade eines schnellen Todes finden. Aber auch so würden nun die Schmerzen enden, die die Befragungen nach sich gezogen hatten. Alles tat ihr weh und sie versuchte Kraft zu finden, für die letzten paar Schritte, die sie in ihrem Leben noch machen musste. Sie wollte den Männern nicht die Genugtuung überlassen, sie gebrochen zu sehen.

Grete war ihr ganzes Leben eine starke Frau gewesen. Nicht so körperlich stark, sondern mehr in ihrem Willen und vielleicht hatte auch dies sie hierher gebracht. Der erste Strahl der Sonne fiel durch das kleine Loch am oberen Zellenrand. Der letzte Tag begann. Es war Freitag und seit einem Tag war Frühling, aber sie würde wohl kaum noch die Blumen des neuen Jahres sehen können.

Die Wache ging vor ihrer Zelle entlang und schob ihr einen Teller mit trockenem Brot und einen Krug Bier in den Raum. Dann sagte der Mann „Heute wirst du sterben!", doch das hatte sie auch so schon gewusst. Mühsam ging sie die zwei Schritte und schob sich das Brot in den Mund. Sie spülte es mit dem Bier herunter und kroch zurück in ihre Ecke. Nach einer Weile betrat der Pfarrer die Zelle und kniete sich neben sie. Zusammen beteten sie und dann fragte er sie, im Aufstehen, „Hast du noch einen letzten Wunsch?" Grete überlegte „Eigentlich habe ich zwei!", antwortete sie und sah, wie der Mann die Augenbrauen hochzog. Bevor er jedoch etwas sagen konnte, setzte sie schnell hinzu „Ich würde mich gern waschen und meinen Sohn noch einmal in den Arm nehmen!"

Der Pfarrer nickte und entgegnete „Das lässt sich sicher einrichten.", dann ging er und die Wache verschloss die Zelle. Grete

11

lächelte, als sie an ihr Kind dachte. Seit einer Woche, nach der Verkündung des Urteils, hatte sie ihn nicht mehr gestillt und die Brust tat ihr weh.

Bei dem Gedanken an das Kind kam plötzlich die Erinnerung zurück. Ihre Gedanken flogen zurück zu jenem Tag, an dem ihre eigene Kindheit geendet hatte. An dem vermutlich begonnen hatte, was nun, an diesem Tage, enden musste.

1. Kapitel

Schmetterlingsflügel

Margarete lief durch die Wiese und suchte ein paar schöne Blumen, die sie der Mutter mitbringen wollte. Die langen schwarzen Haare flogen hinter ihr her und immer wieder bückte sie sich, um eine der Wiesenblumen zu pflücken. Dann flocht sie diese in einen Kranz und eilte zur nächsten Blume. Seit einer Woche ging es der Mutter nicht mehr so gut. Sie hustete fast ununterbrochen in der zugigen Hütte. Das Mädchen stoppte kurz, weil ein Schmetterling ihren Weg kreuzte und sie sah ihm hinterher. Das Gras kitzelte ihre nackten Füße, aber Schuhe konnte sie sich nicht leisten. Jetzt im Sommer war das auch egal, es war warm hier. Die Wiese schien endlos, aber an der Seite konnte sie das Stadttor und die daneben befindliche Mauer sehen. Die Kirchenglocken von St. Stephan riefen die volle Stunde aus und Margarete setzte sich im Schatten eines Baumes vor das Tor, um den Kranz zu Ende zu flechten.

Noch war sie ein Kind, schlank in der Gestalt und kaum von jemanden beachtet. Immer wieder dachte sie an die Mutter und daran, dass ihr Onkel bisher erfolgreich verhindert hatte, dass sie in dem schönen Haus wohnen durften. Schon vor langer Zeit, Margarete konnte sich nicht daran erinnern, wann es gewesen war, waren sie in diese Stadt gezogen. Immer wieder hatte die Mutter ihr von ihrem Vater erzählt, den sie niemals kennengelernt hatte. Peter von Minden war aus der Stadt geflohen, nachdem er einen Bürger bei einer Prügelei erschlagen hatte. Daraufhin war er als Landsknecht unterwegs gewesen und hatte ihre Mutter geheiratet. Nachdem der Vater aber wenig später gestorben war, war die Mutter mit ihr, der Not gehorchend, in diese Stadt gezogen.

Tangermünde war eine wohlhabende Stadt. Sie gehörte der Hanse an und lag an der Kreuzung zwischen der Elbe und einer Straße, die in einer Furt über den breiten Fluss führte. Dieser Schnittpunkt hatte die Bürger reich gemacht und einer der Reichsten war ihr Onkel. Doch Margarete sah nur das Haus von außen und von seinem Reichtum bekam sie auch nur durch den Streit der Mutter mit dem Onkel etwas mit. Jeden Abend klagte die Frau über das Unrecht, was ihr hier widerfuhr und sicher war es dieser Streit, der ihr die Lebenskraft entzog. Doch was sollte die Frau machen? Ohne Mann, mit dem Kind an ihrer Seite, konnte sie auch schlecht durch das Land ziehen und um vor der Kirche zu betteln, dazu war sie zu stolz. In der Mutter brannte das Feuer des Südens und ein bisschen auch in ihr. Dazu kam natürlich auch das Aussehen, was sie von ihrer Mutter geerbt hatte.

Zwar war sie mit ihren zwölf Jahren noch flach wie ein Brett, aber das schwarze Haar, die dunklen Augen und ihr südländisches Aussehen hoben sich so ganz von dem aller anderen hier ab. Wenn sie nur ein bisschen so wie ihr Vater ausgesehen hätte, so wäre es sicher nicht so schwierig für die Mutter gewesen, das Erbteil einzufordern. Aber sie war eben so, wie sicher ein dutzend ihre Ahnen vor ihr. Dazu kam dann auch noch, dass das Schriftstück, das die Eheschließung der Eltern und ihre Taufe bekräftigte, verloren gegangen war. Und so hatte sie noch nicht mal ihren Namen behalten können. War sie noch auf den Namen Margarete von Minden getauft worden und hatte damit vor einem Jahr auch die Firmung erhalten, trotz Widerspruch ihres Onkels, so hieß sie nun einfach Grete Minde. Nur die Mutter rief sie noch Margarete.

Endlich war der Kranz fertig, als von der Seite jemand nach ihr rief. Sie drehte ihren Kopf und erkannte ihren Freund Jacob, der gerade fünfzehn geworden war und der in der Nachbarhütte lebte. Er lief wild winkend auf sie zu und Grete erhob sich. Völlig außer

Atem stand er schon wenig später vor ihr. „Ich habe dich schon überall gesucht", sagte er hastig und setzte hinzu „Komm. Schnell! Mit deiner Mutter geht es zu Ende!" „Was ist?", rief Grete entsetzt und rannte los. Nun hatte Jacob Mühe, hinter ihr herzu kommen. Die Wachen am Tor kannten die beiden Kinder und ließen sie einfach hindurch Sausen. Sie hätten sie vermutlich auch nicht zu fassen bekommen, so flink und gewandt wie das Mädchen lief.

Grete rannte durch die ganze Stadt bis zum anderen Ende, wo im Schatten der Stadtmauer die kleine Hütte lag. Bis dahin musste sie auch an der Burg und dem Haus des Onkels vorbei. Doch sie würdigte dieses prachtvolle Anwesen keines Blickes. Es wäre dem Onkel sicher ein Leichtes gewesen, die 300 Gulden zu zahlen, die ihre Mutter gefordert hatte. Doch nicht einen davon hatten sie erhalten. Was würde nun werden? Ihre Mutter war doch der einzige Mensch, der sich um sie sorgte! Wo sollte sie hin? Betteln? An der Hüttentür hatte sie Jacob eingeholt und gemeinsam betraten sie den halbdunklen Raum. Die Nachbarin saß am Bett der Mutter. „Was ist mit ihr?", fragte Grete und hoffte, dass sich Jacob geirrt hatte. Doch die Nachbarin schüttelte nur den Kopf.

„Komm zu mir mein Kind", sagte die Mutter schwach und hob ihre Hand. Am Morgen, als Grete das Haus verlassen hatte, da war es ihr doch noch gut gegangen. Offensichtlich hatte Jacob recht behalten, denn der Pfarrer trat unmittelbar hinter ihr in die Hütte, um der sterbenden Frau die Sakramente zu spenden. „Ich habe doch aber einen Kranz für dich!", sagte Grete, als der Gottesmann endlich gegangen war. Sie drückte der Mutter das Blumengesteck in die Hand. Die Frau lächelte schwach und roch an den Blüten. Dann fiel ihre Hand auf das Lager zurück und Grete warf sich über die Mutter „Bitte! Bitte bleib bei mir!" schluchzte sie, doch die Mutter konnte sie nicht mehr hören.

Das Mädchen lag noch über dem Leib der Mutter, als ein paar Männer in die Hütte kamen, um die Hülle zu holen, die den Geist der Mutter beherbergt hatte. Traurig und weinend lief Grete hinter ihnen her. Der Weg war nicht weit. In Sichtweite der Hütte hatten die Männer auf dem Friedhof eine Grube ausgehoben. Am Rande des Friedhofes! Praktisch auf dem Weg. Dort, wo die Mutter vermutlich nach Auffassung des Onkels hingehörte. Sicher hatte er auch für die Beerdigung bezahlt. Aber kein Pfarrer hielt eine Predigt am offenen Grab. Grete sah auf den Blumenkranz in ihrer Hand und legte ihn auf den toten Körper, dann verschlossen die Männer das Grab.

Ein Schmetterling flog an Grete vorbei. Mit Tränen in den Augen sah sie ihm nach. Was sollte werden? Als die Dämmerung einsetzte schlurfte sie die paar Schritte zurück zu der Hütte und fiel in das Bett. Ihre Tränen durchweichten die Decke.

Nun war sie zwölf Jahre alt und völlig alleine auf der Welt! Was würde der kommende Tag bringen?

2. Kapitel

Bruderliebe

einrich saß bei seinem ausgiebigen Mahl, welches er jeden Abend zu sich zu nehmen pflegte. Er war gut gelaunt, denn alle seine Probleme hatten sich in Luft aufgelöst. Die Frau, mit der er sich all die Jahre gestritten hatte, war nun endlich unter der Erde. Natürlich hatte er gewusst, dass das Kind der Frau die Tochter seines Bruders gewesen war. Schon ein einziges Gespräch hatte ihm damals genügt, um dies zu erkennen. Aber er hatte es immer wieder abgestritten. Schließlich wollte er sein Erbe nicht mit solch einer dahergelaufenen Dirne teilen müssen. Wäre sie zusammen mit seinem Bruder zurückgekommen, dann wäre natürlich alles anders gewesen. Aber zum Glück war dies nicht passiert und auch der Trauschein war verschwunden gewesen. Selbst der vor Rat vorgeschriebene Vergleich mit der Frau war nun nichts mehr wert, denn mit einer Toten konnte man ja keinen Vergleich mehr schließen.

Natürlich hätte es ihm nichts ausgemacht, die 300 Gulden zu zahlen. Aber es wäre ein Eingeständnis gewesen, dass Grete doch die Tochter seines Bruders war. Das war nun nicht mehr zu beweisen! Die einzige Frau, die die Wahrheit kannte, lag nun auf dem Friedhof. Was das Mädchen anbetraf, so würde die Zeit alles klären. Sie würde sicher den nächsten Winter nicht überleben. Oder sich irgendwohin wenden, wo sie betteln oder stehlen konnte und Gottes Gerechtigkeit würde dann schon für den Rest sorgen. War sie erst mal aus der Stadt, so würde in ein paar Tagen niemand auch nur einen Gedanken daran verschwenden. „Bring mir noch Wein!", rief er nach der Magd und diese eilte mit dem Krug zu ihm.

Als sie ihm einschenken wollte, zog er sie auf seinen Schoß. Die strampelnde Maid blieb dort aber nicht lang und er lachte ihr hinterher. Er liebte dieses Leben! Sein Großvater war hier noch als Oberförster umhergestreift. Alter, aber verarmter Adel. Doch durch eine günstige Fügung und etwas Geschick hatte es sein Vater zu einem beachtlichen Vermögen gebracht. Dass dabei auch die ein oder andere Münze unter der Hand in die Säckchen der Verantwortlichen geflossen war, das war sicherlich so manchem klar gewesen. Nur beweisen konnte man es niemanden. Und genauso war es eine günstige Fügung gewesen, dass sein Bruder diesen Mann im Streit erschlagen hatte. Eine simple Wirtshausschlägerei im Rausch. Es wäre mit ein paar Münzen sicherlich sofort aus der Welt zu schaffen gewesen, aber er hatte dem Bruder geraten, für eine Weile unterzutauchen.

Heinrich sah in den roten Wein, der in sich in dem Kristallglas befand. Die Farbe des Blutes! Wieder dachte er an den Bruder, der in der Fremde gestorben war. Hatte er das bezwecken wollen? Er konnte es nicht sagen, aber es war wohl so gekommen, wie es hatte kommen müssen. Genüsslich setzte er das Glas an den Mund, das Getränk lief seine Kehle herunter und der Geist des Weines vernebelte langsam seinen Kopf. Es war schon spät am Abend und draußen hatte sich schon die Dunkelheit über die Stadt gelegt. In den Butzenglasscheiben spiegelte er sich selbst. Und mit einem Male verzog sich das Bild und wandelte sich vor seinen Augen zum Abbild von Peter. War der Geist des Bruders gekommen, um sein Recht einzufordern? Heinrich schüttelte den Kopf, doch das Bild blieb! Welches Recht konnte ein Toter schon bekommen? Gar keines! Es war sein Geld! Nur er hatte durch die günstige Fügung und etwas Glück den Reichtum des Vaters gemehrt. Warum sollte er ihn mit irgendjemanden teilen?

Wutentbrannt nahm er den Kelch und schleuderte ihn dem Bruder entgegen. „Verschwinde!", schrie er hinterher und das Glasgefäß durchschlug das Fenster. Der Spiegel zerbrach und damit löste sich auch das Bild des Bruders vor ihm auf. Die Magd kam gelaufen, als sie das splitternde Geräusch gehört hatte. An der Tür schreckte sie zurück und er brüllte sie an „Bring mir mehr Wein!", doch das faule Weibsstück zögerte, seinen Wunsch zu erfüllen. Wo war er den hier? Und vor allem, wer war er, dass sie es wagen konnte, sich seinem Willen zu widersetzen! Er versuchte sich aus dem Sessel zu erheben, doch der Wein war wohl schon zu viel gewesen, denn er schaffte es nicht. Nach drei Versuchen brach er die Bemühungen schließlich ab.

„Bring mir Wein oder du lebst ab morgen bei den Schweinen!", schrie er die junge Frau erneut an, doch die blieb einfach wie angewurzelt dort an der Tür stehen. Heinrich sah sich nach etwas zum Werfen um, aber er konnte sitzend nichts erreichen und der Kelch war schon fort. Im Moment fühlte er sich so, wie wohl sein Bruder Peter sich damals in der Schänke gefühlt hatte. Bei dem Gedanken an den Bruder war er mit einem Schlage wieder nüchtern. Heinrich sah zum zerstörten Fenster und sagte leise „Du glaubst wohl, dass ich dir gleiche, mein lieber Bruder? Ich bin besser als du!" Er schüttelte den Geist ab, der seine Sinne vernebelt hatte und stand auf. Nun ging das sofort und ohne Problem. Zwar schwankte er etwas, als er neben dem Tisch stand, aber er hatte sich wieder im Griff. „Lass das reparieren!", fuhr er die Magd an, die sich schnell, nach einer tiefen Verbeugung und den Worten „Sehr wohl. Gnädiger Herr.", von ihm entfernte.

Als er in der Tür stand sah er den dunklen Flur. Er blickte zurück zum Tisch, auf dem ein Licht stand und dann nach vorn. Sollte er die Kerze holen? Wieder rief er die Magd, die aus der Küche auftauchte. „Bringe mir ein Licht!", verlangte er und hielt sich am

Türrahmen fest. Wenig später kam die Magd mit einem Kerzen-
leuchter zu ihm, aber war es wirklich so eine gute Idee, schwankend mit einer brennenden Kerze durch das hölzerne Haus zu laufen? Er konnte eigentlich kaum noch stehen. Der Wein war wiederum in seine Beine gelaufen. Trotzdem fuhr er die Magd an „Her
mit dem Licht!", doch die Frau hielt es fest und begann ihn am
Arm zu führen. Das machte ihn nun erst recht wütend. War er
denn ein alter Mann? Er war in seinen besten Jahren und strotzte
nur so vor Manneskraft und das wollte er nun auch der Magd beweisen.

Jedoch blieb es bei dem Versuch. Die Magd war schnell und
der Wein hatte ihn langsam gemacht. Nur ein Griff in das Kleid
gelang ihm, dann ließ er sich von ihr führen, so hatte er seine Hand
um ihrer Hüfte und war damit seinem Ziel um einiges näher. Die
Frau ließ es zu und schon wenig später war er in seinem Schlaf-
gemach, wo seine Frau schon schlief. „Hilf mir bei meinen Klei-
dern.", sagte er noch, dann setzte sie ihn im Bett ab.

Geschickt zog sie ihn aus und es schien nicht das erste Mal zu
sein, dass sie einen Mann auszog. Zu schnell waren ihre Handgrif-
fe. Einem Kuss wich sie dann aber aus und kurz darauf lag er im
Bett. Im Dunkeln tauchte sein Bruder wieder auf. Höhnisch lachte
Peter ihm in sein Gesicht. Dann verschwand er und Heinrich
schlief seinen Rausch aus.

3. Kapitel

Freundesbande

Er mochte dieses Mädchen. Soweit es sich zurückerinnern konnte, war sie in der Nachbarshütte gewesen. Oft hatten sie zusammen gespielt und nun war sie alleine auf der Welt. Der plötzliche Tod von Gretes Mutter hatte auch ihn betroffen gemacht. Im Moment schätzte er sich glücklich, dass er noch Mutter und Vater hatte, doch seine Freundin, für die er wie ein Bruder fühlte, war nun mit Zwölf schon Waise. Obwohl sie ja Verwandtschaft hatte, würde sich von denen sicher niemand um das Mädchen kümmern. Er hätte es gern getan, aber er konnte nicht. Dafür war er noch ein paar Jahre zu jung. Und sie natürlich auch. Selbstverständlich sah er den gleichaltrigen Mädchen hinterher und träumte auch in mancher Nacht von diesen. Aber bei Grete war das anders. Wenn sie im Sommer in der Elbe badeten oder danach über die Wiesen liefen, dann waren sie Freunde.

Doch nun wurde diese Freundschaft auf eine harte Probe gestellt. Was konnte er tun, um es der Freundin etwas leichter zu machen, hier weiter leben zu können? Schließlich wollte er sie ja nicht verlieren! Sollte er zu ihrem Onkel gehen und ein gutes Wort für sie einlegen? Was würde das wohl nutzen? Das Wort eines armen Jungen! Nicht viel! Bisher hatte sich Heinrich von Minden nicht um sie gekümmert, obwohl es überall in der Stadt ein offenes Geheimnis war, dass der Rat ihn dazu verpflichtet hatte, sich mit seiner Schwägerin zu einigen. Nur das diese jetzt unter der Erde war. Eigentlich war es schon ein Wunder gewesen, dass dieser Richtspruch überhaupt gefallen war, denn der Mann saß ja selbst im Rat und war einer der reichsten und damit einflussreichsten Patrizier in der Stadt. Vielleicht aber auch einer der Geizigsten?

21

Denn was hätte es ihm schon ausgemacht, die geforderte Summe zu zahlen?

Wie konnte der hartherzige Mann umgestimmt werden? Doch nur, wenn er durch Grete einen Vorteil sehen konnte. Nur durch Geld, dass er mit ihr verdienen konnte! Sie würde sich bei ihm als Magd verdingen müssen, damit konnte sie dann vielleicht in Tangermünde bleiben. Würde sich der Mann darauf einlassen? Oder wenn sie bei einer anderen Familie als Magd begann? Zwar würden sie sich dann nicht mehr so oft sehen können, aber sie wäre ihm immer noch nahe. Jacob nahm sich vor, am nächsten Morgen mit der Mutter zu reden. Die Frau wusste einfach alles in der Stadt und konnte jedem mit allem einen Dienst erweisen. Schon oft hatte sie Gretes Mutter geholfen, wenn diese eine Arbeit gesucht hatte. Zwar war meist nur kurzzeitig etwas zu finden, aber es hatte für das Überleben gereicht.

Im Sommer bei einem der Bauern auf dem Feld und im Winter in einer der Lagerscheunen der Patrizier. Vielleicht war das auch etwas für Grete? Alles, nur nicht in irgendein Kloster! Den dann würde er die Freundin nie wieder zu Gesicht bekommen und im Moment war das Mädchen dem Kloster näher, als dem Weg in das Haus eines reichen Bürgers. Sie war eine Waise, ohne Fürsprecher und der Onkel hatte seine Hand drohend über ihr. Vielleicht machte er sich gerade dieselben Gedanken? Wenn er Grete in ein Kloster brachte, dann war er sie und die Gerüchte los.

Doch das durfte Jacob nicht zulassen! Die ganze Nacht wälzte er sich auf dem Strohsack hin und her. Warum sollte er bis zum nächsten Tag warten? Am liebsten hätte er die Mutter schon jetzt bestürmt, um sofort für Grete eine Anstellung zu finden.

Endlich konnte er hören, wie sich die Mutter von ihrem Lager erhob. Noch war es dunkel, aber sicher würde in ein paar Augenblicken der Hahn vor der Hütte den Beginn des neuen Tages verkünden. Und noch bevor die Mutter die Hütte verlassen konnte, war er schon aufgesprungen und zu ihr gelaufen. Vier Schritte die er die ganze Nacht in Gedanken immer und immer wieder gemacht hatte. Vier Worte, die er sich die ganze Nacht überlegt hatte „Du musst Grete helfen!" Noch konnte er nicht sehen, wie die Mutter ihn gerade ansah. Es war einfach viel zu dunkel hier drin. Der Junge sah nur die Umrisse der fülligen Frau vor sich. Alle anderen ruhten noch ein paar Augenblicke, aber er brauchte eine Antwort und er brauchte sie jetzt!

Mit dem Spruch „Lass mich doch erst mal auf die Latrine gehen!", versuchte die Mutter ihn abzuwimmeln, doch Jacob hatte viel zu lange gewartet, als dass er sich nun einfach abschütteln ließ. Da sich die Frau aber an ihm vorbei ins Freie drängelte, folgte er ihr zu der Stelle zwischen den Hütten, wo der Baumstamm quer über die kleine Grube gezogen war. Der erste Sonnenstrahl beleuchtete die Situation, die nicht einer gewissen Komik entbehrte. Die Frau saß auf dem Balken, Jacob hörte es plätschern und versuchte aus ihr eine Aussage herauszubekommen. „Ich überlege mir was!", sagte die Mutter entnervt, um ihn endlich loszubekommen und ihr Geschäft in Ruhe zu vollenden.

Jacob verstand, dass dies wohl im Moment das Einzige war, was er erreichen konnte. Doch die Mutter würde Wort halten. Daher nickte er dankbar und ging zur Seite, wo die Hütte von Grete stand. Vielleicht war die Freundin auch schon wach. Die Tür stand offen und so trat er in den dunklen Durchgang und flüsterte „Grete?" ein leises „Ja." war aus der Dunkelheit zu hören und dann tauchte die Freundin mit verheulten Augen aus der Hütte auf. Offensichtlich hatte auch sie nicht geschlafen. Die langen Haare waren wild durcheinander und sie trug nur das Unterkleid, in welchem sie geschlafen hatte. Schnell erklärte er ihr seine Idee, doch dafür, dass sie ein Erfolg werden würde, dafür musste sich Grete noch etwas herausputzen. Wenn sie sich so vorstellen würde, würde sie nicht mal als Aschenmagd in einem Haus arbeiten dürfen. Zusammen liefen sie den altbekannten und wohlvertrauten Weg zur Elbe hinunter, wo sie sich beide im flachen Wasser wuschen. Es war noch niemand unterwegs, der sie hätte sehen können und selbst wenn, was wäre schon dabei gewesen? Ein Junge und ein Mädchen, im Unterkleid, bis zur Hüfte im kalten Wasser des Flusses.

Schon oft hatten sie so gestanden, doch die sonst übliche Fröhlichkeit des Mädchens fehlte. Verständlicherweise, wenn man die Trauer des Vortages berücksichtigte. Dann setzte sie sich auf einen der Steine am Flussufer und ließ sich von ihm die Zöpfe flechten. Das war zwar keine Arbeit für einen Mann, aber für sie tat er es gern.

Kurz darauf liefen sie zur Hütte zurück, wo die Mutter sie in Empfang nahm. Ihr Blick sagte nichts Gutes aus. Was sollte das bedeuten?

4. Kapitel

Kind oder Frau?

D as Donnerwetter von Frau Emmert, der Nachbarin, hatte Grete völlig unvorbereitet getroffen. Was hatte die Frau nur? „Glaubst du, dass ich dich irgendwo unterbringen kann, wenn du dich herumtreibst wie eine Hure?", fuhr sie das Mädchen an und Grete sah an sich herunter. Es war doch aber alles so, wie sonst auch. Was war denn diesmal anders? Schon oft war sie mit Jacob und den anderen Kindern im Fluss gewesen. „Aber ich habe doch nur...", brachte sie zögerlich heraus und wurde sofort zum Schweigen gebracht. „Bis gestern war deine Mutter für dich verantwortlich. Nun bist du es selbst. Und wenn ich etwas für dich tun soll, dann halte dich daran, dass du nun eine Magd bist!" Sie sah Jacob an, der neben ihr ebenfalls schwieg und zu Boden sah.

Sicherlich hatte die Frau recht mit ihrer Aussage. Gerade eben war sie alleine mit Jacob am Fluss gewesen, im Unterkleid und er in Unterwäsche. Als Kind war das, bis zum Tage zuvor, kein Problem gewesen. Doch nun war Grete erwachsen! Jacobs jüngerer Bruder Martin schaute verschlafen aus der Hütte. Das frühe Schimpfen hatte ihn aufmerksam gemacht, doch Frau Emmert fuhr herum und scheuchte ihn zurück in die Hütte. Danach blaffte sie Grete an „Zieh dir dein schönstes Kleid an. Wir müssen dann los!" Schnell lief das Mädchen zur Seite, froh aus dem Bereich der dicken Frau zu kommen. In der Hütte war es nun etwas heller. Die Sonne fiel durch die offene Tür herein und beleuchtete den kargen Innenraum der Behausung.

Bis gerade eben hatte sie sich um sich selbst noch keine Gedanken gemacht. Vermutlich musste sie nun umdenken. Die Kind-

25

heit war zu Ende. Nun war sie eine Frau! Auch, wenn das im Moment noch komisch klang. Doch durch den Tod der Mutter war sie nun mal auf sich alleine gestellt und da gehörte ihr Ruf dazu. Kein guter Ruf: keine Ehre. Keine Ehre: Kummer und Not! Hatte sie dasselbe nicht all die Jahre bei ihrer Mutter gesehen? Zwar hatte diese sie beschützt und von allem abzuschirmen versucht, doch trotzdem waren die Gerüchte nicht abgerissen. Zu oft hatte Grete das Tuscheln hinter dem Rücken der Mutter gehört. Ihr besonderes Aussehen hatte es ihr nicht leichter gemacht.

Und nun stand sie hier und sah sich in dem Raum um. Das Mädchen hatte das Aussehen ihrer Mutter geerbt und in ein paar Jahren würde sie sich mit denselben Anschuldigungen herumschlagen müssen. Ein paar Augenblicke des Badens hatten schon gereicht, dass Frau Emmert sie so angefahren hatte. Die Frau hatte „schönstes Kleid" gesagt und da blieb nur eines übrig. Das, welches sie sonntags immer zur Kirche anzog und welches sie schon bei der Firmung getragen hatte. Die Mutter hatte es immer wieder abgeändert, sodass es ihr immer noch passte. Schnell schlüpfte sie hinein und zog die Bänder am Halse zusammen. Den kleinen Rosenkranz mit dem Kreuz daran, welches den wertvollste Schatz der Mutter dargestellt hatte, legte sich Grete in den Beutel an ihrem Gürtel. So war die Mutter bei ihr.

Danach verdeckte die Kappe ihr Haar, das Jacob zu den beiden Zöpfen geflochten hatte und die sie nun darunter verbarg. Mit einer Handbewegung kontrollierte sie, ob noch irgendwo eine Haarsträhne hervorsah. Dann sah sie auf ihre Füße. Das Kleid ging ihr bis zur Hälfte der Unterschenkel und unten sahen ihre nackten Füße hervor. In der Kirche hatte sie immer zu den Frauen geschaut, die solch schöne Schuhe hatten. Nur im Winter trug sie Holzpantoffel und hatte dann ihre Füße darin mit Lappen gegen die Kälte umwickelt. Sollte sie die Holzschuhe heute anziehen? Ohne die

26

Lappen wären diese sicher zu groß. „Jacob?", flüsterte sie und hoffte, dass der Freund in der Nähe war.

Fast sofort vernahm sie sein leises „Ja?", dann steckte der Freund vorsichtig seinen Kopf in die Hütte. Sie bückte sich und hob die Schuhe auf „Soll ich die anziehen?", fragte sie und hielt ihm die Holzschuhe hin. Jacob nickte und verschwand schnell wieder. Sicher war er froh, wenn ihn die Mutter nicht erwischte. Grete schlüpfte in die Schuhe und machte zwei Schritte. Es war nicht einfach, aufrecht zu bleiben, aber konnte sie ohne Schuhe gehen? Bis zum Tage zuvor waren solche Fragen noch vollkommen nebensächlich gewesen. Nun waren sie wichtig.

Noch fühlte sie sich nicht als Frau, aber sie war es schon. Eine Nacht hatte sie erwachsen werden lassen. Ein letztes Mal sah sie sich um. Wenn sie als Magd in einem Hause beschäftigt werden würde, dann würde sie dort sicher auch leben müssen. Das Mädchen fuhr mit der Hand über das Kreuz in ihrem Beutel. Die Mutter hatte, durch sie, nie als Magd arbeiten können. Wer nahm schon eine Magd mit Kind? Mit zwei Schritten verließ sie die Hütte und trat in das Sonnenlicht auf dem Weg. Dort stand schon Frau Emmert und sah sie prüfend an. Die dicke Frau lief einmal um sie herum und betrachtete jedes Detail an ihrer Kleidung. Natürlich waren ihr auch die viel zu großen Schuhe aufgefallen, aber sie sagte nichts dazu. Sorgfältig zupfte sie die Kleidung zurecht. Sie sah sich Gretes Hände an und nickte stumm.

Dann sagte sie nur noch „Denke immer daran: deine Ehre ist das Wichtigste! Lebe keuch und so, wie es einem wahren Christenmenschen geziemt." „Ja! Frau Emmert. Das werde ich tun!", pflichtete sie der Frau bei und strich sich die weiße Schürze glatt, die das Zeichen ihre Unberührtheit war. Dann brachen sie auf. Sie gingen an der Burg vorbei und passierten das Hünerdorfer Stadttor. Dort blieb Frau Emmert kurz stehen, um mit den Wachsoldaten zu sprechen. Grete stand einfach nur dabei und fühlte sich irgendwie verloren. Der neueste Klatsch und Tratsch wurde ausgetauscht und wenig später ging es weiter. An der großen Kirche vorbei bis zu einem der Patrizierhäuser, so einem, wie es auch ihr Onkel besaß. Nur das seines noch viel pompöser und prächtiger aussah.

Die Frau klopfte an einem Seiteneingang und eine ältere Frau schaute heraus. „Hallo Regina. Ich habe gehört, ihr sucht noch eine Magd?", fragte Frau Emmert die andere Frau. Diese nickte und antwortete „Da hast du recht Constanze. Aber es ist schwere Arbeit.", dabei sah sie abschätzend zu Grete herüber. Sollte sie etwas antworten? Vorsichtig sah sie zu Frau Emmert hinauf und noch bevor sie etwas fragen konnte, antwortete diese „Grete kann das ganz sicher!", schon waren sie im Haus und betraten eine Küche.

5. Kapitel

Im Wein liegt Wahrheit?

Sie war nun sechzehn und damit heiratsfähig. Aber ihre Mutter hatte für Minna etwas anderes vorgehabt. Gerade war diese Stelle in dem Hause der reichsten Patrizierfamilie Tangermündes frei geworden und daher diente nun Minna hier. Zusammen mit vier anderen Frauen wohnte sie unter dem Dach in einer Kammer, so wie sicher hunderte andere Mägde in der Stadt ebenfalls. Bereits in den ersten Tagen hatte sie begriffen, dass sie sich wie ein Geist durch das Haus bewegen musste. Nicht auffallen, nichts sagen und die Ohren vor allem verschließen, was die Herrschaft redete. Nur so konnte man die Stelle eine längere Zeit innehaben. Ihre Vorgängerin hatte dem Herrn nicht schnell genug seinen Wein gebracht und war daraufhin nun als Bauersmagd tätig, denn keiner der anderen Herren wollte sie danach noch einstellen. Wer wollte schon eine Magd, die den Wunsch des Hausherrn nicht befolgte?

Formal war sie der Mamsell unterstellt, der ältesten Magd im Hause. Aber natürlich hatte auch jeder andere ihr etwas zu sagen. Schließlich war sie ja die jüngste der Mägde. Dann kam es, wie es kommen musste. Der Herr hatte wieder einmal „seinen" Abend. Jeder im Haus wusste, dass er sich dann in das Kontorszimmer setzte und dort reichlich dem Wein zusprach. Und da keine der anderen Mägde riskieren wollte, am nächsten Tag nicht mehr im Hause beschäftigt zu sein, war es wohl nur zu klar gewesen, das Minna den Auftrag bekam, den Herrn mit Wein zu versorgen. Würde damit dieser Tag auch schon ihr letzter sein? Es blieb ihr nur übrig, den Wein bereits vorher bereitzustellen und auf die Wünsche des Mannes zu warten.

Allerdings war da auch noch eine zweite Angst in ihr. An diesem Abend war sie dann praktisch mit dem Mann alleine! Alle anderen würden sich schon im Vorhinein in ihre Kammern zurückziehen. Das hatte ihr zumindest die Mamsell am Morgen des Tages in der Küche gesagt. Wie konnte sie da auf ihre Ehre und Unschuld achten und sich nicht, wie es die Mutter so schön umschrieb, „die Blume zu früh pflücken lassen"? Wie konnte man einen betrunkenen Mann auf Abstand halten, selbst wenn dieser die weitere Existenz in seinen Händen hielt?

Eigentlich gab es da nur eine Möglichkeit: sie musste ihm den Wein so schnell bringen, dass er schon nach wenigen Bechern nicht mehr in der Lage sein würde, ihr in irgendeiner Form gefährlich zu werden. Und damit dies gelingen konnte, besorgte sich Minna schon mal einen großen Vorrat des roten Getränkes.

Der Abend kam über das Haus und der erwartete Ruf nach dem Wein ließ nicht lange auf sich warten. Becher um Becher brachte Minna ihm das gewünschte Getränk. Nach einer Stunde war der erste Krug alle und der zweite begann sich zu leeren. Wie lange konnte der Mann in diesem Tempo weitermachen? Minna hatte nur vier Krüge in der Küche stehen, da sie davon ausgegangen war, dass ein einzelner Mann sicher keine acht Kannen trinken konnte. Jeder Krug enthielt ja das Maß zweier Kannen. Der dritte Krug näherte sich seinem Ende und Minna schüttelte zweifelnd den Kopf. Dieser Mann vertrug eine ganze Menge. Sollte sie noch einmal schnell in den Keller eilen, um zwei weitere Krüge zu holen? Doch dazu hatte sie keine Zeit. Sie musste ja ständig von der Küche zum Kontorszimmer und zurück laufen.

Endlich nahm die Geschwindigkeit ab, mit der er trank. Nun stand Minna hinter ihm in dem Raum und wartete auf die weiteren

Anweisungen. Im Spiegel des Fensters sah sie, wie der Mann im Rausch des Weines vor sich hin starrte. Mit unsicherer Hand hielt der Herr ihr den Becher hin und sie goss nach. Dann sah er wieder zum Fenster und murmelte etwas vor sich hin.

Minna stand so nah, dass sie es hören musste. Er sagte „Peter. Warum hast du mir das angetan? Was soll ich mit deiner Tochter machen?" Minna stutzte. Redete er gerade von Grete? Und dann setzte der Mann fort „Du bist ja schon unter der Erde und deine Frau ist dir gefolgt. Das Mädchen wird dir sicher auch bald folgen." Minna trat zurück zur Tür. Hatte der Mann gerade zugegeben, dass er der Onkel von Grete war? Es klang zumindest so, aber im nüchternen Zustand würde er dies sicher abstreiten und Minna war als Magd zum Schweigen verpflichtete. Hatte der Wein gerade die Wahrheit über das schändliche Tun des Mannes an die Öffentlichkeit gebracht? Schließlich tuschelte jeder in der Stadt darüber und auch die Mutter hatte ihr von ihm und Grete erzählt. Der Herr erhob sich und kam auf sie zu. Schwankend blieb er vor ihr stehen und sah ihr in die Augen. Minna wich weiter zurück und er hatte Mühe, auf den Beinen zu bleiben.

Plötzlich sah Minna in den Augen des Mannes etwas aufblitzen, was ihr Angst machte. Vor Schreck ließ sie den leeren Krug fallen, der auf dem Fußboden in hunderte Teile zerbrach. Dann hatte der Mann seine Hände um ihren Hals geschlossen und sie kämpfte darum, wieder Luft zu bekommen. „Du hast mich belauscht du Metze!", lallte der Mann und drückte sie rückwärts. Minna kämpfte weiter um Luft, wagte aber nicht, ihre Hand gegen den Herren zu erheben. Schwankend drückte er sie weiter nach hinten, dann verlor sie das Gleichgewicht und stürzte die Treppe hinab. Etwas knackste in ihrem Rücken und sie sah von unten, wie der Herr in sein Schlafzimmer wankte.

Mühsam erhob sich Minna und versuchte sich aufzusetzen, aber die Schmerzen in ihrem Unterleib waren einfach zu groß. Tränen schossen ihr in die Augen und sie hielt sich den Bauch. Dann erschien oben an der Treppe die Mamsell im Unterkleid. Die ältere Frau lief die Treppe herab und beugte sich über Minna. „Was ist passiert?", fragte die Mamsell und Minna log „Ich bin auf der Treppe ausgerutscht und gefallen." Mühsam schleppte sich Minna, auf die Mamsell gestützt, in ihr Zimmer unter dem Dach. Dort stellte sie fest, dass sie auch aus ihrem Unterleib blutete. Mit einem Lappen versuchte sie diese Blutung zu stillen, was ihr nach einer ganzen Weile auch gelang.

Müde, erschöpft und unter Schmerzen schlief sie dann endlich ein. Immer die Angst in ihrem Kopf, dass der Herr sie am nächsten Tag aus dem Hause werfen würde. Sie dachte auch an Grete, um die es ja bei der Auseinandersetzung gegangen war. Doch die Kleine durfte niemals etwas davon erfahren. Der Herr würde sie beide dafür töten. Als Minna am nächsten Tag erwachte, konnte sich der Herr an nichts mehr erinnern. Die Schmerzen waren etwas erträglicher geworden und sie arbeitete schnell weiter. Der nächste Weinabend warf aber schon seine Schatten voraus. Eine Woche noch, dann würde es wieder losgehen!

6. Kapitel

Mägdeleben

Seit einer Woche arbeitete Grete nun schon in dem Hause. Die Aussage von Regina war nicht untertrieben gewesen. Dies war wirklich harte und schwere Arbeit! Schon früh am Morgen kniete Grete im Flur und schrubbte die Holzfußböden. Noch vor dem Aufwachen der Herrschaft, denn da musste schon alles wieder trocken sein. Dann arbeitete sie in der Küche und auch da war es nicht viel leichter. Sie musste Wasser schleppen. Asche fortbringen und auch sonst schwer arbeiten. Schon am ersten Abend hatte sie ihre Arme nicht mehr gespürt. Mit der einsetzenden Dämmerung war sie in dem kleinen Raum unter dem Dach auf ihren Strohsack gefallen und auf der Stelle eingeschlafen. Es hatte auch sein Gutes: sie hatte keine Zeit zur Trauer um die Mutter!

Mit Regina hätte sie es nicht besser treffen können. Die alte, fast weißhaarige Frau war wie eine Großmutter zu ihr. Natürlich konnte sie ihr keine Arbeit abnehmen und genau genommen hatte Grete diese Stelle als Magd auch nur bekommen, weil Regina so alt und gebrechlich war. Die Frau konnte sich nicht mehr bücken und auch das schwere Tragen war ihr kaum noch möglich. Die Arbeit all der Jahre hatte ihren Rücken schwer zu schaffen gemacht. Damit aß sie eigentlich hier nur noch ihr Gnadenbrot. Die Arbeit hing somit allein an Grete. Ein junges Mädchen und eine alte Frau führten den Haushalt, der in anderen, etwa gleichgroßen, Häusern von vier oder mehr Mägden geführt wurde.

Die Herrschaft ignorierte sie. Das Mädchen war für die Herren nichts weiter als ein notwendiges Möbelstück. Ersetzbar, wichtig, aber nicht wirklich von Wert. Und genauso wurde sie auch von der

Herrin behandelt. Sie wurde einfach übersehen und wenn sie nicht schnell zur Seite sprang, dann wurde sie einfach aus dem Weg gestoßen. Zweimal war ihr das in der Woche passiert und ein paar blaue Flecken zeugten noch von dem Aufprall. So lief eben ihre Woche von Sonnenaufgang bis Sonnenuntergang dahin. Selten mal mit einer kurzen Pause.

Doch die Arbeit hatte auch ihr Gutes: das Mädchen hatte, statt Lohn, neue Schuhe bekommen. Diese hütete sie nun wie einen Schatz. Noch nie hatte sie Schuhe aus Leder besessen. Es waren gewöhnliche Schuhe mit Bändern daran zum zuschnürenden, aber für die zwölfjährige waren sie etwas Besonderes. Sechs Tage schwere Arbeit für ein Paar Schuhe! Einzig der siebente Tag, der Sonntag, war für Grete frei gewesen. Nach dem Gottesdienst in der Stephanskirche hatte ihr Regina freigegeben und sie hatte nicht gewusst, was sie mit der Zeit anfangen sollte.

Schließlich fiel ihr der Freund wieder ein. Daher lief sie nach dem Kirchgang sofort wieder zurück in das Haus, verwahrte ihre Schuhe und hängte das gute Kleid an den Haken in dem schmuck-losen Raum, den sie zusammen mit Regina bewohnte. Dann hatte sie sich, barfuß und mit dem Arbeitskleid, auf den Weg zur Elbe hinunter gemacht.

Dorthin hätte sie zwei Wege gehabt: über das Elbtor direkt zur Elbe hinunter oder durch das Hünerdorfer Tor hindurch, wobei sie zu ihrem Freund Jacob kommen konnte, der dort ja noch in der Hütte wohnte. Allerdings musste sie dann auch an der Hütte der Mutter und dem Haus des Onkels vorbei und das würde beides vielleicht die alten Wunden wieder aufreißen. Also war sie durch das Elbtor hinunter zur Mündung der Tanger, eines kleinen Ge-wässers, gelaufen. Sie hoffte, dass der Freund am Sonntagnachmittag dort sein würde. Schließlich war es Sommer und die Elbwiesen waren ihr Spielplatz in all den Jahren gewesen. Am Ufer sitzend spürte sie nun wieder die Arbeit der Woche so richtig in sich.

Nachdem sie sich erst einmal dort hingesetzt hatte, kam sie nicht mehr auf die Beine. Damit würde sie sich ausruhen oder auf Jacob warten müssen. Und so lange konnte es ja auch nicht dauern, bis er erscheinen würde. Das Mädchen saß einfach in der Sonne, mit den Füßen in der Elbe, und sah den Schiffen zu, die von Hamburg in den kleinen Hafen kamen. Ihre Mutter hatte ihr gesagt, dass auch sie einst mit einem dieser Flussschiffe hierhergekommen waren. Grete musste daran denken, wie Jacob mal ein kleines Boot geschnitzt hatte, dass sie dann gemeinsam in den Fluss gesetzt hatten. Schnell hatte es die Strömung damals erfasst und mit sich genommen. Vielleicht war es nun schon in Hamburg oder sogar in Brügge, wo sie geboren worden war. Manchmal hatte die Mutter von der Stadt geschwärmt und vielleicht sollte Grete dorthin gehen. Schuhe hatte sie ja nun.

Einige Kinder kamen den Weg herunter. Die ganz kleinen streiften sich ihre Sachen ab und liefen nackt in den kleinen Bach, der hier in die Elbe mündete. Auch die Größeren kamen nun und sie sah bei ihnen auch Jacob. Er redete mit einem älteren Mädchen, das fast so alt war, wie er selbst. Dies mit anzusehen gab Grete einen Stich in ihr Herz. So schnell hatte der Freund sie offenbar schon vergessen! Das durfte doch nicht wahr sein! Neidisch sah sie das andere Mädchen an. Sie war bestimmt fünfzehn, fraulich geformt und nach ihrer Kleidung arbeitete sie auch als Magd. Offensichtlich war sie nun genauso erwachsen, wie Grete. „Jacob!", rief sie zu dem Freund hinüber, der sie noch gar nicht wahrgenommen hatte. Der Junge sah zu ihr, winkte und setzte sein Gespräch fort.

Dann kamen sie beide zu ihr und setzten sich an das Ufer. „Das ist Minna. Sie arbeitet seit einer Woche bei den von Minden", sagte er und Grete verzog das Gesicht. Auch das noch! Wollte er sie nun wirklich wieder daran erinnern? „Schön", sagte Grete und sah demonstrativ an ihm vorbei zum Wasser hinaus. Am liebsten wäre sie jetzt aufgestanden und in das Wasser hinein gegangen, sie hätte auch Jacob fragen können, ob er ihr helfen würde, aber mit Minna, die nun neben ihr saß, traute sie sich nicht zu fragen. Die ältere Magd hätte sie sicher ausgelacht.

Also blieb sie einfach so, mit angezogenen Knien, dort sitzen. Trotzdem hörte sie zu, was Jacob erzählte. Er sagte, dass er schon bald bei einem Kufner in die Lehre gehen würde. Dort würde er lernen, wie man Fässer machte. Grete stützte ihren Kopf in die Hände. Dabei dachte sie nach. Jungen konnten so viele Berufe bekommen. Es gab alleine in Tangermünde dutzende verschiedene Zünfte. Tischler, Bäcker, Metzger, Kaufleute und was sonst noch alles. Bei Mädchen gab es eigentlich nur drei Möglichkeiten. Hausfrau, Magd oder Händlerin.

Plötzlich lief die schöne Ursula durch ihren Blick und Grete sah zu ihr auf. „Vier Möglichkeiten!", fuhr es durch ihren Kopf, als die junge Frau vor ihr das offene Haar nach hinten warf. Aber war das eine Option? Das Lager mit den Männern für Geld teilen? Sie bemerkte, dass Jacob aufgehört hatte zu erzählen und sah ihn an. Auch er sah zu der wohlgeformten Frau auf, daher schubste sie den Freund an und auf einmal mussten beide lachen. Minna sah nun etwas überrascht zu ihnen, denn sie wusste ja nicht, worüber die beiden lachten. Doch die wussten es gerade auch nicht. Die Kindheit kam noch einmal für ein paar Augenblicke zurück, bevor alle drei wieder erwachsen wurden. Für einen kurzen Moment der Freude liefen alle drei in das Wasser und von den Schmerzen ließ sich Grete nichts anmerken.

7. Kapitel

Zwei Seiten einer Münze

er Herr schien zwei Gesichter zu haben. War er die meiste Zeit normal und manchmal sogar freundlich zu seinen Mägden, so konnte das im betrunkenen Zustand sofort umschlagen. Natürlich war er der Herr und wenn Minna „Freundlich" dachte, so hieß das natürlich nicht, dass er mit ihnen wie mit seinesgleichen redete und auch nicht diesen Umgang pflegte, den Minna bei Empfängen von ihm sah. Jedoch behandelte er sie gut und an manchen Tagen erhielt sie sogar mal eine kleine Münze extra. Doch so wie diese Münze eben zwei Seiten hatte, so hatte auch der Herr zwei Gesichter. Wenn er genug Wein getrunken hatte, so ließ er die Maske fallen und war jähzornig und aggressiv. Und in diesen Momenten war sie immer mit ihm alleine!

Die Gewalt des ersten Abends hatte ihr gezeigt, dass sie nur seine Wünsche erfüllen und dann schnell wieder verschwinden musste. Immer außerhalb seiner Reichweite bleiben! Der Schmerz des Treppensturzes hatte ihr noch ein paar Wochen im Unterleib gesteckt und war dann irgendwann abgeklungen. Aber die Angst war geblieben. Manchmal brachte der Herr nun auch andere Mitglieder des Rates mit in das Haus und da ging es dann zwar genauso hoch her, aber es wurde dann nicht ganz so viel getrunken. Dafür musste Minna dann einfach öfters die Treppe vom Weinkeller nach oben im Dunkeln laufen. An solchen Abenden blieb es selten bei weniger wie zehn Krügen.

Dabei wurden dann die Unterhaltungen auch nicht sonderlich leise geführt und Minna konnte viel von dem hören, was da so zwischen den Männern besprochen wurde. Doch sie wusste, dass, wenn sie nur einen einzigen Ton davon verriet, sie den nächsten

Tag wohl nicht mehr erleben würde. Der Herr hätte sicher kein Problem damit gehabt, sie wiederum die Treppe hinabzustoßen. Diesen kleinen „Unfall" würde sie dann wohl kaum ohne gebrochenes Genick überstehen. Das hatte sie schon am ersten Abend in seinen Augen gesehen.

Eigentlich blieb nur die Frage in ihr zurück, welches Gesicht wohl sein wahres war? Das, welches er jeden Tag zeigte? Oder das, was sichtbar wurde, wenn der Wein die Maske vor ihn zur Seite zog?

Von Grete hatte sie erfahren, dass deren Vater wohl damals aus der Stadt verbannt worden war, weil er im Rausch des Weines einen Mann erschlagen hatte. Wenn sie ihren Herrn so an den Abenden sah, wenn er an ihr vorbei zu seinem Zimmer wankte, so konnte sie in seinem Gesicht genau diesen Zorn sehen, der wohl damals zu dieser Tat geführt hatte und da wollte sie ihm lieber nicht im Wege stehen. Und trotzdem musste sie dann in seiner Nähe sein, um mit der Kerze zu leuchten, denn dem Manne wollte sie das Licht nicht in die Hand geben. Wenn er es unbedacht fallen ließ, so wären sie alle in dem Hause des Todes gewesen. Jedes Mal war sie froh, wenn der Mann an ihr vorbei war und sie sich nach der Verbeugung wieder aufrichten konnte. Das bisschen Aufräumen danach war schon fast ein Kinderspiel und schnell gemacht. Da hatte sie ja auch dann keine Angst mehr.

So waren Sommer und Herbst dahin gegangenen und schließlich fiel der Schnee. Nun war jeder gut dran, der eine Arbeit im Hause hatte. Zwar waren nicht alle Zimmer geheizt, aber die Küche war immer der wärmste Platz im Hause. Vom Fenster aus konnte Minna auf das weiße Tuch hinausschauen, das alles unter sich bedeckt hatte. Ein kleines Stück der Elbe war auch zu sehen und vielleicht fror in diesem Winter der Fluss auch wieder zu. Dann würde man in diesem Jahr auch wieder mit Schlittschuhen auf dem Eis laufen können. Das hatte ihr als Kind immer einen solchen Spaß gemacht.

Der einzige große Nachteil des Winters war, dass es nun früher Dunkel wurde und damit die Abende des Weins bei dem Herrn viel eher begannen. Da sich der Herr an zwei dieser Abende Gäste einlud, war es dabei für Minna ziemlich ungefährlich. An den beiden anderen Abenden aber war sie jedes Mal auf dem Sprung, um sich in Sicherheit zu bringen.

Und gerade bei einem dieser Abende geschah es nun. Minna war einen Moment abgelenkt gewesen und so hatte der Herr sie zu packen bekommen. Er hatte auch erst einen Becher getrunken, sodass er noch im Vollbesitz seiner Kräfte war und sie damit gar keine Chance hatte, dem kräftigen Mann zu entkommen. Zappelnd versuchte sie es trotzdem, doch er zischte ihr nur ins Ohr „Halte endlich still, oder willst du ab morgen Schweine hüten?" Für den Bruchteil eines Augenblickes konnte sie abwägen, was ihr wohl wichtiger war. Ihre Ehre oder dieser Platz im warmen Haus. Hatte sie wirklich eine Wahl? Wenn sie sich widersetzen würde, so würde der Herr sie sicherlich wieder die Treppe hinunterwerfen. Und diesmal war er noch fast nüchtern, sodass sie den Wurf sicher nicht überleben würde. Also nahm sie mit zusammengebissenen Zähnen hin, was nun nicht mehr abwendbar war.

Mit schnellen und geübten Griffen schob er ihr Kleid und Unterkleid nach oben. Das tat er mit nur einer Hand, während er sie mit der anderen um die Hüfte herum festhielt. Dann zog er sie fester auf seinen Schoß. Minna vermied jeden Ton, während sich der Herr schnaufend an ihr verging. Mit Tränen in den Augen nahm sie den Schmerz hin, biss die Zähne zusammen und hielt still, bis er von ihr abließ und fordern den Becher hinhielt. Während sie Wein aus der Küche holte, schloss er sich die Hose. Der Rest des Abends ging dahin, als ob nichts passiert war. Aber die Schande steckte tief in ihr drin und sie weinte sich später lautlos in den Schlaf. Niemanden durfte sie etwas sagen, mit keinem konnte sie darüber reden. Das war das Schwerste an der ganzen Situation. Immer wieder kamen die Bilder hoch und sie schreckte mehrmals in dieser Nacht aus dem Schlaf. Auch der Schmerz ließ nur langsam nach.

Am folgenden Morgen gab ihr der Herr einen Silbergulden und sie betrachtete das glänzende Geldstück. War das der Gegenwert ihrer Unschuld? Oder ein Lohn für ihr Schweigen? Noch nie hatte sie einen solchen Schatz besessen. Unschlüssig drehte sie die Münze in ihren Fingern. Doch dann fiel ihr Ursula ein. Wenn sie dieses Geldstück behielt, dann war sie wie diese Frau. Dann hatte sie sich einem Mann für Geld hingegeben! Allerdings konnte sie dieses Stück Silber auch nicht zurückweisen. Der Herr würde ihr dafür zürnen! Also beschloss Minna die Münze beim nächsten Gottesdienst in den Opferstock der Kirche zu werfen und damit um Vergebung ihrer Sünden zu bitten. Sorgfältig verwahrte sie den Schatz bis dahin in dem kleinen Beutel an ihrem Gürtel.

Wichtiger war aber die Frage, ob der Herr sie nun in Ruhe ließ. Jetzt, wo er ihre „Blume" gepflückt hatte. Das blieb abzuwarten.

8. Kapitel

Wintergedanken

ie dunkle Jahreszeit war eine Zeit der Gedanken. Schon immer hatte es Heinrich verstanden, in diesem Zeitraum die Planung für das folgende Jahr vorzunehmen. Was konnte man in diesen Tagen auch schon anderes tun? Er war der Meinung, dass ihm gerade diese Zeit der Vorbereitung half. In Ruhe konnte er sich überlegen, mit wem er welchen Handel abschließen konnte. Wenn draußen Schnee und Eis die Wege unpassierbar machten und der Fluss zufror, dann konnte ein Kaufmann sowieso nichts machen. Einzig der Abschluss des alten Jahres war da noch nötig. Zusammenrechnen, was er ausgegeben und was er eingenommen hatte. Auch in diesem Jahr war er sehr erfolgreich gewesen. Manche Münze hatte er aber durch Geschick verdient und nicht so durch seinen Handel. Es war schon gut, wen man im Rat der Stadt war. Da taten sich manchmal Dinge auf, bei denen man nur zuschnappen musste.

Am Fenster seines gut geheizten Kontorszimmer saß er und sah hinaus. Eine Sache bereitete ihm aber Kopfschmerzen. Dieses kleine Mädchen, Grete, war immer noch in der Stadt. Sie war bei einem alten Mann in den Dienst getreten und arbeitete dort als Magd. Dieser eine Mann war so fast der Einzige, der sich von ihm nichts sagen ließ. Es war zum verrückt werden! Bei allen anderen hatte er vorgesorgt, sodass das Mädchen entweder die Stadt verlassen oder in der zugigen Hütte erfrieren oder verhungern musste. Und sie ergriff die einzige Möglichkeit, durch die sie in der Stadt bleiben konnte! Dort war sie seinem Zugriff entzogen und blieb ein ewiger Dorn in seiner Wunde. Nicht so sehr das Erbe, das er ihr vielleicht in ein paar Jahren auszahlen musste, war das, was ihn ärgerte, sondern die Tatsache, dass sie noch hier lebte.

Durch ihre Anwesenheit erinnerte sie ihn, und den Rat, immer wieder daran, dass Heinrich nicht Wort gehalten hatte. Er hatte ihrer Mutter nicht das versprochene Pflichtteil ausgezahlt. Allerdings ging es schon lange nicht mehr um das bisschen Geld. Er hatte vor dem Rat geschworen, dass Grete nicht die Tochter seines Bruders sein konnte. Stellte sich nun aber, durch die Auszahlung des Erbteiles, heraus, dass er dabei gelogen hatte, so war sein Ruf ruiniert. Und ohne guten Ruf war ein Kaufmann nichts mehr wert.

Die Menschen in der Stadt würden ihm keinen Hering mehr abkaufen, selbst wenn sie alle Hungers sterben müssten. Heinrich schlug mit der Faust auf den Tisch und rief nach der Magd. Es war zwar noch zu früh für den Wein, aber heute musste es eben mal etwas früher sein.

Geräuschvoll klappte er das Abrechnungsbuch zu, als die Magd in das Zimmer kam und sich vor ihm verbeugte. Demonstrativ hielt er ihr den noch leeren Becher hin, der immer in seiner Nähe stand. Die Magd lief nach draußen und kam auch fast sofort mit dem Krug zurück. Wieder sah er in die rote Oberfläche des Weines. Wenn man so wollte, dann hatte ihm dieses Getränk viel Glück gebracht. Hätte sein Bruder damals nicht zu viel davon getrunken, dann würde jeder der beiden Brüder jetzt vielleicht nicht da sein, wo er gerade war. Peter war immer der Liebling des Vaters gewesen und vielleicht hätte der Vater ja dann den Bruder zu seinem Nachfolger bestimmt. Auch wenn dieser eigentlich der Jüngere war und ihm, Heinrich, das Erbe zustand. Doch durch eine glückliche Fügung und etwas von diesem köstlichen Getränk hatten sich die Dinge für ihn gut entwickelt.

Der Vater war vor Gram gestorben und Heinrich hatte das Kontor übernommen. Nach seinen Wünschen und Vorstellungen hatte er es neu ausgerichtet. Dadurch war er jetzt einer der reichsten Patrizier hier. In den Momenten, wenn er da so an seinen Großvater, den Förster, dachte, dann war der Weg bis hierher nicht immer klar und gerade gewesen. Manche Schleichwege hatte er nehmen müssen und so manche Untat blieb lieber im Dunkel der Zeit verborgen. Und all das wurde durch dieses kleine Mädchen zur Gefahr. Wenn nur ein Zipfelchen des sorgsam darüber gedeckten Tuches gelüftet würde, so könnte vielleicht einer darunter sehen und etwas erspähen, was zu gefährlich für Heinrich war.

War es Zeit, neue Allianzen zu schmieden? Es konnte jedenfalls nichts schaden. Sicherlich wäre es nicht schlecht, sich wieder das Wohlwollen von Kaspar Helmreich, dem Bürgermeister der Stadt, zu sichern. Zwar war dieser ein guter Freund und ihm auch schon beim Streit mit Gretes Mutter hilfreich gewesen, aber man konnte nie zu vorsichtig sein. Freundschaften wollten gepflegt sein. Und da es noch nicht dunkel war, ließ er einen der Diener loslaufen, um den Freund einzuladen. Dieser war, in dieser Jahreszeit, einem Becher guten Weins sicher ebenfalls nicht abgeneigt. Heinrich hatte richtig vermutet, denn der Freund traf schon wenig später ein und nun musste die Magd einen neuen Krug mit dem besten Wein aus dem Keller holen. Dann verbannte er die Frau aus dem Raum, indem er ihr auftrug, für ein kleines Festmahl zu sorgen.

Mittlerweile kannte er sie gut, sodass er wusste, dass sie jeden seiner Wünsche widerspruchslos sofort ausführen würde. Schon wenig später roch es in dem Hause nach gebratenem Fleisch und die beiden Männer waren im vertrauten Gespräch vertieft, aus welchem sie die Magd nur von Zeit zu Zeit herausriss, während sie den Wein nachschenkte. Allerdings vermied es Heinrich an diesem Abend über Grete zu sprechen. Es blieb bei belanglosen Gesprächen und beim Wein, bis das gebratene Huhn endlich auf den

Tisch kam. Zu zweit ließen sie es sich schmecken und stießen immer weiter an. Dann dachte Heinrich nach, womit er wohl dem Bürgermeister eine weitere kleine Freude machen konnte.

In seinen Gedanken ging er sein Lager durch und überlegte, was er ihm wohl schenken konnte. Vielleicht einen wertvollen Stoff? Ein kostbares Geschmeide? Doch das Geschenk sollte nun auch nicht wieder zu auffällig sein. Der Mann war seinem Amte loyal. Seinem Freund aber eben auch. Da galt es gut abzuwägen. Ein gutes Essen, ein guter Wein, sonst irgendetwas, was das Leben im Winter angenehm machte?

Ein Pelz vielleicht? Heinrich dachte an den Zobel, dessen Fell er im Lager hatte. Er winkte die Magd zu sich, damit sie seinen Gehilfen holen konnte. Dieser brachte wenig später das kostbare Geschenk. Heinrich sah, wie der Bürgermeister mit den Fingern durch das dichte Fell fuhr und wusste, dass es genau das richtige Präsent gewesen war. Ein toter Zobel gegen ein lebendes Mädchen. Ein noch lebendes Mädchen! Aber am liebsten hätte er auch Grete das Fell über die Ohren gezogen. Kam der richtige Zeitpunkt, so würde auch die Lösung des Problems kommen.

9. Kapitel

Ein weiter Weg

ie Lehrzeit hatte ihn am Fluss entlang nach Süden geführt. Den Winter hatte er in Magdeburg bei einem Meister gearbeitet und nun überlegte er, ob er weiter nach Süden ziehen sollte. Tiefer ins sächsische Gebiet hinein? Doch er war ja noch gar kein Geselle. Sein Handwerk musste er erst noch richtig erlernen. Nur schweren Herzens hatte er die Heimatstadt verlassen und alle Verbindungen hinter sich abgebrochen. Eigentlich war diese Variante der Lehre ein schlauer Kunstgriff, den ihm sein Meister in Tangermünde mitgegeben hatte. Er konnte seine Lehre in Magdeburg machen und dort all das lernen, was er lernen konnte, für seine Gesellenzeit musste er dann aber den Ort wechseln. Das war Pflicht. Jedoch hatte es der schlaue Meister so eingefädelt, dass Jacob diese Zeit auch wieder nach Tangermünde zurückkonnte.

Der gebrechliche Meister hatte dort sein eigenes Amt für ihn schon reserviert und wenn alles gut ging, dann konnte Jacob schon in ein paar Jahren Meister in Tangermünde sein. Mit eigener Werkstatt und der Option, sich eine Frau zu wählen. Nur dadurch konnte er ja überhaupt erst heiraten. Ein armer Wandergeselle hatte nicht das Recht dazu. Selbstverständlich hatte er auch kein Geld, um überhaupt eine Familie ernähren zu können. Er selbst sah ja jeden Tag, wie wenig Geld bei dieser Arbeit übrig blieb. Für ein paar Kannen Starkbier in der Woche reichte es gerade so. Das Handwerk des Kufners wurde eigentlich nicht alleine gelehrt. Dazu musste Jacob als Tischler und Zimmermann lernen, wie man mit Holz umging. Danach konnte er dann aus dem Holz die Fässer machen, die für Salz, Wein und Hering überall gebraucht wurden.

Lange hatte er gegrübelt, warum der Meister gerade ihn mit der Aussicht auf seinen Stuhl in der Zunft bedacht hatte. Dann war er darauf gekommen, dass nur seine Mutter, die ihm auch diese Stelle bei ihm besorgt hatte, etwas damit zu tun haben konnte. Schon immer hatte er sich gefragt, warum alle anderen in der Familie blonde Haare hatten, während seine rot waren. Dann hatte er den roten Bart des alten Meisters gesehen und sich seine Gedanken selbst zusammen gereimt. Nun, da es Frühling war, gab der Meister in Magdeburg ihm das Wanderbuch. Noch hatte er nicht viel gelernt, aber er sollte ja auch lernen, wie man in anderen Städten Fässer machte. Seine Gesellenzeit brach an. Wohin sollte ihn sein Weg führen? Sofort wieder nach Tangermünde zurück? Oder doch erst einmal nach Süden? Die Welt ansehen?

Auch wenn ihn sein Herz nach Norden zog, so führten ihn seine Füße nach Süden. Nach der Gesellenzeit würde er sicherlich keine Möglichkeit mehr haben, die Welt zu sehen. Dann war er in seiner Werkstatt und hatte Frau und Kind. Noch war er frei! Frei wie ein Vogel und daher pfiff er sich auch sein Lied, während er auf der Straße der Sonne entgegenzog. Wohin nur? Er hatte von Halle gehört und dass dort Salz gewonnen wurde. Wo Salz war, da mussten auch Fässer gemacht werden! In Magdeburg hatte er schon viel von der Bruderschaft der Halloren gehört. Fast tausend Männer kochten dort das Salz aus der Sole. Alles war sehr geheim und wurde wie ein Schatz gehütet, aber er wollte ja nur Fässer für das Salz machen. Da würde man ihn sicher in Halle dulden.

Drei Tage würde sein Weg dauern, wenn er den direkten Pfad nehmen konnte, aber als Geselle auf Wanderschaft musste man sich sein Geld und die Übernachtung erarbeiten. Damit zog sich der Weg vermutlich eher drei Wochen dahin. Für einen zünftigen Zimmermann gab es allerdings überall genug zu tun und seine Axt hatte er immer dabei. Sie war Waffe und Werkzeug in einem. Die schwere Arbeit des Winters hatte ihm, der ja sowieso schon ziemlich kräftig war, nur noch mehr Muskeln wachsen lassen. Keiner hätte ihn für sechzehn gehalten. Nur der Bart wuchs noch nicht so, wie er es bei seinem Meister gesehen hatte. Aber der würde mit Frau und Kind auch noch kommen.

Kurz vor Ostern erreichte er dann endlich die ersehnte Stadt. Wie befürchtet schlossen ihn die Halloren erst mal aus. Er war ein „Fremder auf Wanderschaft" und damit nichts für ihre verschworene Gemeinschaft. Allerdings fand ein kleiner Handwerker an ihm gefallen und schon ein paar Tage später begann er erst einmal damit, Balken herzustellen, die dann zur Saline kamen. Dadurch arbeitete er indirekt auch schon für die Salzkocher. Nur noch nicht als Kufner. Da diese einen wichtigen Teil für das Salz leisteten, war da eine Prüfung durch die Zunft nötig. Jacob hatte zwar sein Wanderbuch, aber bisher kaum Erfahrung. Es würde sicher eine Weile dauern, bis er Salzfässer machen konnte.

Was war eigentlich der Unterschied, zwischen den Fässern für Heringe und für Salz? Das hatte ihm bisher keiner richtig erklären können. In der fernen Heimat würde er welche für beide Zwecke herstellen müssen. Oder eben eines für beides! Heringsfässer hatte er in Magdeburg schon gesehen und auch schon welche selbst bearbeitet. Nur an die Fässer der Saline ließen ihn die Männer nicht heran. Da wurde um alles, was das Salz betraf, ein großes Geheimnis gemacht. Die Männer redeten sogar in einem fremden Dialekt. Kein Außenstehender sollte sie verstehen können. Doch all die Geheimniskrämerei machte Jacob nur noch neugieriger auf das, was da wohl von den Männern gemacht wurde. Der Junge wollte es wissen! Er musste es wissen!

„Du musst Geduld haben!", sagte ihm immer wieder der Meister in Halle, doch Geduld war nun mal nicht eine seiner Stärken. So ging der ganze Sommer dahin und er hatte noch kein Salzfass von innen gesehen. Wie sollte er da sein Handwerk erlernen? Balken zurecht hobeln und Abstützungen machen, das hatte er nun gelernt. Aber Salzfässer? Dann kam ihm das Glück zur Hilfe. Oder besser: das Unglück eines anderen.

Als der erste Schnee auf die Straßen von Halle fiel und es etwas rutschiger wurde, passierte es, dass beim Beladen der leeren Fässer auf einen Wagen einer der Gehilfen wegrutschte und eines der Fässer auf sein Bein fiel. Jacob war in der Nähe gewesen und der Schrei des getroffenen Gesellen hatte ihn dorthin gerufen. Durch seine Kraft konnte er das schwere Behältnis vom Bein des Mannes heben, aber dieser konnte nicht auftreten. Der Mann würde sich eine Weile schonen müssen und da es genug Arbeit gab, hatte Jacob mit einem Male die Möglichkeit, Fässer für die Saline zu machen.

Mit einem Handschlag verabschiedete ihn lachend sein alter Meister und mit einem Handschlag begrüßte ihn sein Neuer!

10. Kapitel

Entscheidungen

Mehr als ein ganzes Jahr hatte sie es nun schon in dem Hause derer von Minden ausgehalten. Es war nicht besser geworden, sondern nur noch schlimmer. Jede Woche hatte der Herr ihr nun „Gewalt" angetan. Nicht Gewalt im körperlichen Sinne, aber sie hatte es eben auch nicht ganz freiwillig über sich ergehen lassen. Schließlich hatte er die Macht, sie aus dem Hause zu werfen. Es war eine Art von seelischer Gewalt gewesen, die sie, mit zusammengebissenen Zähnen, über sich ergehen lassen musste. Warum hatte sie die Mutter gerade in dieses Haus gebracht? Weil es eines der Reichsten war? Sicherlich! Aber der Herr war eben auch einer der Einflussreichsten. Sein Wort zählte in der Stadt. Wenn er sagte, dass eine Magd nicht mehr beschäftigt werden sollte, dann fand sie auch für sich nichts mehr. Wer wollte es sich schon mit einem Mann verderben, der eventuell bald Bürgermeister wäre? Oder beim nächsten Geschäft vielleicht „Nein!" sagen würde? Da folgte man doch lieber seinen Weisungen. Ob nun den Ausgesprochenen oder den Gedachten!

Zumindest war sie nicht schwanger geworden, denn das hätte sowohl ihren Rauswurf, als auch ihr Ende bedeutet. Unverheiratet schwanger? Dann hätte sie nur noch in den Fluss springen können, so wie einige andere Mägde. Aber wäre das denn um so vieles schlimmer gewesen, als das, was sie nun wöchentlich erdulden musste? Im Moment ging das aber sowieso nicht. Es war Winter und der Fluss war zugefroren. Selbst diesen letzten Ausweg verwehrte man ihr. Oder war genau dies für sie eine Offenbarung? Schon als Kind war sie gern Schlittschuh gelaufen und im letzten Jahr war sie kaum dazu gekommen. Die geliebten Kufen waren aber noch bei ihrer Mutter. Vielleicht sollte sie ihren freien Tag einfach dazu benutzen, um das Schicksal herauszufordern. Eine Art von Gottesgericht. Hielt das Eis, so würde sie weiter die Schmach erdulden müssen. Brach es, so war sie erlöst. Und das Beste daran war, dass es ja kein Selbstmord war. Sie würde dafür nicht in die Hölle kommen!

Gedacht, getan! Auch, wenn sie mit niemandem darüber reden konnte. Doch die Mutter gab ihr die Kufen und Minna setzte sich damit in den Schnee am Ufer des Flusses. Während sie die Bänder an die Füße knotete, dachte sie über ihren Plan nach. War es nicht schlimm, dass man sie vor diese Wahl stellte? Ihr Blick ging nach oben und sie sagte leise „Maria. Bitte hilf mir!", dann betrat sie das Eis und lief in die Mitte des Flusses. Hier musste das Eis am dünnsten sein! Dort angekommen wendete sie sich nach Norden und lief, die Sonne im Rücken, langsam los. Minna schloss die Augen und hörte auf die kratzenden Geräusche des Metalls, auf das Knacken des Eises unter ihren Füßen. Die junge Magd lief und lief, doch nichts passierte. Nach ewigen Zeiten öffnete sie die Augen wieder, drehte sich um und lief verzweifelt wieder zurück. Das durfte doch nicht wahr sein! Warum hatte Gott ihr dieses Schicksal nur zugedacht? Was hatte sie falsch gemacht?

Weinend folgte sie dem Fluss und die Tränen verschleierten ihren Blick. Schon bald sah sie die rauchenden Schornsteine der Stadt wieder vor sich. Unter einem davon brannte das Feuer, an dem sich der Herr sicher gerade wärmen würde. Die kalte Winterluft zwackte ihr in die Wangen und ließ die Tränen zu kleinen Kristallen gefrieren. Plötzlich verlor sie den Boden unter den Füßen. Es splitterte und sie brach in das Eis ein. „Erlöst?", fragte sie sich in Gedanken, doch der Lebenswille zwang sie dazu, sich festzuhalten. Bis zur Hüfte steckte sie im kalten Wasser.

Nur einfach loslassen und Gott würde den Rest übernehmen! Doch sie konnte nicht. Mit aller Kraft zog sie sich zurück auf die Eisfläche. Warum nur? Hatte sie nicht genau das gewollt, was sie gerade eben selbst verhindert hatte?

Minna sah zurück auf das Loch im Eis. So einfach hätte es sein können. Verzweifelt schlug sie mit der Faust auf die gefrorene Fläche. Dumpf klang der Schlag. Nichts passierte. Ihr wurde es kalt und ihr nasser Rock begann zu gefrieren. Wenig später kniete sie sich auf das Eis, kam wieder auf die Füße und lief los. Nun zog sie das gefrorene Wasser nach Hause, zum wärmenden Feuer in der Küche des so gehassten Hauses. Immer schneller lief sie und wenig später hatte sie die rettende Tür erreicht. Die Küchenmagd sah sie entsetzt an, als Minna mit dem gefrorenen Rock in die Küche kam. „Ich bin im Fluss eingebrochen", sagte sie nur und legte die Kufen zur Seite. Zuerst wärmte sie sich die Hände am Herd, dann fragte sie „Kannst du mir mein Kleid aus dem Zimmer holen?" und die andere Magd ging schnell aus dem Raum.

Während die andere Frau auf dem Weg war, zog sich Minna die nassen Sachen aus und versuchte sich irgendwie trocken zu reiben. Nackt, nass und frierend stand sie in der Küche. Dann zog sie sich ein trockenes Tuch um die Schultern. So wartete die Magd auf das zweite Mägdekleid, welches die andere Frau ihr sicher gleich bringen würde. Wenn der Herr sie jetzt so sehen würde oder noch schlimmer die Herrin, dann wäre ihr Schicksal schon jetzt besiegelt. Öffentliche Entblößung wurde mit Peitschenhieben und unehrenhafter Entlassung aus den Diensten bestraft. Minna knotete das Tuch über ihrer Brust zusammen und hängte Kleid und Unterkleid an den Herd. Wie lange brauchte die Andere denn für die paar Stufen? So konnte sie jedenfalls nicht aus dem Zimmer hinaus!

Endlich ging die Tür auf und Minna fuhr erschrocken herum. Die andere Magd kam herein, aber sie hatte kein Kleid dabei. „Martha macht dir schnell die Wanne warm. Da kannst du dich dann reinsetzen. Sonst holst du dir noch den Tod!", sagte die Magd. Minna nickte dankbar. Aber sie würde nun trotzdem so nach draußen müssen, denn die Wanne stand im Nebenzimmer!

Eine gefühlte Ewigkeit später öffnete sich erneut die Tür. Martha, die älteste Magd des Hauses, trat in das Zimmer. „Kindchen. Komm in die Wanne!", sagte sie und sah, wie Minna gerade angezogen war. Sie hob abwehrend die Hand und erklärte „Lass mich erst mal sehen, ob du so hinaus kannst." Schnell sah sie sich um und nickte dann Minna zu. Noch viel schneller war Minna im Nebenzimmer und stieg in die Wanne. Das Wasser war herrlich warm. Eine Wohltat nach dem Eis auf dem Fluss. In das weiße Tuch gehüllt saß sie im Wasser und dachte nach.

War nun eine Entscheidung gefallen? Ja! Sie würde in diesem Hause bleiben müssen. Seufzend legte sie den Kopf zurück und genoss die Wärme.

11. Kapitel

Halunken und Halloren

Nun war er also dabei. Zumindest fast. Seit ein paar Wochen half er dem Meister in Halle und machte Fässer für das Salz. Schnell hatte er bemerkt, dass es keinen großen Unterschied bei den Fässern gab, außer, dass die Fässer doppelt so teuer waren, wie gleichgroße Weinfässer. Der Meister schien entweder ein echtes Schlitzohr zu sein oder ein gutes Verhandlungsgeschick zu besitzen. Nun erst hatte Jacob verstanden, warum das Ganze so geheim war. Am ersten Tag hatte ihn der neue Meister zur Seite genommen und zur Verschwiegenheit verpflichtet. Er durfte nichts von dem an andere verraten, was er in der Werkstatt sehen würde. Gern hatte Jacob ihm das versprochen, war es doch der Preis dafür, in die geheimen Tätigkeiten der Salinen eingeweiht zu werden.

Aber eigentlich gab es da nichts Geheimes. Außer, dass der Meister sicherlich ein ziemlicher Halunke war. Die Halloren zahlten aber seinen Preis. Das Salz gab einen guten Gewinn ab und damit konnten es sich die Salzkocher leisten, die etwas teureren Fässer zu kaufen. Da Jacob auch die Fässer liefern musste, durfte er nun die Räume der Saline betreten. Nur kurz zwar, aber immer noch lang genug, um die salzige Luft zu spüren. Der Dampf aus den Becken schmeckte salzig auf der Zunge. Ganz hinten wurde dann das weiße Gold in die von ihm gelieferten Fässer gefüllt. So viel Salz hatte er noch nie gesehen. Aber überall standen bewaffnete Wachen. Selbst wenn er nur kurz den Finger in das Fass gesteckt hätte, hätten die Männer ihn sicher dafür mit diesem Finger bezahlen lassen. So blieb ihm nur der salzige Geschmack auf der Zunge.

Der Geselle, dessen Platz Jacob eingenommen hatte, humpelte schon an einer Krücke durch den Raum und es war offensichtlich, dass es wohl nicht mehr lange dauern würde, bis er wieder seinen angestammten Platz einfordern würde. Jacob hoffte, dass er noch bis zum Frühjahr hier bleiben konnte. Dann würde ihn sein Weg wieder nach Tangermünde führen. Als Geselle war man am liebsten im Sommer auf Tour. Da musste man sich nicht so viele Gedanken um die Übernachtungen machen. Ein Platz unter dem Sternenzelt war dann immer frei. Doch eines würde Jacob noch lernen müssen, was für seine neue Werkstatt wichtig sein würde: er musste lernen, wie man mit den Käufern der Ware verhandelte. Und da war er anscheinend an genau dem richtigen Platz dazu. Er konnte nur hoffen, dass der andere Geselle noch so lange lahm war, bis der Meister ein neues Geschäft abgeschlossen hatte und er dabei zusehen durfte.

Allerdings kamen ihm dann doch Zweifel. Wollte er das eigentlich wirklich? Er war aus einer Hansestadt. Daher wusste er, dass das Wort eines Kaufmannes bindend war. Darauf beruhte der Erfolg der Hanse. Ein Mann, ein Wort! Die Kaufleute seiner Heimatstadt pflegten Handel bis nach Flandern und England zu treiben. Tuch, Getreide und Holz wurden an und auf der Elbe transportiert. Das waren die Werte, die er vertreten wollte. Was konnte er da von einem Halunken lernen? Nicht viel Gutes! So wartete er also nur noch darauf, dass der Schnee endlich geschmolzen war. Nach dem Osterfest brach Jacob dann wieder auf. Jedoch führte ihr sein Weg nicht nach Norden, sondern der junge Geselle ging zuerst auf eine Wanderschaft, die sicherlich den ganzen Sommer dauern würde.

Diesmal führte ihn sein Weg von Halle aus nach Westen. Noch war es in den Nächten frisch und daher musste er in den Herbergen übernachten. Da dies aber mehr kostete, musste er auch viel mehr dafür arbeiten, als er es im Jahr zuvor noch gewohnt gewesen war. Doch zum Glück gab es genug zu tun. Als Zimmermann konnte er bei einigen Häusern beim Dach mit helfen. Dafür gab es so manche Münze. Bei den Richtfesten auch so manch gute Kanne Bier. Beim zwanzigsten Dach hatte er dann aufgehört zu zählen. Es waren sicher doppelt so viele. Die meisten nur klein, aber es waren auch ein paar große Dächer von Patrizierhäusern dabei. Dazwischen führte ihn sein Weg weiter über das Land. Als es endlich Sommer war, konnte er auch im Wald schlafen. Nun kam er schneller voran und da bei ihm auch keine Reichtümer zu holen waren, blieb er vor Halunken und Räubern verschont.

Irgendwann im August war er dann in Paderborn angekommen, wo er beschloss nun wieder nach Osten zurückzugehen. Von da an zog ihn die Heimat. So schnell, wie er es nicht erwartet hatte, ging es vorwärts. Immer nur wenige Tage war er in den Orten auf seinem Weg geblieben. Manchmal nur eine Nacht. Seine Gedanken flogen ihm voraus und schienen ihn wie ein Segel zu ziehen.

Unterwegs schlug er sogar ein paar lukrative Angebote aus, bei denen er Monate lang Arbeit gehabt hätte. Schließlich hatte er sich ja vorgenommen, noch vor dem Winter wieder in Tangermünde zu sein. Und mit einem Male fühlte er sich nicht mehr als der Junge, der im Jahr zuvor aufgebrochen war. Nun war er ein Mann! Das merkten wohl auch die Mägde auf seinem Weg, denn so manche setzte sich im Gasthof auf seinen Schoß. So manche Kammertür war wohl in der Nacht für ihn unverschlossen geblieben.

Doch in seinem Kopf war nur eine andere Frage drin. Was machte wohl Grete? Was die Minna? Die beiden hatte er schon so lange nicht mehr gesehen. Mit dem Bart, der immer dichter und länger wurde, wuchs auch die Sehnsucht nach den beiden Freundinnen aus Kindertagen. Natürlich gab es auch weiterhin unterwegs so manche Maid, die ihm schöne Augen machte. Schließlich war er ja ein junger, starker Mann. Doch es hielt ihn nirgendwo für lange.

Mit dem immer bunter werdenden Laub kamen auch die kalten Winde zurück. Allerdings blieb er nun nur noch am Feuer in den Wäldern, denn wenn er jetzt noch einmal irgendwo in einer Herberge eingekehrt wäre, so hätte er sicher den Winter dort verbracht. Ende September erreichte er die Elbe. Nun ging er am Fluss entlang und stand schon bald vor dem Tor der Heimatstadt.

Wenig später schloss ihn die Mutter wieder in die Arme. Dann ging er zu seinem Meister. Unterwegs lief ihm auch Minna über den Weg. Fast hätte sie ihn nicht erkannt.

12. Kapitel

Ehrlos

Jacob hatte sie gerettet! Nicht mal im Traum hätte sie daran gedacht, wie einfach doch die Lösung des Problems gewesen war. Minna wollte nicht mehr als Magd arbeiten und als verheiratete Frau durfte sie nicht mehr als Magd arbeiten! Ganz einfach. Trotzdem war es schwieriger als gedacht. Sie war ihm praktisch in die Arme gestolpert, als er wieder in der Stadt eingetroffen war. „Ein Freund aus Kindertagen!", hatte sie gedacht. Dann waren sie in ein kurzes Gespräch gekommen und sie hatte wieder zurück zu ihrer ungeliebten Arbeit gemusst. Es hatte ein paar Tage gedauert, bis sich da etwas in ihr entwickelt hatte, dessen sie sich nie zuvor bewusst gewesen war. Ein Gefühl der Nähe, Wärme und Vertrautheit zu einem Mann! Zu Jacob!

Doch damit ging das Problem auch schon los: sie war ja entehrt und durch den Herrn mit Schande bedeckt worden. Kein ehrbarer Mann würde sich mit ihr noch einlassen!

Nur noch zur Dirne würde sie taugen. Oder zum Schweine hüten. Dazu kam auch noch, dass Jacob noch Geselle war. Da würden die paar Münzen, die er von seinem Meister erhielt, sicher nicht für Frau und Kind reichen. Selbst, wenn er sie genommen hätte. Minna hätte auch die Möglichkeit gehabt, die Schande zu vertuschen und ihm nichts davon zu sagen. Aber das hätte sich falsch angefühlt. Wie fing man ein solches Gespräch an? Konnte man sich unter Freunden solche Dinge sagen? Dies traute sie sich ja noch nicht einmal der Mutter zu gestehen. Wie hätte sie sich damit einem Mann anvertrauen können? Schließlich war es aber Jacob gewesen, der die Hochzeit in ein Gespräch brachte. Offensichtlich hatte der Geselle schon länger von ihr geträumt und nach seiner Erzählung hatte sie ihn zu seiner schnellen Rückkehr bewogen. Allerdings musste Minna natürlich dieses Ansinnen ablehnen, obwohl sie es doch eigentlich liebend gerne sofort angenommen hätte.

Wie aber nicht anders zu erwarten, hatte Jacob sofort wissen wollen, warum sie ablehnte. Nun hätte sie auch etwas erfinden können, aber schließlich musste die Wahrheit an das Licht der Welt kommen. Stockend und immer wieder mit Unterbrechungen, erzählte sie ihm schließlich von dem schändlichen Tun des Herrn. Dabei blickte sie auf den Fluss hinunter, an dessen Ufer sie nebeneinander saßen. Dann sagte sie noch, mit tränenreicher Stimme, „Du siehst also, dass ich keine Frau für dich bin. Ich bin ehrlos!" sie wollte aufstehen und weglaufen, doch Jacob ergriff ihren Arm. „Bleib!", sagte er und zog sie wieder neben sich „Nicht du bist ehrlos, sondern der Mann, der dir dies angetan hat! Wenn du magst, so werde ich meinen Meister bitten, damit er mit deinem Vater spricht. Sicher gibt dieser dich mir zur Frau", stellte er fest und nun liefen die Tränen auf Minnas Wangen herunter. „Ich danke dir. Gern würde ich deine Frau werden", schluchzte sie.

Doch dann fiel ihr wieder ein, dass er ja gar kein Geld hatte. Nun hatte sie eine Lösung gefunden und auch wieder nicht. Ein Weinkrampf durchschüttelte sie, sodass Jacob sie in den Arm nahm. In Kindertagen hatte diese vertraute Geste immer geholfen, doch sie waren keine Kinder mehr. Hier umarmte ein Mann eine Frau. Und beide waren nicht miteinander verheiratet! Schnell löste sie sich von ihm. „Wenn uns jemand so sieht!", brach es angstvoll aus ihr heraus.

An seinem fragenden Blick sah sie, dass er nicht wusste, was sie meinte. Sicherlich hatte er auf seiner Reise so manche Frau im

Arm gehabt. Vielleicht auch mit ihnen sein Nachtlager geteilt. Doch sie war eine ehrbare Frau! Hatte sie gerade „Ehrbar" gedacht? Noch vor wenigen Augenblicken hatte sie ihm berichtet, dass sie ehrlos war. Hatte er dies vielleicht falsch verstanden? „Ich bin keine Dirne!", brach es aus ihr heraus. Dann sprang sie auf und lief weinend weg. War nun alles aus? Etwas zog sie zu Jacob und etwas anderes zog sie von ihm fort. Gleichzeitig durchzuckte sie die Erkenntnis, dass sie gerade ihren Herrn verraten hatte. Etwas, was der in seinem Hause gemacht hatte, war durch sie an die Öffentlichkeit getragen worden. Das konnte sie ihren Kopf kosten!

Wenig später hatte sie sich auf ihren Strohsack fallen lassen und dann schlug sie darauf ein, als wäre es der Herr, der sie in diese Lage gebracht hatte. Das Los einer Magd. Gedemütigt, beschmutzt und entehrt. Wieder liefen ihr die Tränen, bis keine mehr da war. Schluchzend schnaubte sie in ein Tuch. Was würde nun werden? Und würde Jacob ihr Geheimnis verraten? Zitternd vor Wut und Angst starrte sie zur Zimmerdecke.

Ein paar Tage später traf ihre Mutter in dem Haus ein und verkündete, dass der Vater entschieden hatte, sie Jacob zur Frau zu geben. Vor Schreck musste sie sich erst einmal setzen. Jacob hatte Wort gehalten! Minna hatte ihn völlig falsch eingeschätzt und doch blieb die Frage: wovon sollten sie Leben? Doch da sie nicht gefragt worden war, war auch keine Antwort von ihr erwartet worden. Die Mutter umarmte sie und sagte „Am Sonntag zum Gottesdienst!" „Aber ich habe gar kein Kleid!", entgegnete Minna. Es waren nur noch drei Tage! Allerdings hatte Martha alles mit angehört und so beschlossen sie, zu dritt das Kleid zu nähen.

Gerade noch rechtzeitig vor dem Morgengrauen des Sonntages war das Kleid fertig geworden. Wie beabsichtigt, hatten sie in jedem freien Augenblick daran genäht. Dann hatte sich Minna, vor dem Gottesdienst, mit einem Knicks bei Herrin und Herr verabschiedet, auch wenn sie dem Herrn lieber eine Ohrfeige gegeben hätte. So oft hatte sie an seiner statt ihren Strohsack geschlagen. Doch nun war es zu Ende! Endlich! An der Hand der Mutter betrat sie die Kirche und an Jacobs Hand ging sie wieder heraus. „Minna Emmert", daran würde sie sich erst einmal gewöhnen müssen. Jacobs Mutter umarmte sie und auch sein Meister kam zu ihr, um sie beide zu beglückwünschen.

Anschließend fragte sie „Und wo werden wir wohnen?" Jacob zog sie einfach lachend hinter sich her, so wie er es vor Jahren immer gemacht hatte. Wenig später standen sie vor einer kleinen Hütte hinter der Stadtmauer. Nahe beim Hünerdorfer Tor und nicht die beste Lage, aber solide und anscheinend mit einem neuen Dach. Sicher hatte es Jacob erst in den letzten Tagen neu gemacht. Er hatte ihr ja von seiner Reise erzählt. „Dein Heim!", sagte er stolz und öffnete die Tür. Nur ein Raum. Aber was brauchte man mehr? Bett, Tisch, zwei Stühle und ein warmer Herd. Alles sauber. Sicher hatte Jacobs Mutter alles so eingerichtet. Ein Mann würde das nie so hinbekommen. Minna trat ein und Jacob folgte ihr.

Hinter verschlossenen Türen nahm er sie in den Arm und wollte sie küssen. Erschrocken zuckte sie zurück. So hatte das auch manchmal bei dem Herrn begonnen. Angstvoll sah sie zu dem Bett und musste schlucken. „Bitte", begann sie, doch Jacob legte ihr einen Finger auf den Mund. Wieder eine einfache Geste aus längst vergangenen Tagen. „Sage kein Wort!", hieß dies. Das vertraute Gefühl kam zurück. Hier war sie sicher. Jacob würde sie beschützen! Der Mann unternahm einen neuen Versuch, sie zu küssen und diesmal kam sie ihm entgegen.

Er hob sie an, als wäre sie eine Feder. Auf seinen starken Armen trug er sie die zwei Schritte bis zum Bett, vor dem er sie wieder abstellte. Minna löste den Gürtel und das Band am Hals, dass das Kleid oben hielt. Schnell streifte sie es ab und drehte sich zum Bett um. Auch Jacob streifte seine Sachen ab. Ein neuer Kuss folgte und ein paar liebevolle Streicheleinheiten. Dann ließ sie sich fallen. Alles war gut. Wenig später schnarchte ihr Mann neben ihr und sie zog die Decke über ihn. Ein nie gekanntes Gefühl machte sich in ihr breit. Es hieß „Vertrauen."

Sie sah in sein Gesicht und war dankbar. Jacob hatte sie wirklich gerettet! Nicht mal im Traum hätte sie daran gedacht, wie einfach doch die Lösung des Problems gewesen war.

13. Kapitel

Zorn und Hass

ittlerweile war Grete fünfzehn Jahre alt geworden. Schon lange war sie nicht mehr das schmale Kind, das sie früher noch gewesen war. Die fraulichen Rundungen waren endlich zu ihr gekommen, aber sie war durch die Arbeit nicht sehr viel kräftiger geworden. Eher zäh! In all der schweren Arbeit in dem Hause war die Zeit nur so an ihr vorbeigeflogen, doch nun kamen die alten Streitigkeiten wieder zurück in ihr Leben.

Am letzten Sonntag hatte sie am Grab der Mutter Blumen aufgelegt und dabei hatte sie geschworen, den Rechtsanspruch der Mutter, und damit ihren eigenen, beim Rat der Stadt durchzusetzen. Schon lange ging es ihr nicht mehr um die 300 Gulden. Es ging ihr um das Recht, das sie mit ihrer Geburt hatte und um die Ehre der Mutter. Grete wollte den Makel der Lügnerin von ihrer Mutter abwaschen, der durch den Onkel an dieser hängen geblieben war. Trotzdem setzte sie sich am Nachmittag lieber noch einmal mit Regina zusammen, um bei der alten Frau einen Rat zu bekommen. Gemeinsam überlegten sie das Für und Wider ihres Planes, doch auch die alte Frau war der Meinung, dass Grete dem Recht Genüge tun sollte.

Mit dem nächsten freien Tage machte sich Grete daher auf den kurzen Weg zum Rathaus und versuchte dort vorzusprechen. Doch die Ratsmitglieder lachten ihr nur in ihr Gesicht. Die Herren wussten ja schon vorher, was sie wohl sagen wollte und daher schickten sie sie auch sofort wieder aus dem Saal. Noch wurde sie angewiesen, da sie zu jung und auch noch unverheiratet war. Diese Abweisung verstärkte jedoch nur ihren Willen, nun endlich das zu erhalten, was ihr zustand.

Bis zum nächsten Jahr musste sie allerdings noch warten, bevor sie endlich heiraten konnte. Jedoch tat sich damit ein neues Problem vor ihr auf: wen sollte sie ehelichen? Jacob hatte im letzten Jahr seine Minna geheiratet und sie hatte ja keine Eltern mehr. Wer sollte also für sie einen Ehemann aussuchen? Sie selbst durfte das ja nicht.

Und da saß sie nun wieder in ihrer kleinen Kammer. Rechtlos und praktisch auch ehrlos. Nur eine Magd. Nichts weiter! Ihrem Herrn unterstellt und nur dieser konnte für sie Rechtsprechen und auch ihr Recht vertreten, doch dieser Mann würde sich hüten, gegen die reichste Familie des Ortes in einen, für ihn sicher, aussichtslosen Prozess zu ziehen. Nur sie selbst konnte dies beginnen und nur mit ihrem Willen konnte sie das Ziel erreichen.

Nur wie?

Nach der Ablehnung im Rat brauchte sie dorthin erst mal nicht mehr zu gehen. Viel wichtiger war es, die Frage zu klären, wie sie zu einem Ehemann kommen konnte. Dann fiel ihr die Frau Emmert ein, die sich ja auch für sie eingesetzt hatte, als sie diese Stelle hier bekommen hatte. Konnte sie zur Mutter von Jacob gehen und diese darum bitten, ihr einen Mann zu suchen?

Eigentlich hatte sie gar keine andere Wahl! Regina war auch nur eine Magd und Minna war dafür noch viel zu jung. Zwar war sie nun auch Ehefrau, jedoch mit dieser Entscheidung sicherlich überfordert. Über all das Grübeln verging der Sommer und der

Herbst kam über das Land. Im nächsten Frühling würde sie sechzehn sein und dann durfte sie heiraten. Allerdings würde sie damit die Anstellung als Magd verlieren und keine Arbeit mehr haben. In dieser schweren Zeit verlor sie nun auch noch Regina, die mit dem Beginn des Herbstes friedlich ihre Augen für immer schloss. Eines Morgens wollte Grete die Freundin wecken und konnte nur noch den Tod der alten Frau feststellen. Noch am selben Tage wurde sie auf dem kleinen Friedhof vor der Stadt beerdigt und Grete musste wieder am Grab der Mutter vorbei. Und auf dem Rückweg am Hause ihres Onkels.

Nun war sie wieder völlig alleine!

Innerlich baute sich ein Hass in ihr auf, in welchem sie dem Onkel die ganze Schuld an ihrem Schicksal gab. Und nach ihrer Meinung hatte sie ja auch recht damit. Alles, was ihr bisher widerfahren war, hatte mit diesem Manne zu tun. Und doch war er durch seine Position für sie praktisch unangreifbar geworden. Da sie nun alleine in dem Hause arbeitete, hatte sie jetzt auch keine Zeit mehr, sich bei Frau Emmert zu melden, um ihre Familienangelegenheiten vorzubereiten. Immer mehr steigerte sie sich in ihren Zorn hinein, bis sie ihren eigenen Namen nicht mehr leiden konnte. Zum Glück rief man sie ja sowieso nur mit ihrem Vornamen.

Auch die Tatsache, dass sie nun alleine für das große Haus zuständig war, machte ihr die Herrin nicht mehr gewogen, als zuvor. Noch immer wurde sie von der alten Dame übersehen und wie ein Gegenstand behandelt. Damit reifte nur noch mehr der Entschluss in ihr, im Frühling dieses Haus zu verlassen und selbst auf die Suche nach dem Glück zu gehen. Schlimmer konnte sie es ja nicht mehr treffen! An ihren freien Tagen traf sie sich oft mit Minna, die nun so etwas wie eine Freundin für sie geworden war. Die ältere

Freundin versuchte ihr etwas zu helfen, aber da gab es eine Distanz zwischen ihnen, die sie nicht richtig deuten konnte. Minna blieb freundlich, aber kalt ihr gegenüber. Es fehlte diese Herzlichkeit, die Regina ihr immer entgegengebracht hatte.

Dazu kam auch noch, dass Minna mit Jacob in der Hütte wohnte, die einst Grete und ihrer Mutter gehört hatte. Zu viele Erinnerungen stecken in diesen Holzwänden. Grete fehlten die Gespräche mit Jacob, doch der war nun verheiratet und würde nicht mit einer unverheirateten Frau reden. Erstens würde Minna es nicht wollen und zweitens würde es ein Gerede in der Stadt geben. Die Marktweiber würden den Tratsch sofort verbreiten und hier blieb nichts ungesehen. Und eine unverheiratete Frau, die mit einem verheirateten Mann sprach, die konnte dafür gesteinigt werden. Vielleicht lauerte der Onkel ja bloß auf solch eine Gelegenheit, um die ganze Situation endgültig zu bereinigen.

Schließlich zeigten ja auch ein paar der Fenster seines Hauses genau in Richtung der Hütte, in der nun Minna wohnte. Gretes Mutter hatte diese Position absichtlich so gewählt, damit der Mann ständig an seine Schuld erinnert werden würde, doch nun wendete sich dieser Wunsch der Mutter auch noch gegen Grete.

Zum Schluss wusste Grete sich keinen anderen Rat mehr, als kurz vor Weihnachten doch noch zu Frau Emmert zu gehen, um sie darum zu bitten, ihr einen Mann zu suchen. Würde die alte Frau ihr erneut helfen?

14. Kapitel

Vollkommenes Glück?

eit einem Jahr war sie nun schon verheiratet und noch immer nicht schwanger geworden. Etwas stimmte da doch nicht. Minna war verzweifelt und oft saß sie weinend am Tisch, wenn ihr Mann zur Arbeit gegangen war. Zu einer Ehe gehörten Kinder! Nur zu ihrer nicht. So oft hatten sie es probiert und nichts hatte geholfen. Selbst das Kraut einer Kräuterfrau hatte Minna heimlich genommen. Die alte Frau hatte ihr versprochen, dass es wirkt, aber das tat es eben nicht. Der Schmerz machte sie ungerecht. Vor allem Grete gegenüber, die sie manchmal besuchte. Natürlich wusste sie, dass das Mädchen eigentlich Jacobs Freundin war und nicht ihre. Doch Jacob war nun mal ihr Mann. Da konnte sie eine Freundin nicht in seiner Nähe dulden. Wer wusste schon, was da passieren konnte.

Mit ihr konnte er keine Kinder bekommen, vielleicht kam Jacob auf die Idee, es anderweitig zu versuchen und einer anderen Frau zu beweisen, dass er ein ganzer Mann war. Dazu sah Grete auch noch bildhübsch aus. Eine Konkurrentin für sie? Sicherlich. Zumindest in Minnas Augen. Eigentlich hatte sie nun das perfekte Glück gefunden. Minna hatte einen Mann, der sie gut behandelte. Der zärtlich zu ihr war und für sie Verständnis hatte. Bald würde er Meister sein, denn sein Meister hatte ihm das für in ein paar Jahren versprochen. Und dann war da dieser kleine Zweifel, der an Minnas Seele nagte. Damit fühlte sie sich nur als halbe Frau und hatte mit Grete das blühende Leben vor sich.

Immer wenn Minna in der Stadt auf dem Markt war und die anderen Frauen sah, die ihre kleinen Kinder an der Hand oder auf dem Arm hatten, dann begann wieder der Schmerz in ihr zu wühlen. Womit hatte sie das verdient? Was hatte sie falsch gemacht? Dabei dachte sie dann an das silberne Geldstück, dass sie damals in der Kirche geopfert hatte. War es kein angemessener Preis für die Vergebung ihrer Sünden gewesen? Wenn sie jetzt noch eine Münze gehabt hätte, so hätte sie diese gern in der Kirche in den Opferstock geworfen, wenn es etwas nutzen würde. Doch sie hatte nichts mehr. Jetzt war sie frei, aber arm. Das Geld, was Jacob mit nach Hause brachte, das reichte gerade so zum Leben. Wenn nicht Jacobs Mutter ihr immer mal eine Schüssel Suppe oder einen Kanten Brot, geben würde, dann wäre Minna sicher schon längst verhungert.

Zum Glück mochte die alte, dicke Frau sie. Wieder ein Glück? Schon zu viel Glück? Was konnte Grete dafür? Nichts! Minna brauchte eben nur jemanden, der die Schuld haben musste. Allerdings, warum traf es die junge Frau? Warum nicht Heinrich von Minden? Mit diesem Lump hatte doch alles angefangen! Vielleicht war es auch seine Schuld, dass sie nicht schwanger werden konnte! Mit Tränen in den Augen dachte Minna wieder an den ersten Abend, als dieser Mann sie die Treppe hinuntergeworfen hatte. Vielleicht waren ihre Verletzungen damals schlimmer gewesen, als sie es gedacht hatte. Vielleicht war es sogar Glück gewesen oder göttliche Fügung, dass sie dies überhaupt überlebt hatte.

Rettung vor dem Tode, die sie mit der silbernen Münze erkauft hatte? Aber wofür war sie gerettet worden? Dafür? Ihr Blick fiel auf den Tisch mit dem letzten Stück Brot. Es war hart und nicht mal ein Schwein würde es noch versuchen. Allerdings konnte es helfen, den Kummer in ihrem Bauch zu besiegen. Minna tunkte es in einen Becher mit Bier und würgte das Brot schließlich hinunter. Dann stand Grete wieder in der Tür. Zuerst wollte Minna sie wieder wegschicken, doch dann fiel ihr ein, dass auch die andere Frau unter Heinrich zu leiden hatte. Eigentlich waren sie Leidensgenossinnen. Derselbe Mann war schuld an ihrer beiden Schicksale. War Heinrich ihr Schicksal? Stand der Kaufmann zwischen Minna und ihrem Glück? Sie wusste ja so einige Dinge von ihm, die dem Kaufmann sicher schaden konnten, wenn sie im Rat zur Sprache kämen, aber er wusste auch, dass sie es wusste und der Mann würde sicher sofort die richtigen Schlüsse ziehen, falls da ein Gerücht die Runde machen würde.

Dann würde auch Jacob sie nicht mehr schützen können. Minna durfte Grete nichts davon sagen, aber sie konnten sich über andere Dinge austauschen. Schnell winkte sie die Frau an den Tisch. Es entstand ein Gespräch über Mägde. Minna hatte schon bemerkt, dass auch die junge Grete nicht wirklich glücklich in dem Hause war. Ein Mägdeleben war kein einfaches Leben. Daher gab sie ihr Tipps und dachte an ihre eigene Zeit zurück. Natürlich erklärte sie ihr auch, dass die Hochzeit mit Jacob für sie die Rettung gewesen war. Allerdings behielt Minna trotzdem in ihren Gedanken, dass Jacob ihr erzählt hatte, dass er auch wegen Grete wieder zurück nach Tangermünde gekommen war.

Ihr Mann hatte es ihr damals verraten und wenn er vielleicht zuerst mit Grete zusammen getroffen wäre, dann würde vielleicht Grete jetzt seine Frau und sie immer noch die gedemütigte Magd sein. Dieser Zweifel ließ nicht wirklich ein vertrautes Gespräch zwischen ihnen zu. Da lag noch eine Gefahr zwischen ihnen. Eine Gefahr für Minnas Ehe! Immer wieder kam sie zu diesem Punkt zurück und das einzige, was sie dagegen setzen konnte, war Vertrauen. Vertrauen zu ihrem Mann.

Minna stützte Ihren Kopf auf und sah die andere Frau an. Grete erzählte etwas, was gar nicht an Minnas Ohr drang. Sie beobachtete die Gesten der jungen Frau. Darin suchte sie nach Antworten für

Fragen, die sie gar nicht gestellt hatte. Natürlich war Grete schön. Das Feuer des Südens brannte in ihr. Schließlich war sie ja halbe Spanierin! Aber was konnte Grete dafür?

Dann kam Jacob von der Arbeit heim und Minna beobachtete Grete, wie diese Jacob ansah. In deren Blick suchte sie etwas, was es da nicht gab. Der Zweifel hatte von Minna Besitz ergriffen.

Wenig später war Grete aus dem Haus und Jacob setzte sich an den Tisch. Er legte ein paar kupferne Münzen auf das Holz und dann zog er lächelnd einen runden silbernen Gulden hervor. Der Schmerz der Erinnerung durchzuckte Minna. Es war genauso einer, wie der, den sie damals für ihre Unschuld bekommen hatte. Tränen stiegen ihr in die Augen, doch Jacob verstand es wohl falsch. Daher musste sie ihm kurz die Geschichte des Silberguldens erzählen. „Das ist lange vorbei!", erklärte er ihr und er hatte recht damit. Staunend sah sie das kostbare Geldstück an. Was man damit alles kaufen konnte! War ihr Glück nun vollkommen?

15. Kapitel

Motten im Licht

Dieser Gang zu Frau Emmert war ihr so unendlich schwergefallen, aber es war die einzige Möglichkeit, die Grete gesehen hatte. Wer sollte denn sonst für sie sprechen? Sie war noch völlig unmündig und erst im nächsten Frühjahr wäre sie dann mit sechzehn so weit, dass sie für sich sprechen könnte. Aber auch dann durfte sie es nicht! Schließlich war sie ja nur eine Magd und eine Waise noch dazu. Beides schloss ihre Selbstverantwortung aus. Eigentlich blieb ihr nur eine Zukunft als Bettlerin. Oder sie fand eben jemanden, der sich für sie einsetzte. Und da blieb ihr nur die ältere Frau und Mutter von Jacob. Grete stand in der Kälte des Winterabends vor der Hütte und traute sich nicht, anzuklopfen. Unschlüssig trat sie im Schnee von einem Bein auf das andere und wartete. Worauf, das wusste sie selbst nicht. Dann öffnete sich die Tür und Jacobs Bruder trat heraus. Er war ein Jahr älter als sie und damit eigentlich ein heiratsfähiger Mann, aber er tat noch wie ein Kind.

Doch durch die nun offene Tür sah Frau Emmert heraus und bemerkte das im Schnee stehende Mädchen. Mit einem Wink holte sie Grete in den Raum herein. Es war angenehm warm in der Hütte. Im Herbst hatten sie sicherlich, wie alle Jahre zuvor, sämtliche Ritzen in der Wand mit Lehm verstrichen und nun prasselte ein großes Feuer in der gemauerten Herdstelle, die den Raum in ein grelles Rot tauchte. Grete schob die Kapuze zurück und löste die Kappe. Das lange Haar fiel nach vorn und im selben Moment fuhr Mutter Emmert sie an „Wie kannst du es wagen, hier deine Kappe zu lösen?", für einen Moment schreckte Grete zurück und setzte sich das Stoffstück wieder auf. Natürlich hätte sie daran denken müssen, dass sie ihr Haar nicht zeigen durfte, schließlich war auch noch Jacobs jüngster Bruder anwesend, doch in der Aufregung hatte sie das glatt vergessen. War nun aber schon alles für sie vorbei?

Schnell entschuldigte sie sich und strich die letzte Strähne hinter das Band der leinenen Kappe. Am wärmenden Feuer rieb sich das Mädchen die kalten Hände und suchte nun eine Stelle, an der sie die ältere Frau nach ihrem Wunsch befragen konnte. Doch so richtig fiel ihr nicht ein, wie sie dieses peinliche Gespräch beginnen sollte. Noch dazu, wo der Junge anwesend war. Sie druckste vor sich hin und schließlich schickte die ältere Frau das Kind aus der Hütte, da sie offensichtlich festgestellt hatte, dass der Junge etwas nicht hören sollte. „Nun?", fragte die Frau und Grete sah ihr in die Augen. Der Zorn wegen der Kappe schien schon verflogen zu sein und so begann sie mit ihrer Erklärung. „Ich werde ja im nächsten Jahr sechzehn", begann Grete und sah, dass die Frau sich einen Hocker zum Feuer zog. Nun stand sie vor ihr, während sie sich setzte. Für einen Moment stutzte Grete und wieder wusste sie nicht, was sie weiter sagen sollte. Daher musste Frau Emmert sie mit einem „Ja und?" zum Weiterreden auffordern.

„Ich sollte da eigentlich mit meiner Mutter reden, aber die ist ja nun schon ein paar Jahre tot", setzte Grete fort und sah das Aufblitzen der Erkenntnis in den Augen der älteren Frau. Daher setze sie, nicht ganz korrekt, mit „Muhme Emmert" fort, obwohl die ältere Frau ja nicht mit ihr verwand war, doch die Frau quittierte dies nur mit einem freundlichen Nicken. „Muhme Emmert, ich würde gern im nächsten Jahr heiraten", platzte es schließlich aus ihr heraus und die ältere Frau zeigte auf einen zweiten Hocker, den sich Grete zum Feuer zog. „Und wie stellst du dir das vor?", fragte die ältere Frau, als das Mädchen endlich vor ihr saß.

Grete sah sie ziemlich entgeistert an. Mit allem hatte sie gerechnet, nur nicht mit dieser Frage. Darauf hatte sie ja auch keine Antwort. Ratlos schaute sie auf ihre Hände. Noch bevor sie etwas sagen konnte, setzte Frau Emmert mit den Worten „Aber meinen Sohn bekommst du nicht!" fort. Darin lag etwas Endgültiges, sodass Grete schon fast resignierte und sich wieder erheben wollte.

Doch die alte Frau hielt sie zurück. „Ich könnte den Freund meines Sohnes fragen. Er ist Soldat und ungebunden. Auch er ist alleine, so wie du." Grete nickte. Ein Soldat? So wie der eigene Vater, den sie nie hatte kennenlernen dürfen? Vielleicht war das eine Fügung des Schicksals und sie konnte durch diesen Mann ihren eigenen Vater etwas besser kennenlernen. Schließlich stimmte sie zu und begann sich wieder die Hände am Feuer zu wärmen. „Musst du nicht wieder zurück zu deiner Herrschaft?", fragte die ältere Frau und Grete zuckte fast zusammen. Die älteren Herrschaften hatte sie in der wohlig warmen Hütte fast vergessen.

Die junge Magd sprang vom Hocker auf, sagte schnell „Danke liebe Muhme", umarmte kurz die ältere Frau und eilte davon. Im Laufen setzte sie sich die Kapuze über die Kappe. Es war schon empfindlich kalt geworden. So hetzte sie durch die Straßen. Überall waren kleine Feuer aufgestellt, die die Wege beleuchteten. Aber bei der Kälte waren nur wenige Menschen nach Einbruch der Dunkelheit noch auf der Straße. Und diese Wenigen rannten zu den Hauseingängen, wie die Motten zum Licht flogen.

Wie sollte sie den beiden älteren Herrschaften eigentlich sagen, dass sie ab dem nächsten Frühjahr nicht mehr hier arbeiten konnte? Sollte sie damit warten, bis Frau Emmert mit dem Manne gesprochen hatte? Erst wenn sie verheiratet war, dann durfte sie nicht mehr als Magd arbeiten. Zuvor ging das ja noch. Aber sie brauchte ja auch noch eine Nachfolgerin. Grete klopfte sich hinter der Tür den Schnee von Schuhen und Kleidung, dann hängte sie den Umhang an den Haken in der Küche, wo er neben der Feuerstelle trocknen konnte. Schnell war das Feuer wieder geschürt und die Flammen loderten hell auf. Genauso schnell schob sie den Topf auf das Feuer und rührte kurz um. Ihr Blick fiel auf den Gang und sie sah die Herrin an ihr vorbeigehen. Kurzentschlossen eilte sie hinterher und sagte „Gnädige Frau." Dann machte sie eine kurze Verbeugung und wartete, dass die ältere Frau stehen blieb.

Die Magd wagte nicht, den Blick zu ihr zu heben und sagte daher „Gnädige Frau. Im nächsten Frühjahr werde ich heiraten." Dann hörte sie das missmutige Schnaufen der alten Frau, die sie einfach dort stehen ließ, ohne ein Wort zu ihr gesagt zu haben. „Die Suppe!", fiel es Grete wieder ein und sie rannte zurück in die Küche. Gerade noch rechtzeitig konnte sie die Fleischbrühe umrühren, bevor sie Schaden nehmen konnte.

Was würde kommen? Grete sah in die Flammen. War sie auch in ihr Verderben geflogen, so wie die Motten, die in der Kerze verbrannten? Wenn die Herrin sie nun aus dem Hause warf, so würde sie den nächsten Morgen nicht mehr erleben. Vor Angst begann Grete zu zittern. Hatte diese unsägliche Rache nun auch ihr Leben zerstört? Oder war das schon lange zuvor geschehen?

16. Kapitel

Ab ins Verderben?

atürlich konnte Minna Grete verstehen. Hatte sie der Freundin und zu einer solchen war Grete nur für sie geworden, nicht selbst mit ihrem Beispiel gezeigt, dass nur mit einer Hochzeit das mühevolle Mägdeleben beendet werden konnte? Noch dazu, wo Grete ja auch niemanden mehr auf der Welt hatte. Mutter Emmert hatte Minna vom Wunsch der anderen berichtet und natürlich auch gefragt, ob Minna nicht einen unverheirateten Mann kannte. Doch diese Frage hätte man jetzt auch irgendwie missverstehen können, daher zögerte Minna mit der Antwort. Wen kannte sie schon? Die Brüder ihres Mannes! Jedoch kannte die Mutter diese ja besser als Minna. Da hätte sie nicht Minna fragen müssen. Offensichtlich wollte sie aber keinen ihre Söhne für Grete „opfern". Vielleicht war es ja auch zu gefährlich. Wer konnte schon wissen, ob Grete nicht, als verheiratete Frau, in einen Kreuzzug gegen Heinrich von Minden zog. Die Freundin hatte in den Gesprächen so etwas angedeutet, dass die Hochzeit eigentlich nur diesem Zweck dienen konnte.

Und wer wollte schon in einen Krieg hineingezogen werden, der die eigene Existenz gefährden konnte? Grete war fünfzehn, sie selbst gerade achtzehn geworden. Da konnte man schon darüber nachdenken, was das restliche Leben bringen würde. Mühsal? Oder ein reiches Erbe? Dann fiel Minna doch noch ein Mann ein, aber genau in diesem Moment sagte auch Frau Emmert, „Dann werde ich wohl doch den Freund meines Sohnes Martin fragen müssen." Dann stand sie auf und ging. Minna sah ihr noch eine Weile nach und in Gedanken holte sie sich das Bild des Mannes vor Augen. Er war Soldat und schon sehr schick in seiner Tracht. Offensichtlich auch stark. Allerdings waren seine Augen kalt.

Vielleicht war es das Töten und das Sterben sehen, was ja für die Landsknechte alltägliches Leben war, was ihn so abgestumpft hatte. Hatte die alte Frau deshalb gezweifelt? Nach der Aussage hatte sie doch auch schon an ihn gedacht.

War das wirklich die richtige Wahl für Grete? Vielleicht sogar genau der perfekte Mann für sie? Was konnte man sich anderes wünschen, als einen Soldaten, wenn man in einen Krieg ziehen will? Doch was passierte, wenn man gesiegt hatte? Einen Soldaten konnte man entlohnen und entlassen. Aber einen Ehemann? Vielleicht sollte sich Grete nur einen Verbündeten suchen und keinen Mann! Wieder dachte Minna an den Herrn zurück. Nie im Leben würde Heinrich von Minden auch nur einen Gulden an Grete zahlen, wenn es nicht nötig war. Wenn er nicht dazu gezwungen wurde! Nur durch die Heirat mit einem Mann konnte die Freundin den Patrizier dazu bringen, die Geldstücke herauszurücken, die ihr zustanden. Eine unverheiratete Frau würde im Rat noch nicht einmal angehört werden. Eine stimmlose Magd gleich gar nicht.

Minna stand auf und ging zur Tür, welche die alte Frau bei ihrem Hinausgang offen stehen gelassen hatte. Es war schon empfindlich kalt draußen und Minna wollte die Wärme des Herdfeuers in der Behausung lassen. Mit der Klinke in der Hand sah sie nach draußen und dort stand genau in diesem Moment auch Martin mit dem Soldaten. Die beiden tuschelten anscheinend vertraut miteinander. Und genau dies machte Minna stutzig. Was gab es denn zwischen zwei Männern zu bereden, was alle anderen nicht hören sollten? Sonst brüllten sie vor den Hütten herum, dass es sicher die halbe Stadt mitbekam. Ein paar Münzen wechselten von der Hand des Landsknechtes zu Martin. Was geschah hier? Martin war gerade mal sechzehn. Was hatte er überhaupt mit diesem Mann zu schaffen? Natürlich war er ein Freund. Doch welcher Freund gab einem anderen schon Geldstücke? Dann auch noch dieses leise

Wispern, sodass es selbst Minna nicht verstand, die ja fast direkt hinter ihnen stand.

Schließlich bemerkte der Soldaten sie, wie sie hinter der Tür stand. Seine Augen wurden zu schmalen Schlitzen, so als ob er über den Lauf einer Büchse auf sie zielen würde. Ein Schreck durchzuckte Minna und sie schlug die Tür zu. Von innen lehnte sie sich gegen das Holz. Geschah da gerade etwas Verbotenes? Nur was? Sollte sie Grete von dieser Verbindung abraten? Führte diese Heirat etwa geradewegs in das Verderben der Freundin? Dieser Blick besagte nichts Gutes! Obwohl der Mann ja gerade Münzen übergeben hatte, so steckte da eine Gier nach den Münzen in diesen Augen. Verbunden mit dieser Kälte war das sicher keine gute Mischung. Minna drückte mit ihrem Rücken gegen die Tür. So als ob sie diese vor dem kräftigen Mann hätte zuhalten können, wenn er nur gewollt hätte. Ein Tritt hätte ihm sicher genügt, um Einlass zu finden.

Angestrengt lauschte sie nach draußen. Es war das Knirschen von Schritten im Schnee zu hören, dann bewegte sich die Tür. Minna schrie auf, aber es war Jacob, wie sie an seiner Frage hörte. Die Frau riss die Tür auf und zog ihn schnell in die Hütte herein. Dann schlug sie die Pforte wieder zu. Minna sah seinen fragenden Blick im Scheine des Herdfeuers, aber was sollte sie ihm erklären? „Ich habe mich nur erschrocken", sagte sie schnell und setzte aber nicht dazu, dass es vor dem fremden Mann gewesen war. Erleichtert zeigte sie zum Tisch und ging zum Herd. Schnell füllte sie etwas Suppe in die Schüssel und brachte diese, zusammen mit etwas Brot, zu Jacob an den Tisch. Nun war sie froh, dass ihr starker Mann da war. Nichts konnte ihr mehr passieren, allerdings würde er am nächsten Morgen wieder auf Arbeit gehen und sie blieb hier. Leise setzte sie sich und sah zu, wie er die Suppe auslöffelte und das Brot verspeiste. Sollte sie etwas sagen? Nur was?

„Kennst du den Freund von Martin?", fragte sie schließlich, nachdem Jacob den Löffel abgeleckt hatte. Ihr Mann nickte und setzte hinzu „Bestimmt ein Nichtsnutz. Alle Soldaten taugen nur für den Krieg. Ist kein Krieg, so taugen sie auch nichts!" Minna nickte. Sicher hatte Jacob recht. Er war ja schon weit herumgekommen. Im Gegensatz zu ihr, die die Mauern der Stadt noch nie weiter als ein paar tausend Schritte verlassen hatte.

„Deine Mutter will ihm Grete als Frau geben", setzte sie hinzu und nahm die Schüssel, um sie noch einmal zu befüllen. Eigentlich wartete sie auf ein Wort von ihm, aber Jacob sagte nichts. Dann stellte sie ihm die volle Schüssel wieder hin und ihre Augen trafen sich über die Tischplatte hinweg. Minna erkannte, dass auch er dachte, dass dieser Mann sicher das Verderben von Grete war, aber was konnten sie schon machen? „Keine Angst. Ich bin bei dir", sagten seine Augen, dann beugte er sich nach vorn und küsste Minna.

17. Kapitel

Herren und Männer

Jacob liebte diese Arbeit und er liebte seine Frau. Doch dieser Winter würde ihn schwer treffen. Er musste eine Entscheidung fällen, die ihm so unglaublich schwerfiel. Der Meister war erkrankt und der alte Mann hatte ihm, Jacob, den Auftrag gegeben, bis zu seiner Genesung das Meisteramt zu führen. Weil er nun aber erst achtzehn Jahre und immer noch Geselle war, so war dies eine Herausforderung und gleichzeitig eine schwere Prüfung für ihn. Und dann kam ja noch hinzu, dass er noch mehr arbeiten musste und damit seine Frau immer seltener sah. Natürlich hatte er bemerkt, dass ihr das nicht gefiel, doch was sollte er tun? Den Meister enttäuschen? Gerade an seinem Wohlwollen hing doch das weitere Schicksal von ihm und seiner Frau.

Der kleine Bau mit der Werkstatt lag in der Nähe des Elbtores und damit genau an der Stelle, an welcher die Wagen, die über die Furt fuhren, die Stadt verließen oder in die Stadt kamen. Auch die Wagen, die nur hinunterfuhren, um die Schiffe zu beladen, mussten an dem Hause vorbei. In der Werkstatt machten sie daher nicht nur Fässer, sondern auch Räder und alles was sonst auf einer Fahrt benötigt werden würde. Somit hatten sie immer gut zu tun. Selbst jetzt noch im Winter, denn da wurden die Fuhrwerke für das nächste Jahr überholt. Die langen Wege über Land hatten den Holzgestellen schwer zugesetzt. Zu zweit waren sie bisher ein gutes Gespann gewesen. Der Meister besaß die Erfahrung und er hatte die Kraft. Nur sie zwei arbeiten in dem Raum. Manchmal brachte Minna etwas Suppe zum Mittag vorbei und unterhielt sich mit dem alten Mann, während Jacob schon wieder die Axt schwang.

Dabei dachte er immer daran, dass er in ein paar Jahren der Meister sein könnte. Aber eben nur, wenn er diese Prüfung bestand! Und auch nur, wenn der Meister noch so lange leben würde, bis er ausgelernt und der alte Mann ihm diese Werkstatt übertragen hatte. Mit einem Handschlag hatten sie dies schon verabredet, doch noch hatte er nicht ausgelernt. Das ließen ihn nun natürlich die anderen Meister spüren, wenn er zu den Sitzungen der Zunft ging. Er war der Jüngste! Die anderen Männer waren zum Teil dreimal so alt, wie er. Bereits am ersten Abend war er argwöhnisch begutachtet worden. Zwar kannte er sich mit Holz aus, aber mit den Absprachen der Meister hatte er sich zuvor nicht beschäftigt. Ein bisschen hatte ihn sein Meister darauf vorbereitet, aber darüber erzählen und es dann erleben, das waren eben zwei völlig verschiedene Dinge.

Und so saß er nun am Abend zwischen all den alten Männern, die ebenfalls mal als Lehrling begonnen hatten und auch mit der Axt auf dem Rücken durch die Lande gezogen waren. Als Erstes wurde natürlich erwartet, dass er, als der Neue, eine Runde Starkbier ausgab. Dafür hatte ihm sein Meister extra einen Silbergulden mitgegeben. Der alte Mann wusste ja, wie es um die Finanzen von Jacob und Minna stand. Nach dem Bier begannen die Absprachen zu Preisen und Löhnen. Hier in der Zunft wurde alles geregelt, was innerhalb der Stadtmauern von einem Zimmermann gemacht wurde. Außerhalb der Tore hatten sie keinen Einfluss auf die freien Männer, die als Zimmermannsgesellen unterwegs waren und den Bauern ihre Dienste anboten. So wie es einst Jacob auf seiner Wanderschaft getan hatte. Und eigentlich saß er nur dabei und hörte den Gesprächen zu. Hier wurde alles geregelt und besprochenen. Ein Dutzend Männer regelten alle Holzarbeiten innerhalb der Stadtmauern.

Sein Sitznachbar war ein jüngerer Meister. Er stellte sich mit Karl vor und gab ihm die Hand. Die beiden waren sich sofort sympathisch gewesen. Er hatte seine Werkstatt am Neustädter Tor und machte dort dasselbe, wie Jacobs Meister am anderen Ende der Stadt. Daher kamen sie schnell in ein anregendes Gespräch. Obwohl sie ja Konkurrenten bei der Arbeit waren, redete doch jeder über das, was er täglich so tat. Karl hatte seine Werkstatt erst vor ein paar Jahren von seinem Vater übernommen. Leise sagte er „Hier gibt es Herren und Männer. Die älteren Meister sind schon Herren geworden. Nur wenige sind wirklich noch arbeitende Männer." Jacob nickte ihm verstehend zu. Hier ging es um die Verteilung von Reichtum und um den Ausschluss von billiger Konkurrenz. Leise seufzte er, als er daran dachte, dass er diese „Herren" irgendwann mal für sich gewinnen musste, denn nur wenn alle Meister der Zunft zustimmten, dann konnte Jacob hier Meister werden.

Von Mann zu Mann ging sein Blick. Irgendwie verstand er, was Karl meinte. Viele dieser Männer hatten sicher schon länger keine Axt mehr in der Hand gehabt. Der Händedruck von Karl war kräftig gewesen und daran erkannten sich die Männer. Die Herren erkannten sich an der Qualität des Tuches, dass sie trugen. Es fehlte bei einigen nicht viel und sie hätten die weißen Ringkragen der Patrizier getragen, die diese in wertvollen Spitzenstickereien um ihren Hals trugen. Dabei hatte Jacob immer das Bild des Heinrich von Minden vor seinen Augen und er dachte daran, wie dieser seine Frau behandelt hatte. Minna hatte ihm alles erzählt und wenn er diesen Lumpen mal im Dunkeln treffen würde, dann würde es ihm sicher schwerfallen, seine Faust im Zaume zu halten. Seine Gedanken gingen zu seiner Frau, die jetzt sicher schon auf ihn warten würde. Heute würde es besonders spät werden.

Aber es half eben nichts. Diese zwölf Männer würden mit darüber entscheiden, ob Minna weiter jeden Abend Hunger haben
würde oder ob sie die Frau eines Meisters war. Schon lange hatte
er gemerkt, dass sie für ihn hungerte und dass sie sich jede Münze
vom Munde absparte. Er dachte daran, wie sich Minna über den
Gulden gefreut hatte, den er ihr vor Tagen mitgebracht hatte. Genau einen solchen, wie er an diesem Abend ausgegeben hatte, um
die Meister für sich gnädig zu stimmen. Jetzt erst erkannte er so
richtig, was ihn die zukünftige Meisterwürde alles noch kosten
würde.

Minna würde den Gürtel noch enger schnallen müssen. Miss-
mutig sah er in seinen Becher. Vermutlich sah Karl diese Bewegung, denn er schlug ihm auf die Schulter. Anscheinend hatte Jacob in ihm einen richtigen Freund gefunden und in ein paar Tagen
würde er zur Werkstatt von Karl gehen, um mal mit ihm zu reden,
was ein Meister so alles brauchen würde. Hier, bei den Herren,
würde er darauf sicher keine Antwort bekommen.

Erst spät am Abend kam er bei Minna an und sah die Angst in
ihrem Blick und auch die Erleichterung, dass er wieder da war.
Schnell flog sie in seine Arme. Ein Kuss beendete den Kummer
des Tages und die Traurigkeit seiner Frau.

18. Kapitel

Angst im Dunklen

Winter war es und das neue Jahr war gerade mal ein paar Wochen alt. Minna hatte Grete seit jenem Tag, an dem sie nach dem Mann gefragt hatte, nicht mehr gesehen. Offensichtlich ließen die Herrschaften sie nun nicht mehr aus dem Hause. Obwohl Grete für Minna manchmal eher eine Konkurrentin, als eine Freundin gewesen war, so fehlte ihr nun das Gespräch mit ihr. Sie war ja praktisch die einzige gewesen, mit der sie, von Frau zu Frau, reden konnte. Mutter Emmert war genauso alt wie ihre eigene Mutter und es gab nun mal Dinge im Leben einer jungen Frau, die gingen eine Mutter nichts mehr an. Und gerade in der dunklen Jahreszeit hätte man so viel Zeit zum Reden gehabt. Dazu kam nun auch noch, dass es erst sehr spät hell und sehr früh auch wieder dunkel wurde. Jacob war immer schon beizeiten aus dem Hause und musste nun oft lange arbeiten. Sein alter Meister war krank und da hatte dieser seinem Gehilfen schon mal die Aufgaben eines Meisters, sozusagen zur Probe, überlassen. Und da wollte Jacob natürlich alles richtig machen.

Damit war Minna aber den ganzen Tag alleine in der Hütte. Und in der Nachbarhütte wohnte dieser Landsknecht! Manchmal hörte sie ihn in der Nacht brüllen, wenn er aus der Schänke zurückkam. Aber da war ja Jacob bei ihr und sie konnte sich in den Schutz seiner Arme flüchten. Tagsüber war der Gatte fern, der Landsknecht aber nebenan! Selbst wenn sie zu Mutter Emmert hinübergegangen wäre, dann wäre sie ihm damit ja auch nicht entkommen. Er war ja dort in der Hütte! Damit blieb ihr also nur, einsam, hinter verschlossener Tür, auf den Abend zu warten. Doch wovor hatte sie denn Angst? Es war mehr so eine unbewusste Furcht. Seine Augen waren es. Der Blick war leer! Da schien kein

Leben darin zu sein, verglichen mit den warmherzigen Augen ihres Mannes!

Offensichtlich blieb der Mann im Winter immer in der Nähe der Stadt. Im Sommer war er oft tagelang verschwunden gewesen. Wohin wusste keiner. Vielleicht nur Martin. Mit ihm zog der Soldat immer herum, obwohl die beiden mehr als ein paar Jahre trennten. Konnte es also nicht endlich Frühling werden? Dann würde er sicher wieder verschwinden und mit ihm Minnas Angst. Aber es war noch so lange hin! So viel Zeit zur Furcht im Dunklen. Dabei gingen ihre Gedanken auch immer wieder zu Grete. Was würde wohl werden, wenn sie das Erbe erhielt? Was, wenn nicht? Nicht mal in ihren Albträumen wollte sie mit diesem Manne zusammen sein. Und Grete würde das dann jeden Tag vor sich haben! Immer wieder fragte sich Minna, ob sie die Freundin vor dem Mann warnen sollte. War es nicht ihre Pflicht als Freundin der anderen Freundin gegenüber?

Wie weit ging so eine Freundschaft? Minna überlegte sich, dass sie Grete ja auch nichts von den Äußerungen des Herrn von Minden gesagt hatte. Auch davor hatte sie Furcht gehabt. Aber das war eine andere Art von Ängstlichkeit gewesen. In ihren Gedanken verglich sie den Landsknecht mit Heinrich. Beide waren nicht gut!

Es war später Nachmittag und vor der Hüttentür war es schon dunkel, als ein dringendes Bedürfnis Minna nach draußen zur Latrine zog, die sich hinter den Hütten befand. Dabei würde sie auch an der Hütte vorbei müssen, in welcher der Soldat wohnte und es duldete keinen Aufschub. Wenn irgend möglich hätte sie nun auf Jacob gewartet, aber so lange würde sie es wohl nicht mehr aushalten. Für einen Moment dachte sie noch daran, sich vielleicht in den

Eimer zu erleichtern, doch dann faste sie Mut und schob die Tür auf. Bis zu dem Balken waren es ja nur ein paar Schritte und dorthin ging fast jeder aus der kleinen Gruppe der Hütten. Was konnte ihr auf diesen dreißig Schritten schon schlimmes passieren?

Sie kam nun fünfzehn! Direkt an der Ecke zur Nachbarhütte blieb sie stehen, weil sie einen Schatten gesehen hatte. Dann hörte sie ein Tuscheln. Zwei Männer mussten auf der anderen Seite stehen und unterhielten sich leise. Minna hörte zu, obwohl sie das nicht wollte. Schon einmal war sie ja gewarnt worden, als der Herr sie für ihr Lauschen die Treppe hinab geworfen hatte. Doch etwas zwang sie, dort stehenzubleiben. Das leise Gespräch ging darum, dass ein Kaufmann sehr viel Geld haben sollte. Und natürlich ging es auch darum, dieses Geld „umzuverteilen", wie einer der beiden Männer wispernd sagte. Minna war klar, dass hier gerade ein Raub besprochen wurde, denn freiwillig würde ja niemand sein Geld herausgeben. Nun wollte sie nur noch zurück, der Eimer in der Hütte war jetzt die sicherere Wahl.

Im Umdrehen stieß sie allerdings gegen die Hüttenwand. Das Geräusch war viel zu laut! Erschrocken sah sie über die Schulter zurück und blickte in die eiskalten Augen des Landsknechtes. Der Mann hatte die geistige Büchse schon auf sie abgefeuert! Dieser Blick hätte einen Panzer durchdringen können! Mit schnellen Schritten rannte Minna, trotz des sie behindernden Kleides, zur Hütte zurück, doch der Mann holte sie an der Hüttentür ein und schleuderte sie durch die sich öffnende Tür in den Raum hinein. Minna prallte gegen den Tisch und schon legte sich eine große Hand von hinten über ihren Mund. „Von all dem wirst du niemanden etwas verraten!", wisperte die Stimme dicht bei ihrem Ohr. Minna nickte und der Mann flüsterte weiter „Ich werde immer in deiner Nähe sein und du wirst sterben, wenn auch nur ein Wort darüber deinen Mund verlässt!" erneut nickte sie.

Die Hand blieb weiter vor ihrem Mund und sie hörte, wie die Tür zuschlug. Eventuell hatte er sie mit dem Fuß zugeschlagen oder ein anderer Mann war in die Hütte gekommen. Jedenfalls ließ der Soldat sie nicht los. Dann spürte sie den kalten Stahl einer Klinge an ihrem Hals. Wollte er sie nun töten? Wofür? Sie hatte ihm doch schon versprochen, nichts zu verraten. Jemand zog ihr die Kappe vom Kopf und griff in ihr Haar. Also war noch ein weiterer Mann in die Hütte gekommen, denn die beiden Hände des Soldaten waren an der Waffe und vor ihrem Mund. Das Licht, das in der Hütte auf dem Tisch brannte, wurde gelöscht und der Mann hinter ihr drückte sie weiter gegen den Tisch.

Nur die Flammen des Herdes zeigten die Schatten an der Wand. Die dunkle Erinnerung an das Leben als Magd kam zurück. Wollten die beiden Männer ihr Gewalt antun? Minna zuckte zusammen und riss ihre Augen auf. Nur ein Keuchen verließ ihren verschlossenen Mund. Zwei Hände betasteten sie und glitten auch unter ihr Kleid, vor Angst machte sich Minna ein, was auch die beiden Männer bemerkten. Sie lachten und der Soldat sagte leise „Beim nächsten Male bist du dran.", dann ließ er los und wenig später klappte die Tür. Minna war vor Furcht wie versteinert.

19. Kapitel

Sehnen nach Sonne

Es war in dem Hause nur noch viel schlimmer geworden. Seit Grete der Herrin gesagt hatte, dass sie im Frühling das Haus verlassen wollte, machte diese Frau ihr das Leben zur Hölle. Der Herr hatte gar nichts gesagt. Vermutlich war es ihm egal, wer um ihn herum putzte. Doch die Herrin sah es wohl als eine Art von Missachtung ihrer Person an und das durfte sie sich von einer Magd nicht bieten lassen. Hatte die ältere Frau sie früher einfach in Ruhe ihre Arbeit machen lassen, so sah sie sie nun immer hinter ihr her, was sie gerade machte. Hatte Grete mit ihrer Ansage bezwecken wollen, dass sich die Herrin schon im Vorfeld nach einer neuen Magd umsehen konnte, so hatte sie nur erreicht, dass die alte Frau nun genau aufpasste, was sie hier machte. Dabei kam es dann schon mal vor, dass der Eimer mit der Asche aus dem Herd genau in dem Moment umfiel, in welchem Grete gerade den Flur wischte.

Oder sich die Suppe in das Feuer im Herd ergoss. Aber all das bewirkte nur, dass sich Grete nur noch viel mehr danach sehnte, dass endlich Frühling wurde und die Sonne wieder den Schnee schmolz. Dann würde sie schließlich dieses Haus verlassen können und niemals wieder diese Schwelle betreten. An manchen Abenden weinte sie sich in den Schlaf, an anderen hatte sie nicht mal mehr die Kraft, um zu weinen. Dazu kam auch noch, dass die freien Nachmittage, die Grete bisher immer einmal die Woche gehabt hatte, nun ersatzlos gestrichen waren. Damit war sie nun schon seit acht Wochen im Unklaren darüber, ob Muhme Emmert überhaupt schon mit dem Mann sprechen konnte und was der wohl dazu gesagt hatte. Praktisch tappte sie nun völlig im Dunklen und musste darauf vertrauen, dass Frau Emmert ihr half.

Auch das aus dem Hause schleichen war ihr verboten worden. Und solange draußen noch Schnee lag, war es fast ein Todesurteil, das Haus zu verlassen und nicht zu wissen, ob man es später wieder betreten durfte. Wo hätte sie den hingehen sollen? Sich in der Kirche auf einer Bank zusammenrollen und hoffen, dass man am nächsten Morgen nicht erfroren war?

Endlich schmolz der Schnee. Hoffnung senkte sich in Gretes Herz. Zusätzlich trat auch noch eine junge Magd, noch keine vierzehn Jahre alt, in den Dienst der Herrin. Die lang ersehnte Ablösung für Grete! Mit der Sonne kam das Glück zurück. Doch zuerst mal noch viel Arbeit. Denn sie musste dem anderen Mädchen, zusätzlich zu ihrer eigenen Arbeit, auch noch alles beibringen, was ihr einst Regina über dieses Haus und den Haushalt hier beigebracht hatte. Ebba, wie das Mädchen hieß, stellte sich gar nicht so schlecht an.

Grete dachte an ihre eigenen ersten Tage in dem Hause und an all die Fehler, die sie damals in der ersten Woche gemacht hatte. Und sie dachte daran, dass Ebba ja schon bald alleine hier diesen Haushalt führen musste. Sollte sie die Andere dafür bedauern? Der Unmut der Herrin ihr gegenüber hatte nicht nachgelassen und eigentlich konnte sie sich nur selbst dafür bedauern.

Dann näherte sich endlich die Osterwoche und damit auch die Übergabe der Geschäfte. Im Beisein der Herrin würde Grete die Schlüssel an Ebba übergeben und damit auch die Verantwortung an die junge Frau. Zum Ostergottesdienst würden sie zusammen gehen und danach würde nur Ebba wieder in das Haus zurückgehen können. Bisher wusste aber Grete noch gar nicht, wo sie danach blieb. Im schlimmsten Falle würde sie draußen irgendwo schlafen müssen. Jedoch waren nun die Tage zum Glück nicht mehr so kalt und selbst in der Nacht konnte man nicht mehr erfrieren. Mit jedem Tag wurde es wärmer. Den wärmenden Umhang mit der Kapuze und den Mantel brauchte Grete nun schon ein paar Wochen nicht mehr. Aber immer noch wusste sie nicht, wie es nun um ihre Zukunft stand.

Zwar kannten Mädchen im Allgemeinen vor der Hochzeit ihre zukünftigen Ehemänner nicht, aber sie wussten wenigstens, ob sie heiraten würden und wann. In ihrem Falle war ihr alles unbekannt. Es war wie ein schneller Lauf durch eine Mondlose Nacht. Man konnte Glück haben oder gegen eine Hauswand prallen. Erst am Palmsonntag gelang es ihr kurz zu Frau Emmert zu gehen, die in der Kirche am Eingang stand. Doch für ein Gespräch reichte es nicht. Nur ein freundliches Nicken der älteren Frau ließ Gerte wieder Zuversicht schöpfen. Allerdings konnte sie den Mann nicht sehen. Sicherlich war er ebenfalls in der Kirche anwesend und sie sah sich um, aber wer konnte es denn sein? Noch eine Woche der Unkenntnis würde folgen! Nach dem Ende des Gottesdienstes musste Grete auch schon wieder losrennen, um den sonntäglichen Braten für die Herrschaft vorzubereiten.

Dabei sah sie aus dem Augenwinkel einen unbekannten Mann neben Muhme Emmert stehen und dachte sich, dass es wohl der Mann sein müsste. Nur für einen Augenblick hatte sie ihn gesehen. Er war hochgewachsen und schien kräftig zu sein, aber das musste man als Soldat sicher auch sein. Er hatte die typische Kleidung eines Landsknechtes getragen und daher vermutete Grete in ihm ihren zukünftigen Mann. Am Topf stehen dachte sie an diesen Moment zurück und holte sich das Bild des Mannes noch einmal vor ihre Augen zurück. Dieser Mann hatte ganz passabel ausgesehen und vielleicht hatte sie mit ihm Glück. Als Soldat konnte er vielleicht auch ihr Recht vor dem Rat vertreten. Und wenn sie es recht besah, so wollte sie ja auch nur heiraten, um ihren Anspruch zu erhalten. Natürlich auch, um dieses Haus endlich zu verlassen. Die Herrin betrat das Zimmer und sah über Gretes Schulter in den Topf hinein. Doch sie sagte kein Wort. Grete war schon froh, als sie ging und nicht den Topf umgeworfen hatte.

„Noch sieben Tage!", dachte sich die junge Frau, während sie in dem Topf rührte. In Gedanken war sie schon weit weg. Hatte der Mann sie auch gesehen? Vielleicht hatte Muhme Emmert auf sie gezeigt, als sie an ihr vorbei geeilt war. Ein Sehnen nach der Sonne war in ihr und nun war es auch noch ein Sehnen nach dem Mann, der für den Rest ihres Lebens an ihrer Seite sein würde. Der mit ihr für den Anspruch auf ihren Erbanteil kämpfen würde.

Ein Soldat! Ein Kämpfer für das Recht! Für ihr Recht!

20. Kapitel

Frühlingsgedanken

Minna hatte nichts verraten. Was hätte sie auch sagen können und wem? Hätte sie ihrem Mann sagen sollen, dass es vermutlich sein Bruder gewesen war, der sie beinahe vergewaltigt hätte? Und dann war es ja beim „beinahe" geblieben. Eigentlich hatten die Männer sie nur einschüchtern wollen und das war ihnen auch gelungen. Manche Nacht war sie erschrocken aus einem Traum gewacht. Auch Wochen später hatte sie immer noch die Klinge am Hals gespürt. Nun war es endlich Frühling und damit waren die beiden Männer verschwunden. Aus dem belauschten Gespräch hatte Minna geschlossen, dass sie sicherlich auf kleine Beutezüge in das Umland gingen. Allerdings konnte sie Jacob auch darüber nichts erzählen, denn er hätte bei der Rückkehr seinen kleinen Bruder sicherlich zur Rede gestellt und dann wäre ihr Leben verwirkt gewesen. Der Landsknecht konnte es sicher sofort an fünf Fingern abzählen, wer da wohl geplaudert hatte.

Und auch Grete konnte sie es nicht sagen, selbst wenn es etwas genutzt hätte. Die Freundin wollte einen Soldaten, einen Kämpfer, an ihrer Seite. Im Moment lebte sie immer noch in dem Hause der Herrschaft. Nur kurz durfte sie am Sonntag das Haus verlassen, um am Gottesdienst teilzunehmen. Ein kurzes Gespräch war zwar möglich, aber die Freundin war immer in Eile gewesen. Was würde sie wohl sagen, wenn Minna ihr von der Hochzeit abriet? Seit Monaten wurde sie dafür praktisch von ihrer Herrin gequält und nun, so kurz vor Ostern, sollte das alles für umsonst gewesen sein? Da wollte Minna lieber an etwas Gutes denken. Zum Beispiel an den kommenden Frühling.

90

Die ersten Blümchen erhoben ihre Köpfe aus dem Winterschlaf. Das erste Grün begann sich an den Zweigen der Haselsträucher zu zeigen und die Luft roch mit einem Male ganz anders.

Eine Befreiung ging durch die Stadt und im Falle von Minna war diese sogar doppelt. Zum einen war der Winter weg und zum anderen auch die Bedrohung durch den Landsknecht, der allerdings jeden Sonntag pünktlich zum Gottesdienst wieder da war. Ihr schien es so, als ob er sie beobachtete und jeden Schritt, den sie in Richtung von Grete machte, sorgsam im Blick hatte. Demonstrativ rückte er manchmal den Dolch an seinem Gürtel zurecht. Es sah wie eine unbedachte Handlung aus, doch Minna verstand den Wink. Dieser Mann, in seinem schillernden Aufzug, stach so von allen anderen in der Kirche ab. So wie ein Fasan unter Tauben! Zum Glück verschwand er nach dem Gottesdienst meist sofort wieder. Wohin, das wusste keiner. Vielleicht in die Spelunke am Tor? Oder irgendwohin in den Wald?

Auch Martin war verschwunden und tauchte ebenfalls nur gelegentlich in der Kirche auf. Immer wieder herzlich von Jacob begrüßt. Minna bemerkte dies, doch sie sagte nichts. Wer war sie schon, dass sie sich zwischen Jacob und seinen geliebten Bruder drängen konnte? Was würde das bewirken? Sollte er sich zwischen ihr oder Martin entscheiden? Da konnte sie doch nur verlieren, selbst wenn das Messer des Soldaten ihren Hals dafür verschonte. All diese nutzlosen Gedanken kamen nur am Sonntag zu ihr, der Rest der Woche war nun angenehm. Die warmen Sachen des Winters konnte sie ablegen und den Mantel brauchte sie nicht mehr, wenn sie die Hütte verlassen wollte.

Die ersten warmen Sonnenstrahlen lockten sie vor die Stadt auf die Felder, wo die Blumen blühten oder mit der Kiepe auf dem

Rücken in den Wald, wo sie Brennholz holen konnte. Die Vorräte des Winters waren erschöpft und der Wald war nicht weit weg. Es war ja nur ein Wäldchen. Nicht mal eine Stunde zu Fuß, bis dorthin und Minna konnte singend alleine über die Felder laufen. Manchmal zog sie ihre Schuhe aus und lief durch das nasse Gras. Dann winkte sie den Bauern zu, die nun auch wieder nach ihren Felder sahen und auch den Schiffen, die auf dem Fluss nebenan fuhren. Die Helligkeit des Frühlings hatte die dunklen Gedanken des Winters verdrängt.

Hatte sie sich vor ein paar Wochen noch in ihrer Hütte eingeschlossen, so lief sie nun völlig unbekümmert über die Wiese. War das Leben nicht schön? Konnte es nicht immer Frühling sein? Natürlich schmerzte es immer noch, dass sie nicht schwanger geworden war, obwohl sie es immer wieder versuchten, aber Minna wollte jetzt nicht daran denken und die Blumen lenkten sie von diesen düsteren Gedanken ab. Doch dann waren die Gedanken plötzlich wieder da. Der Frühling war nun mal auch eine Zeit der Fortpflanzung! Auf ihrem Weg sah sie eine Entenfamilie im Wasser und später beobachtete sie ein Nest in einem Gebüsch. Leise schlich sie weiter, bevor sie die Wehmut überfallen konnte. Dann hatte sie den Rand des Waldes endlich erreicht. Stück für Stück wanderte das Holz in den Korb. Ast für Ast, in armlange Stücke gebrochen. Was natürlich nicht so leise vor sich ging.

Endlich war der Korb voll und Minna wollte sich auf den Heimweg machen, als sie eine Bewegung im Unterholz bemerkte. Die junge Frau erschrak. War da ein Wildschwein in der Nähe? Diese Tiere konnten in dieser Jahreszeit gefährlich werden. Schnell zog sie das Messer aus der Scheide an ihrem Gürtel. Würde diese kleine Klinge ihr da etwas nutzen? Zumindest beruhigte der Dolchgriff ihre Nerven. Langsam und leise schob sie sich zum Waldrand zurück. Dann sah sie etwas Buntes zwischen den Bäumen. Das konnte kein Schwein sein! Sie versteckte sich hinter einem der Bäume und schaute vorsichtig herum. Nun musste sie warten, bis sie weiter gehen konnte. Vielleicht war es ein Förster, der hier nach einem Wilderer suchte und dem wollte sie nicht unbedingt in die Hände fallen, auch wenn sie nichts zu verbergen hatte. Doch manche dieser Herren bestraften die Frauen auch, wenn sie nur Holz aus dem Wald holten.

Angestrengt lauschte sie auf die leisen Schritte. Da lief jemand, der sich im Wald auskannte. Nur mit Glück hatte sie ihn bemerkt, bevor er sie gesehen hatte. Es dauerte eine ganze Weile, bis sie sicher sein konnte, dass der Mann weit genug weg war und sie ihren Weg schnell wieder aufnahm. Den Dolch hatte sie wieder verwahrt und nach ein paar dutzend Schritten war der Waldrand endlich erreicht. Dort drehte sich Minna zur Sicherheit noch einmal um und erstarrte erneut. Der fremde Mann stand nur ein paar Armlängen hinter ihr. Entweder war er sehr leise gewesen oder ihre eigenen Schritte hatten seine Geräusche überdeckt. Seine schussbereite Büchse zeigte drohend in Minnas Richtung. „Bitte tun sie mir nichts!", flehte Minna ihn an, doch der Mann winkte ab „Sei vorsichtig. Hier im Wald soll es Räuber und Wegelagerer geben. Denen bin ich auf der Spur!" Minna nickte ihm dankbar zu. Eigentlich wusste sie ja, wen der Mann hier suchte. Doch sie sagte nichts und lief zur Stadt zurück.

21. Kapitel

Ein wichtiges Dokument

un war Grete zwar praktisch frei, doch Muhme Emmert sorgte dafür, dass sie den zukünftigen Mann nicht vor der Hochzeit sehen konnte. In der Woche nach Ostern schickte diese Grete zu einem Bauern, wo sie helfen musste und damit zeigen sollte, dass sie eine gute Hausfrau war. Das gefiel ihr eigentlich gar nicht, aber bei den Bauersleuten hatte sie es vergleichsweise gut. Im Gegensatz zu ihrer Arbeit als Magd, in dem vornehmen Hause, war das Leben als Magd in dem Bauernhaus nicht ganz so anstrengend. Die Arbeit war es zwar, aber das ganze Leben drum herum war so viel einfacher. Man redete mit ihr und sie saß am Abend am Tisch des Bauern. Grete fühlte sich wie ein Teil der Familie und das war etwas, was ihr schon eine Weile nicht mehr passiert war. Die letzten Jahre war sie ja praktisch einsam und alleine gewesen. Nun konnte sie auch wieder lachen und scherzte schon bald mit der fast doppelt so alten Bauersfrau am Abend herum.

Der Bauernhof lag gar nicht weit von der Stadt weg und Grete konnte den Turm der Kirche sehen, wenn sie vom Feld aus zum Fluss sah. Zum ersten Mal nach so langer Zeit in ihrem Leben fühlte sie sich wieder so frei, wie sie es gewesen war, als die Mutter noch gelebt hatte. Vielleicht sollte sie weiter hier in dem Dorfe leben und dieses verdammte Erbe einfach vergessen. Aber es war ja nur ein Leben auf Zeit. Schon bald würde sie heiraten und dann würde sie auch dieses Bauernhaus verlassen. Wo sollte sie denn dann überhaupt leben? Das hatte ihr die Muhme nicht gesagt. Sollte sie mit dem Soldaten umherziehen? Immer auf einem neuen rastlosen Weg? Was wäre, wenn sie doch noch ihr Erbe bekommen würde? Vielleicht konnte ihr Mann dann als Stadtsoldat in

Tangermünde eine Anstellung finden? So viele Fragen blieben noch offen, die sich Grete jeden Abend stellte, wenn sie auf den Strohsack fiel.

Mehr als zwei Monate hatte sie dort gearbeitet, bis Frau Emmert sie eines Sonntages wieder abholte und sagte „In einer Woche ist es soweit!" Gemeinsam gingen sie den Pfad zur Stadt hinüber und Grete konnte es nun gar nicht erwarten, den Mann endlich zu sehen, doch Muhme Emmert bremste ihre Vorfreude durch die Worte „Antonius Meilahn kommt erst in einer Woche wieder zurück in die Stadt." Ein bisschen enttäuscht war Grete schon darüber, aber nun kannte sie zumindest seinen Namen. Doch mehr erfuhr sie nicht über ihn. Alles Fragen brachte nichts. Die Muhme schwieg sich aus. Ganz der alten Tradition verpflichtet, dass die Braut vor der Hochzeit nichts von ihrem Manne erfahren sollte. Das war so ungerecht! Grete wollte alles Wissen und die Frau schwieg einfach.

Eine Woche noch! Eine Zeit, die nur so dahin flog. Zusammen mit Minna fertigte Grete das Hochzeitskleid. Sie lebte nun in der Hütte von Muhme Emmert, in der sie vorübergehend untergekommen war. Das gefiel der älteren Frau zwar nicht so richtig, da auch noch ihr minderjähriger Sohn dort wohnte, aber sie hatte ja Grete dorthin geholt und wo sollte das Mädchen denn sonst wohnen? Offensichtlich hatte sich die Muhme dies alles nicht so richtig überlegt, oder gerade deswegen Grete so lange bei den Bauern gelassen, bis es eben nicht mehr anders ging. Jedenfalls achtete die alte Frau sorgsam darauf, dass Grete in der Hütte immer ihr Haar sorgfältig bedeckt hielt. Daher war sie am liebsten in der Nachbarhütte bei Minna und nähte dort an dem Kleid. Dabei kicherten sie wie die Kinder.

Schließlich war das Kleid fertig und es war Freitagabend, als sie zum ersten Male vor dem Mann stand. Natürlich gefiel das der Muhme nicht so richtig, aber nun konnte sie ja Grete auch schlecht wieder wegschicken. Er war hochgewachsen und hatte einen gepflegten Vollbart. Die Kleidung war genauso bunt, wie es die Mutter ihr auch vom Vater beschrieben hatte. Eine blaue Hose mit vielen Fransen, die nur bis zu den Knien reichte und ein paar Male unterteilt war. Darüber trug er ein rotes, geschlitztes Wams, unter dem er ein grünes Unterkleid trug, dass durch die Schlitze hervorblitzte. Ein großer Hut, mit breiter Krempe und einer langen, weißen Feder vervollständigte seinen Aufzug. Am Gürtel trug er das kurze Landsknechtsschwert mit dem seltsam geformten Schutz am Griff, der wie ein S aussah.

Seine ersten Worte zu ihr waren „Und du bist also die Erbin derer von Minden?" Für einen Moment wusste sie nicht, was sie sagen sollte, aber vielleicht war es genau so richtig, dass er sich für ihr Erbe einsetzen würde. Daher nickte sie und bestätigte dies. Nun erst zog er seine Hut vor ihr und schwenkte diesen so gekonnt, wie er es sicher ein paar hundert Male schon geübt hatte. Doch näher kamen sie sich vorerst nicht, die Muhme drängte sich zwischen sie und für die nächsten zwei Nächte musste Grete nun bei Minna schlafen, weil Antonius in der Hütte der Emmerts blieb, denn solange sie noch nicht verheiratet waren, durften sie ja nicht unter demselben Dach zusammen sein.

Endlich war Sonntag und nun zog Grete das neue Kleid an. Zusammen mit Minna betrat sie die Kirche und von der anderen Seite trat auch Antonius ein. Mit seiner bunten Kleidung war er unübersehbar. Zu Beginn des Gottesdienstes saßen sie an verschiedenen Enden derselben Bank. Zwischen ihnen saß die gesamte Familie Emmert. Erst am Ende wurden sie vom Pfarrer nach vorn gebeten. Dieser vollzog die Trauung dann auch ziemlich schnell und unterschrieb dann den Trauschein. In Erinnerung an das ganze Drama, dass ihre Mutter wegen des verloren gegangenen Trauscheins gehabt hatte, verwahrte Grete diesen wichtigen Schein nahe bei ihrem Herzen.

Hand in Hand, als Mann und Frau, verließen sie die Kirche und Antonius führte sie den Weg entlang. Allerdings gingen sie nicht zu den Hütten zurück, wie sie es erwartet hatte, sondern ihr Mann zog sie zu einer kleinen Herberge. Dort setzten sie sich in den Schankraum und Antonius ließ durch den Wirt erst mal richtig Essen auftischen. Er zahlte mit glänzenden Münzen aus seinem Beutel. Gebratene Hühnchen, Brot und Wein standen fast sofort auf dem Tisch.

Obwohl auch Grete hungrig war, bekam sie so gut wie nichts herunter. Sie konnte nur zusehen, wie Antonius, oder kurz Tonnis, einen Becher Wein nach dem anderen trank. Nach vielen Bechern zog er sie dann mit sich, die dunkle Treppe hinauf, auf das Zimmer.

22. Kapitel

Eine unmissverständliche Warnung

rete war zwar aus dem Haus der Herrschaft heraus, aber damit war sie für Minna praktisch immer noch nicht erreichbar. Mutter Emmert hatte sie bei einem Bauern untergebracht, der gerade eine Magd für seinen Hof suchte und da die erfahrene Frau Grete weder in ihrem Haus noch in dem von Minna unterbringen wollte, war das wohl die beste Wahl gewesen. Aber damit war die Freundin eben wieder unerreichbar. Schon wochenlang hatte Minna gegrübelt, ob sie Grete vor diesem Manne warnen sollte, den die Freundin erst ein oder zweimal in der Kirche gesehen hatte. Noch immer schnürte es Minna die Kehle zu, wenn sie nur an den Mann dachte. Würde er friedlicher werden, wenn er erst mal verheiratet war? Wenn Grete das Erbe bekommen würde, dann sicher. Doch was wäre, wenn nicht? Vielleicht würde der Soldat dann weiter ziehen? „Irgendwo ist immer Krieg!", hatte Jacob ihr Mal im Winter gesagt und vermutlich hatte er damit recht.

Dann würde sie den Mann nicht mehr zu Gesicht bekommen, aber auch die Freundin verlieren. Wäre das so schlecht? Noch immer wollte sie Grete nicht in der Hütte haben, wenn Jacob nach Hause kam. Da steckte so ein kleiner Rest eines Zweifels in ihr. Bestimmt wäre es gut, wenn Grete verheiratet war, aber musste es dieser Taugenichts sein? Allerdings war Minna auch keine andere Möglichkeit eingefallen. Im Winter hatte sie lange darüber gegrübelt, sie hatte ja in der Hütte genug Zeit gehabt. Doch ihr war kein unverheirateter Mann eingefallen. Die Männer, die sie kannte, waren schon verheiratet oder zu jung. So wie die Brüder von Jacob. Und was würde es bringen, wenn sie Grete mit Martin verheiraten würden? Dieser schien sich in ein kleineres Abbild des Soldaten zu verwandeln. Auch seine Augen waren kalt geworden und wenn er Jacob in der Hütte besuchte, so vermied es Minna, ihm in diese Augen zu sehen.

Zum ersten musste sie noch daran denken, wie er sie abgetastete hatte und zum zweiten lag der Tod in seinem Blick. Ein Frösteln durchlief ihren Körper, wenn sein Blick sie nur streifte. Beides war eine unmissverständliche Warnung für sie, nichts zu verraten. Ganz besonders schmerzte es sie aber, mit Jacob nicht darüber sprechen zu können. Sonst konnte sie ihm alles sagen, aber dies hier würde seine Familie zerstören und in ein paar Tagen wäre dieser Spuk ja auch vorbei. Auch, wenn Grete dafür ihre Seele opfern musste. Doch die Freundin wollte es ja so. Oder nicht?

Minna wusste nicht, ob Grete den Landsknecht wirklich schon kannte. Es schien so, als ob Mutter Emmert die beiden so lange wie nur irgend möglich voneinander fern halten wollte. Ahnte die erfahrene Frau etwas? Oder hatte diese Frau damit einen Plan? Sicher hatte sie bemerkt, wie ihr Sohn an dem Soldaten hing. Das würde sich vielleicht ändern, wenn dieser verheiratet war. Wollte die schlaue Frau damit eventuell zwei Probleme mit einem Male erledigen?

Zum einen war der Landsknecht, als verheirateter Mann, dann nicht mehr in ihrer Hütte und zum zweiten würde er dann nicht mehr so viel Zeit mit ihrem Sohn verbringen können. War das schon von Anfang an der Plan von Mutter Emmert gewesen? Diese Erkenntnis versetzte Minna einen Schlag. Alle wussten es, alle außer Grete! Und niemand würde mit ihr reden! Darum war Grete auch bei dem Bauern untergekommen. Nicht als Schutz für die Freundin, sondern um den Plan von Frau Emmert nicht zu gefährden!

Würden mit dieser Hochzeit drei Menschen glücklich? Der Soldat bekam sein Erbe, Frau Emmert war den Soldaten los und Grete hatte einen Kämpfer für ihr Recht an ihrer Seite. Konnte das für alle ein gutes Geschäft sein? Oder stand dieser Plan von Anfang an auf wackeligen Füßen? Grete hatte ihr schon gesagt, wie der Rat beim letzten Male auf ihr dortiges Vorsprechen reagiert hatte. Was würde sich ändern, wenn sie verheiratet war? An der Haltung des Rates zu ihr sicher nicht viel! Oder doch? Minna kannte Heinrich von Minden nur zu gut. Der würde alles in Bewegung setzen, nur um einen einzigen Gulden zu sparen. Warum sollte dieser Mann dann seinen Reichtum mit Grete teilen? Bisher hatte er es doch auch nicht getan, auch wenn es ihm ein Leichtes gewesen wäre.

Und dann dachte Minna wieder an den Dolch an ihrem Halse. Sie würde wahrscheinlich die Woche nicht überleben, wenn durch ihre Rede etwas bei der Hochzeit schiefging. Diese Augen hatte sie gesehen und die Gier, die darin lag. Der Landsknecht würde alles aus dem Wege räumen, was zwischen ihm und der erhofften Beute stand. Da war es dann noch schwieriger, als eine Woche vor der geplanten Hochzeit plötzlich Mutter Emmert mit Grete in der offenen Tür der Hütte stand. Zuerst würde Grete bei Mutter Emmert leben, später bei ihr. Schnell waren ein paar Dinge geregelt, die die Ehre von Grete erhalten sollten. So würde Jacob später für ein paar Tage in der anderen Hütte schlafen und Grete bei Minna. Die beiden Freundinnen umarmten sich und dann ging auch schon das Nähen des Kleides los. Bezeichnenderweise war die alte Frau fast den ganzen Tag in der Nähe. Entweder sie war vor der Hütte oder sie saß mit am Tisch und nähte.

So gab es natürlich nur belanglos Gespräche über die Freuden des Ehelebens. Und dann kam auch noch dazu, dass der Landsknecht sicher irgendwo in der Nähe war. Minna hatte ihn nicht gesehen, aber sie konnte spüren, dass er nicht weit weg sein würde. Zwar würde es das Gesetz verlangen, dass er sich vor der Hochzeit von seiner zukünftigen Frau fernhielt, aber was interessierte den Mann schon ein Gesetz?

Als Minna dann an einem Morgen aufwachte, da steckte ein Messer direkt über ihrem Nachtlager in der Hüttenwand. Auch wenn es dieses Zeichens nicht bedurft hatte, so war es doch eine erneute Warnung an Minna. Schnell zog sie es heraus und ließ es verschwinden, bevor Grete erwachen würde und Fragen stellen konnte. Der Mann war also bis zu ihr in die Hütte gekommen und war direkt an ihrem Bett gewesen, ohne dass sie es bemerkt hatte.

Mit gespielter Fröhlichkeit ging es weiter an das Kleid. Der Sonntag kam und die Hochzeit würde sicher eine Erlösung für Minna sein. Aber war sie das wirklich?

23. Kapitel

Recht haben und Recht bekommen

ie hörte auf die Schlafgeräusche des Mannes neben sich. Ihres Mannes. Grete lag unter der Decke wach und hatte Tränen in den Augen. Der Mann war zu betrunken gewesen, um mit ihr richtig zu sprechen, aber er war noch nüchtern genug gewesen, die Ehe zu vollziehen. Im Moment tat ihr alles weh und sie versuchte nicht an den Schmerz zu denken, doch dieser brachte sich immer wieder in ihre Gedanken zurück. Natürlich war der Mann ziemlich kräftig, das hatte sie schon an seinem Händedruck gespürt, aber dass er sie so brutal zur Frau machen musste, das hatte sie nicht erwartet. Auch hin und her wälzen, um eine bessere Schlafposition zu finden, wollte sie nicht, um ihn damit nicht zu wecken.

Lange hatte es gedauert, bis sie endlich doch noch in den Schlaf gekommen war, aus dem sie dann durch den Gesang eines Vogels, der auf dem Fensterbrett des Zimmers saß, wieder geweckt wurde. In Anbetracht der sommerlichen Temperaturen hatten sie am Abend zuvor einfach die Fensterläden offen gelassen. Nun schien die Sonne in ihr Gesicht und sie lauschte dem gefiederten Sänger.

Tonnis bewegte sich im Halbschlaf und ließ sie zusammenzucken. Noch zu gut waren die Schmerzen in ihren Gedanken, auch wenn sie in der Nacht etwas abgeklungen waren. Der Mann richtete sich im Bett auf, dann setzte er die Füße auf den Boden und ging die paar Schritte bis zu dem Nachttopf, der in der Zimmerecke stand. Er zog sich das Untergewand hoch und erleichterte sich plätschernd in den Topf. Als er sich wieder umdrehte, sah sie das Blut auf seinem Gewand und musste feststellen, dass es ihr eigenes

Blut war, denn auch ihr Unterkleid war damit beschmiert. Der Mann sagte nichts und zog sich, des Blutflecks ungeachtet, seine Kleidung wieder an, dann verließ er das Zimmer und sie blieb zurück. Froh, dass er fort war, setzte sie sich auf, säuberte sich in einer Schüssel mit Wasser und wusch auch das Unterkleid aus. In einem neuen Unterkleid und dem schönen Kleid setzte sie sich an das Fenster und wartete, was der neue Tag wohl nun bringen würde.

Zuerst mal brachte er ihr kein Frühstück, denn Tonnis kam wenig später, satt und zufrieden, wieder zurück und sagte „Es ist Montag. Lass uns zum Rat gehen und dein Erbe einfordern!" Sein Ton duldete keinen Widerspruch und so gingen sie gemeinsam die wenigen hundert Schritte bis zum Rathaus. Die ganze Zeit überlegte Grete, wie sie es wohl anstellen sollte, dass der Rat umgestimmt wurde. Vielleicht würde Tonnis auch zu Gewalt greifen, denn er trug das Schwert an seiner Seite. Die Hand umschloss den Griff, als ob er in einen Kampf ziehen wolle. Und es würde ein Kampf werden. Ein Kampf um das Erbe! Sie stiegen die Treppe zum Saal hinauf und zwei Wachen kreuzten vor ihnen ihre Spieße. „Übergib uns erst dein Schwert!", sagte einer der Beiden und Tonnis antwortete „Nur über meine Leiche!"

„Das kannst du haben!", sagte einer der Beiden, der viel breiter in den Schultern als Tonnis war. Der Wachposten zog mit der anderen Hand sein Schwert und setzte die Spitze auf die Brust von Antonius. Zähneknirschend übergab er nun sein Schwert und der Weg in den Ratssaal wurde freigegeben. Sie traten vor den Rat und Tonnis schob Grete ein Stück nach vorn. „Ich fordere mein Erbe, welches mir zusteht!", sagte Grete und die Herren des Rates sahen sich an. Dann begann einer zu lachen und alle stimmten ein. „Was forderst du da? Ein Weib stellt Forderungen auf?", sagte einer der

Männer und nun trat Tonnis vor „Wir fordern nur, was rechtens ist!"

Einer der Ratsherren, an der Kette als der Bürgermeister Kaspar Helmreich zu erkennen, fuhr die beiden an „Aus welchem Grund sollte euch ein Teil des Erbes des Herrn von Minden zustehen?" „Weil er mein Onkel ist! Und das Erbteil meines Vaters nicht herausgegeben hat!", erwiderte Grete, doch der Bürgermeister gab ihr zurück „Deine rechtlichen Ansprüche erkennt hier keiner an! Das war so, das ist so und das bleibt auch so! Und nun packt euch, ihr Gesindel, bevor ich euch hinauswerfen lasse!" Grete zuckte zurück und sah, wie die Hand ihres Mannes zu der Stelle fuhr, an der sonst der Schwertgriff war. Doch die Faust griff ins Leere. Zähneknirschend mussten Tonnis gehen und zog Grete hinter sich her. Draußen erhielt er sein Schwert zurück, aber er behielt es in der einen Hand und zog Grete mit der anderen hinter sich her.

Wenig später waren sie wieder in dem Zimmer der Herberge. „Was soll das?", zischte er sie an. Offensichtlich hatte er gerade die Aussichtslosigkeit der Forderungen erkannt, aber nun waren sie verheiratet. Es gab keine Möglichkeit, das wieder ungeschehen zu machen. „Ich wollte doch nur...", begann Grete, doch da fing er schon an, sie zu verprügeln. Nach einer ganzen Weile ließ er von ihr ab und sagte ziemlich aufgebracht „Ich mache mich jetzt auf den Weg, um Geld zu verdienen! Gehe zum Rat und fordere dein Geld! In zwei Wochen bin ich wieder da und wenn du dann keinen Erfolg gehabt hast, so setzt es noch eine Tracht Prügel! Hast du mich verstanden?" Grete zog die schützend erhobenen Arme zur Seite und sagte „Ja. Das mache ich!" „Ich will es hoffen. Sonst!", sagte Tonnis und erhob wieder die Hand.

Schnell zog Grete den Kopf ein und hob wieder schützend die Arme, aber der Mann legte nur das Schwert um und ging. Vor Wut knallte er die Zimmertüre zu. Jetzt erst kamen die Schmerzen. Alles tat ihr weh und selbst der Schmerz im Unterleib kam zurück, obwohl er sie dort gar nicht getroffen hatte. Die Frau ließ sich weinend in ihr Bett fallen und schlug sich die Hände vor ihr Gesicht. Laut schluchzte sie, aber es half ihr nichts. Ab jetzt würde sie in den nächsten zwei Wochen jeden Tag zum Rat gehen und immer wieder ihre Forderung aufstellen müssen. Es ging nicht anders, wollte sie nicht wieder von ihrem Mann verprügelt werden. Und nun ging es auch nicht mehr um die 300 Gulden. Tonnis würde sich damit niemals zufriedengeben. Was hatte sie nur getan?

Zwar hatte sie mit ihrer Forderung recht. Nur Recht bekommen, das war viel schwieriger. Und nun stand auch noch ihr Mann drohend hinter ihr! Langsam versiegten ihre Tränen und der leere Magen meldete sich. Nun stand Grete auf, ging zur Waschschüssel und sah hinein. Tonnis hatte ihr Gesicht bei den Schlägen verschont. Die Frau beugte sich nach vorn und griff mit beiden Händen in das Wasser, dann wusch sie sich die Tränen ab, trocknete sich das Gesicht an einem Tuch ab und zog die Kappe zurecht, die sie ja nun, als verheiratete Frau, jedes Mal aufsetzen musste, wenn sie das Zimmer verließ. Der knurrende Magen zog sie hinab in die Schankstube. Doch der Wirt forderte erst Geld, bevor er etwas zu essen und zu trinken bringen würde. „Mein Mann zahlt, wenn er wieder da ist!", sagte Grete, doch der Wirt schüttelte den Kopf. „Wohnen bleiben darfst du, aber für das Essen musst du zahlen!" „Und wenn ich es abarbeite? Ich bin eine gute Magd!", antwortete Grete.

Daraufhin brachte der Mann Bier, Brot und Wurst. Nachdem sie sich gestärkt hatte, brachte der Wirt ihr eine Schürze und zeigte zur Küche. Nun arbeitete Grete für ihr Leben in der Schänke.

24. Kapitel

So nah und doch so fern

ach dieser Hochzeit war Minna nun zwar erlöst, aber es fühlte sich immer noch nicht richtig an. Sie hatte geschwiegen, aus eigenen Gründen, und um ihr Leben zu behalten, aber hätte sie nicht doch reden sollen? Zweifel plagten sie nun. Aber es war zu spät. Jetzt sah sie, wie die Freundin jeden Tag das kurze Stück zum Rathaus ging und später wieder zurückkam. Zwar hatte Grete es ja so gewollt, aber es fühlte sich nicht richtig an. Hatte diese nicht einen Kämpfer an ihrer Seite gesucht? Allerdings sah Minna die Freundin nun alleine gehen. Der „Kämpfer" hielt sich zurück und schickte offensichtlich die Frau vor. Dass der tapfere Landsknecht auch noch ein Feigling war, das hätte sich Minna nicht vorstellen können. Den ganzen Winter hatte sie vor ihm Angst gehabt und nun dies hier? Sie hätte sich ohrfeigen können. Aber die dunkle Bedrohung hing immer noch über ihr. Die junge Frau wusste etwas, was dem Mann und Martin gefährlich werden konnte.

Sicherlich waren die beiden nicht weit entfernt. Antonius, wie der Mann von Grete hieß, würde sich wohl kaum von dem zu erwartenden Schatz entfernen. Schon länger hatte Minna Gerüchte gehört, dass sich im Umland eine Räuberbande herumtrieb. Auch der Förster hatte ihr dies ja bestätigt. Nach dem, was Minna da im Winter gehört hatte, konnte sie sich denken, wer wohl der Anführer der Bande war. Antonius! Allerdings ließ sich das wohl kaum beweisen. Manche Handelsreisenden verschwanden und tauchten nie wieder auf. Einige Männer kamen ausgeraubt zurück in die Stadt und waren froh, mit dem Leben davon gekommen zu sein. Natürlich hatte der Rat der Stadt für die Sicherheit innerhalb der Mauern zu sorgen, doch die paar Wachsoldaten konnten ja nicht überall sein. Nur etwa ein Dutzend Männer unterstanden dem Rat. Die Zünfte mussten ebenfalls Bewaffnete stellen, um im Falle eines Angriffs die Stadt zu verteidigen. Auch ihr Mann gehörte nun zu diesen Kämpfern.

Jeden Sonntag trafen sich die Männer unten am Fluss zum Schießen und für ihre Übungen. Das Land hatte die Aufgabe, die Umgebung zu sichern. Natürlich war der Rat besorgt über die Räuber und jeden Markttag wurden wieder Aufrufe dort verkündet, denn eine Räuberbande gefährdete den Handel und davon lebte nun mal die Stadt. Aber so lange nur ein paar Förster nach den Räubern suchten, so lange würde wohl nichts geschehen. Da war das Angebot der Hanse, einen bewaffneten Suchtrupp zur Verfügung zu stellen, schon ein besserer Vorschlag. Und so trafen die Männer dann auch irgendwann im Sommer in der Stadt ein. Mehr als zwei Dutzend Reiter, im glänzenden Panzer, mit Pistolen und Schwertern bewaffnet. Jedoch blieben diese erst mal eine Weile in der Stadt, um sich von dem langen Ritt zu „erholen". Die Kämpfer waren aus Lübeck und jede Marktfrau erzählte etwas anders über die Männer, deren seltsamer Dialekt nur schwer zu verstehen war.

Wenn wirklich Antonius und seine Männer die Räuber waren, dann trennten oft nur der Abstand von fünfhundert Schritten und die Stadtmauer die Jäger und die Gejagten. Während Antonius im Gasthof am Hünerdorfer Tor schlief, schliefen die Kämpfer der Hanse am anderen Ende der Stadt, in einem Gasthof am Neustädter Tor. Ein Tipp von Minna hätte alles klären können, aber wo wäre der Beweis? Und damit wäre wiederum ihr Leben verwirkt. Und sie musste täglich an dem Gasthof am Hünerdorfer Tor vorbei. Darin wohnte nun auch Grete, aber die beiden Freundinnen sahen sich nur noch sehr selten, obwohl sie damit ja praktisch in Sichtweite voneinander lebten.

In diese dunkle Spelunke trauten sich aber noch nicht mal viele Männer hinein. Wie hätte sie da einen Fuß hineinsetzen können? Und so waren sie sich so nah und doch so fern. Nur auf dem Weg vor dem Gasthof konnten sie kurz miteinander reden. Allerdings hatte Minna da immer das Gefühl, dass sie jemand beobachten würde. Offensichtlich ging es Grete genauso, denn auch die Freundin schaute sich immer nach allen Seiten um, bevor sie kurz reden konnten.

Diese räumliche Distanz schmiedete die beiden Frauen aber im Gefühl noch mehr zusammen. Das konnte Minna deutlich spüren. Hatten sie früher immer eine Distanz gespürt, wenn Grete in ihr Haus gekommen war, so war das nun alles ganz anders. Jetzt hätte Minna die andere Frau gern bei sich aufgenommen, um mit ihr zu reden, doch jedes Mal lehnte Grete dieses Ansinnen ab. Nun schien die Freundin Furcht zu haben. Offensichtlich hatte auch sie Angst vor Antonius und diese gemeinsame Angst band die beiden jungen Frauen noch enger aneinander.

Noch ein gemeinsamer Schicksalsknoten. Erst Heinrich von Minden und nun Antonius Meilahn. Anscheinend war ihrer beider Leben nicht voneinander zu trennen. Was kam da noch? Schließlich fand Grete den Weg in ihre Hütte. Wieder entstand ein Gespräch, doch diesmal zwischen zwei verheirateten Frauen. Es wurde eine längere Unterhaltung, in welchem Grete das erste Mal andeutete, dass sie den Kampf um dieses Erbe lieber nicht angenommen hätte. Was blieb Minna übrig? Sie pflichtete der Freundin bei.

Das leidige Geld brachte nur Unglück über die Menschen und diese Meinung sagte Minna der Freundin auch unumwunden. Dann eilte Grete wieder in diese Schänke zurück, weil sie dort für ihr Essen arbeiten musste. Sicherlich würde es wieder ein langer und unangenehmer Abend für Grete werden. Doch sie hatten sich zumindest ausgesprochen. Ihrer beiden Ansichten vom Leben waren sich so ähnlich. Was folgte, das war ein langer Abend des Wartens auf Jacob und auch ihr Mann war, nach seinem Eintreffen, derselben Meinung über diese unseligen Münzen.

Allerdings war Tonnis offensichtlich nicht dieser Ansicht. Am nächsten Tag war er auf einmal an der Hüttentür und drängte Minna zurück in die Hütte. Er sah sie an und über Minnas Körper zog sich eine Gänsehaut. „Du hast es also immer noch nicht verstanden, dass du dich aus meinem Leben heraushalten sollst!", begann er drohend. Vermutlich hatte Grete etwas zu ihm gesagt und Tonnis hatte aus ihren Worten geschlossen, dass Minna ihr zum Verzicht auf das Erbe geraten hatte. „Aber ich habe gar nichts gesagt", begann Minna, doch der Mann trat einen Schritt weiter auf sie zu. „Ich hatte dich gewarnt!", sagte der Mann und Minna zuckte zusammen.

Er stand zwischen ihr und der Tür, doch diese war noch auf. Wenn sie jetzt um Hilfe rief, dann würde das sicher in der Nachbarschaft gehört werden. Gerade als sie Luft holen wollte, um zu rufen, hielt er ihr den Mund zu. Mit großen Augen erkannte sie, dass Martin in die Hütte kam und die Tür schloss. Der Soldat zog wieder seinen Dolch. Wenig später hatte sie diesen am Hals und lag mit dem Rücken auf dem Tisch. Der Landsknecht trat an ihre Kopfseite und drückte mit der Klinge nach unten, sodass Minna die Luft anhalten musste. Gleichzeitig hielt er ihr auch noch den Mund zu, sodass nur ein leises Wimmern ihre Kehle verlassen konnte.

Wie gelähmt lag sie dort, dann sagte der Landsknecht zu Martin „Und nun zeig ihr, dass du ein richtiger Mann bist!" Minna versuchte sich strampelnd zu wehren, aber der Druck auf ihren Hals wurde größer. Wehren und sterben oder zulassen, was kommen sollte. Sie schloss die Augen und hörte auf. Hier lag sie nun und würde für ihre Ehrlichkeit bestraft werden. Martin schlug ihr die Röcke hoch und ergriff ihre nackten Knie.

Warum war Jacob jetzt nicht da? Er würde sie beschützen! Tränen liefen aus ihren Augen.

25. Kapitel

Am Hünerdorfer Tor

ie blauen Flecken auf ihren Armen hatten eine gelbe Farbe angenommen. Grete war jeden Tag, mit Ausnahme der beiden Sonntage, beim Rat gewesen, aber immer hatte sie nur ein „Nein!", „Niemals!", oder „Verschwinde Weib!" von den Männern gehört. Die Ratsmitglieder lachten sie nur hämisch aus und wenn sie es nicht gemusst hätte, so hätte sie nun endgültig ihren Anspruch auf das Erbteil fallen gelassen. Doch es ging nicht! Tonnis hatte ihr ja mit Prügel gedroht und sie musste den Wusch ihres Ehemannes erfüllen. Wo auch immer der gerade war. Vormittags war sie meist bei Minna in einer der Hütten vor der Stadtmauer. Diese Zeit gefiel ihr am besten, auch wenn sie da immer am Hause des Onkels vorbei musste, welches sie immer wieder an diese tägliche Demütigung denken ließ. Schließlich saß er ja auch im Rat, meist im Sessel neben dem Bürgermeister.

Den Rest der Tage arbeitete sie in der Herberge, in der sie ihr Mann zurückgelassen hatte. Dieser Gasthof neben dem Hünerdorfer Tor war bei allen anständigen Bewohnern der Stadt verschrien. Nicht mal am hellen Tag war dieser einer ehrbaren Frau zuzumuten. In der Nacht war dieser Gasthof dann eine zwielichtige Spelunke und der Wirt war auch noch ein rechtes Schlitzohr. Wo immer er konnte, da übervorteilte er die Menschen. Genau hier musste Grete nun abends die Gäste bedienen. Trunkene Raufbolde, denen das Messer locker im Gürtel saß und wo es ständig Schlägereien gab. Manchmal ging der breitschultrige Wirt dazwischen und hatte dafür sogar einen dicken Knüppel hinter seinem Schanktisch stehen.

111

Der Raum war nur spärlich von ein paar Talglichtern, die auf den Tischen standen, beleuchtet. Bis zum niedrigen Deckengebälk war das Zimmer durch diese Lichter verqualmt. Aber die Männer brauchten hier kaum Licht. Sie hielten sich an ihren Krügen mit Starkbier fest und manchmal schlugen sie sich mit diesen Krügen gegenseitig nieder. Fast jeden Abend gab es eine blutige Auseinandersetzung und immer wieder war Grete daran erinnert, dass ja ihr Vater nach genau solch einer Schlägerei die Flucht aus der Stadt ergreifen musste. Vielleicht war es an einem dieser Tische gewesen, wo sich die beiden Männer in die Haare gekommen waren und vielleicht gab es sie nur deshalb, weil der Vater härter zugeschlagen hatte, als sein Widersacher.

Nun war es wieder Sonntagabend und schon seit ein paar Stunden zitterte Grete bei dem Gedanken, dass ihr Mann sicher am Tagesende zurück in diese Herberge kommen würde. Nichts hatte sie vorzuweisen und das würde sicher seinen Zorn nur noch schüren. Doch zum Nachdenken blieb eigentlich nicht viel Zeit. Runde um Runde der schweren Krüge schleppte die junge Frau vom Schanktisch zu den „Gästen". Keinen von ihnen wollte sie im Dunklen begegnen und doch musste sie hier schuften, um sich das Essen zu erarbeiten. Die Männer grölten irgendwelche Lieder, die sie noch nie gehört hatte und das Bier sorgte noch dafür, dass man sie kaum verstehen konnte. Es stank in dem Raum nach Bier und Urin. Einfach widerlich.

Nachdem der Wirt die letzten Zecher aus dem Hause geworfen hatte, stand plötzlich Antonius in der Tür der Herberge. „Weib! Bringe mir Wein!", fuhr er sie an und sie sah verängstigt zum Wirt. Der füllte aber schon den Krug und reichte ihn an Grete weiter. Vorsichtig trug sie diesen dann zu dem Tisch, an dem sich Antonius gerade gesetzt hatte. „Und? Hattest du Erfolg?", fragte der Mann drohend und Grete musste den Kopf schütteln. Vorsichtig zog sie ihr Haupt zwischen die Schultern. Ein missmutiges Grunzen war die Antwort, dann trank Antonius den Krug leer. Antonius setzte den Krug ab, wischte sich mit der Hand über den Bart, nahm ein paar Kupfermünzen aus seinem Beutel und warf sie auf den Tisch, von wo sie der Wirt in seinen Beutel füllte. Dann sah er seine Frau an „Was mache ich nur mit dir?", fragte er leise und sie sah das Blitzen in seinen Augen, das nicht von dem Schein der Talglichter kam. Es war die blanke Bosheit, die sich darin zeigte. Tonnis sah zum Wirt und fragte diesen laut „Was macht man wohl mit einer Frau, die zu so rein gar nichts taugt?", beide Männer lachten und der Wirt entgegnete „Na für irgendetwas wird sie ja noch gut sein?"

„Nur für das Bett und um mir die Füße zu wärmen!", entgegnete Tonnis und seine Augen wurden zu schmalen Schlitzen, während er Grete musterte. Schließlich stand er auf und zog sie einfach hinter sich her. Durch die Dunkelheit ging es die Treppe hinauf und dann zu dem Zimmer, das er für sie gemietet hatte. Als er die Tür hinter ihr geschlossen und das Talglicht entzündet hatte, sagte er zu ihr „Weib! Du bringst mir nur Ungemacht!", er löste seine Gürtel und legte das Schwert auf den Tisch zu dem Licht. Danach setzte er sich auf den Stuhl und fuhr sie an „Jetzt hilf mir schon, mich zu entkleiden!", wieder duckte sich Grete weg und begann ihm das Wams auszuziehen. Aber er blieb mit den Ärmeln stecken. „Nicht Mal dazu bist du zu gebrauchen!", brüllte Tonnis sie an und schleuderte das Wams in eine Ecke des Raumes.

Erzürnt sprang er auf und Grete wich zur Wand zurück. Schützend hob sie die Arme, um die zu erwartenden Schläge abzuwehren. Tonnis baute sich groß vor ihr auf und sagte zischend „Morgen früh breche ich wieder auf und du gehst erneut zum Rat zurück. Solltest du in zwei Wochen immer noch keinen Erfolg haben, dann werde ich dich in irgendeinem Tümpel ersäufen!", dann prasselten Schläge auf ihre Arme und ihren Kopf herein. Danach zerrte er ihr das Kleid über den Kopf und stieß sie zum Bett hinüber. Diesmal war er nüchtern, aber wieder genauso brutal, wie beim letzten Male. Mit zusammengebissenen Zähnen ertrug Grete die Gewalt und die Demütigung. Schließlich wälzte er sich von ihr herunter und schlief neben ihr ein. Sie sah zum Tisch, wo der Griff des Schwertes im Schein des Nachtlichtes glänzte.

Sollte sie sich das Schwert in die Brust rammen, um endlich Ruhe zu finden? Oder sollte sie es ihrem Mann in die Seite stoßen, damit er sie nicht beim nächsten Male töten würde? Mit Tränen in den Augen verwarf sie beide Gedanken und bat Gott um Hilfe. Schließlich schlief sie unter Schmerzen ein.

26. Kapitel

Nichts zu verlieren?

Minna hatte sich von allen anderen zurückgezogen. Niemanden wollte sie mehr sehen. Nicht mal Jacob kam noch an sie heran. Was hätte sie ihrem Mann sagen sollen? Dass sein Bruder ihr Gewalt angetan hatte? Das würde die Familie zerstören! Wenn es der Soldat gewesen wäre, dann hätte Minna kein Problem damit gehabt, ihrem Mann alles zu sagen. Jacob hätte dann dafür gesorgt, dass Antonius am Schandpfahl stehen würde. Doch offensichtlich wusste auch Tonnis dies! Er hatte absichtlich Jacobs geliebten kleinen Bruder benutzt, um sie zu demütigen. Jedes Wort würde Frau Emmert und auch Jacob gegen sie aufbringen. In der Nacht hatte sie leise in die Decke geweint. Nicht wegen der Schmerzen, sondern wegen dieser Schande und der Ungerechtigkeit.

Dass sie sich auch von Grete fern hielt, das war eine Art von Schutz. Nur ein Wort hatte gereicht und Minna hatte den Dolch am Hals gehabt. Beim nächsten Mal würde der Landsknecht wohl zudrücken und niemand würde wissen, wer dann Schuld an ihrem Tod war. Minna verschloss einfach ihr Herz, ihren Mund und ihre Hüttentür. Wie in einer selbst gewählten Isolierung lebte sie nun. Niemanden wollte sie sehen und bis auf Jacob war das auch leicht möglich. Die Mutter wohnte am anderen Ende der Stadt und war bisher noch nie in diesen, eher armseligen, Stadtteil gekommen. Eigentlich hätte sie auch in ein Kloster gehen können, nur dass sie eben mit Jacob verheiratet war und nicht mit dem Herrn. Nur am Sonntag musste sie ihre schützende Burg verlassen. Da war Gottesdienst und jeder, der da nicht hinging, der wurde schief angesehen.

Und dort war auch Grete und Martin und Antonius! Eine Qual im Hause des Herrn!

Minna musste mit ansehen, wie Jacob seinen Bruder umarmte. Sie musste in der Bank neben dem Manne sitzen, der ihr diese Schande angetan hatte und sie durfte sich nichts anmerken lassen. Grete ging sie nun immer aus dem Weg. Minna sah, wo sich die Freundin befand und wechselte dann die Seite in der Kirche, nur um nicht mit ihr zusammenzutreffen. Ein Eremit in den Bergen hätte wohl mehr Menschenkontakt gehabt, als sie es im Moment hatte. Natürlich blieb ihr Verhalten auch Jacob nicht verborgen, aber sie tat seine Fragen nur mit einer Handbewegung ab.

Dann durchzuckte sie mitten in der Andacht eine Idee. Was hatte sie zu verlieren? Doch nur ihr Leben und die Achtung vor sich selbst. Und ihr Leben wollte Gott ja noch nicht, das hatte ihr damals schon der Fluss und das Eis erzählt. Also konnte ihr da schon mal nichts geschehen. Blieb nur noch die Achtung vor sich selbst! War das nicht das Wichtigste im Leben? Dass man sich am Abend noch im Spiegel der Wasserschüssel in die Augen sehen konnte? Und was konnten sie ihr antun, was sie ihr nicht schon angetan hatten? Sie töten? Und dann? Dann war sie erlöst! Dann brauchte sie keine Furcht mehr zu haben. Nur die Drohung der beiden Männer hatte ihr Angst gemacht.

Diese Ängstlichkeit war nun vorbei! Natürlich würde sie Jacob nichts sagen. Doch sie würde sich auch nicht mehr von den beiden Männern einschüchtern lassen. Stolz erhobenen Kopfes verließ sie die Kirche nach dem Gottesdienst und nun blieb ihre Türe offen. Für Jacob, Grete und für wen auch immer. Und ab sofort würde sie mit ihrer Meinung auch nicht mehr hinter verschlossenen Türen bleiben. Jeder konnte wissen, was sie dachte und sagte. Das würde sie sogar schützen, denn dann ließ sich ein Anschlag auf sie auch nicht mehr so leicht vertuschen. Nur die Verschwiegenheit hatte sie in Gefahr gebracht, das hatte sie nun erkannt. Es war ein so schöner Sonntag, als sie sich auf ein Stück Holz vor der Hütte setzte und zur Sonne hinauf sah. Anscheinend bemerkte auch Jacob die Veränderung, denn er setzte sich zu ihr und ungeachtet der vielen Menschen hielt er ihre Hand.

Zärtlichkeit in der Öffentlichkeit? Sie küsste ihn, was hatte sie zu verlieren? Jetzt war sie mutig und stolz! Dann sah sie Martin mit seinem Kumpan an den Hütten vorbeigehen. Doch offensichtlich bemerkten auch die beiden Männer, dass sich etwas geändert hatte. Sie sah sie offen an. Kein Hass, kein Zorn, gar kein Gefühl, denn alles was die beiden Kerle ihr angetan hatten, das war in jenem Moment von ihr gefallen, als die Angst verschwunden war. Wenn sie jetzt wieder damit beginnen würde, dann würde alles nur wieder so schlimm werden. Vielleicht sogar noch schlimmer!

Ein paar Stunden saßen sie einfach nur so dort und hatten nur Augen füreinander. Was konnte schon geschehen? Beide waren in ihrer eigenen Welt und da ließen sie im Moment keinen anderen hinein. Kein Wort wurde zwischen ihnen gewechselt. Alles sagten nur ihre Augen. Und offensichtlich sagten Minnas Augen ganz besonders viel, denn Jacob fragte schließlich „Wer hat dir wehgetan?", dabei strich er ihr zärtlich über die Wange. „Schon vergessen!", antwortete Minna und wusste doch aber, dass es offensichtlich noch nicht so war, denn sonst hätte ihr Mann es nicht bemerkt. Hand in Hand gingen sie beim Sonnenuntergang in ihre Hütte zurück. Ein letzter Blick über ihre Schulter zeigte Martin und Antonius, die ihr hinterher sahen. Doch Minna erkannte in den Gesichtern der beiden Männer, dass diese sich nicht mehr sicher waren, ob sie nicht am nächsten Tag schon im Kerker sitzen würden.

Folgerichtig waren beide dann am nächsten Morgen auch aus der Stadt verschwunden. Mit anderen Worten hieß dass: Minna hatte gewonnen! Das stärkte ihr Selbstvertrauen nur noch mehr. Wenn sie zwei solche Halunken in die Flucht schlagen konnte, nur mit einem Blick, was konnte sie dann noch alles?

An diesem Tag war auch Grete wieder in der Hütte. Sie unterhielten sich sicherlich mehrere Stunden, während Jacob auf seiner Arbeit war. Dadurch entstand eine neue Herzlichkeit zwischen den beiden Frauen und Minna hatte die kleine Unvorsichtigkeit von Grete schon lange verziehen. Sicherlich hatte die Freundin nicht daran gedacht, was ihre unbedachten Worte auslösen konnten. Und an diesem Montag ging Grete auch nicht zum Rat. Sie saß einfach bei Minna am Tisch. Das Erbe war ihr an diesem Tag egal. Was hatte sie schon zu verlieren? Genauso wenig wie Minna. Nichts!

27. Kapitel

Macht des Geldes

Jeden Tag war Grete im Ratssaal gewesen. Man hätte die Uhr des Rathauses danach stellen können. Kaum war die Sprechstunde für die Bürger der Stadt eröffnet und die Mitglieder des Rates hatten Platz genommen, dann war die Nichte in den Raum gekommen und hatte ihr Erbe eingefordert. Eigentlich hatte sie ein, für eine Frau, unmögliches Verhalten an den Tag gelegt. Sie hatte geschimpft und gezetert und manchmal auch den Rat vorgeworfen, dass sie mit ihm, Heinrich, gemeinsame Sache machen würden. Das war zwar nicht ganz von der Hand zu weisen, aber trotzdem ungebührlich. Das Seltsame daran war aber, dass der Bürgermeister sie nicht sofort an den Schandpfahl stellte, wie er es mit jeder Anderen sofort gemacht hätte, sondern sie gewähren ließ. Dieses Handeln des Mannes konnte für ihn eigentlich nichts Gutes bedeuten, denn offensichtlich hatte der Mann für Grete Verständnis, auch wenn er ihr eindeutig gesagt hatte, dass sie kein Recht bekommen würde.

Noch eines war seltsam: der Mann hatte den Namen der Frau angenommen. Das war nicht nur unüblich, es war eigentlich eine Schande für den Mann. Aber nun hieß dieser eben Antonius von Minden! Auch so eine Provokation für Heinrich. Und jeder in der Stadt tuschelte scheinbar schon über ihn. Am ersten Tag war der bunte Landsknecht mit Grete in den Saal gekommen und hatte sie reden lassen. Als die beiden gegangen waren, hatte Heinrich zu dem neben ihm sitzenden Bürgermeister gesagt „Töchter suchen sich immer das Ebenbild ihrer Väter. Offensichtlich auch, wenn sie diesen nie gekannt hatten." „Wollt ihr damit sagen, dass er eurem Bruder ähnelt?", hatte der Bürgermeister daraufhin lächelnd geantwortet und Heinrich verstummte. Hatte er mit dieser unbedachten Äußerung schon seiner Position im Rat geschadet? Das durfte er nicht zulassen!

Da lag für Heinrich eine gewisse Gefahr darin, die er aus der Welt räumen musste. Aber noch bevor er einen Plan gefasst hatte, war sie einfach so verschwunden. Von heute auf morgen war sie fort. Er hatte sich am ersten Tag gewundert, am zweiten Tag erleichtert aufgeatmet und sich am dritten gefreut. Sie war fort! Der Plagegeist seiner Ahnen hatte die Stadt offensichtlich verlassen. Der Mann schien mit ihr zusammen fortgegangen zu sein. Nun konnte er sich wieder den wichtigen Dingen widmen. Das Vertrauen des Bürgermeisters musste unbedingt wiederhergestellt werden und das ging nur mit einer großen Feier. Oder mit einem wertvollen Geschenk! Zu gern würde er selbst mal auf dem Stuhl in der Mitte sitzen. Vielleicht wäre ja eine Feier für alle Ratsmitglieder besser. Wenn sie dann mal aus ihrer Mitte den nächsten Bürgermeister wählen würden, dann wäre jede Stimme wichtig, die er von den Anderen bekommen würde.

Und diese Position war wichtig! Schon jetzt profitierte er von dem, was der Bürgermeister, auf seine Ratschläge hin, mit der Hanse aushandeln konnte. Um wie viel mehr würde er wohl gewinnen, wenn er selbst die Verhandlungen führen würde? Heinrich von Minden, Bürgermeister von Tangermünde! Das hörte sich nicht nur gut an, es verhieß auch Macht und Einfluss. Als Bürgermeister einer Hansestadt saß man in Lübeck mit am Tisch, wenn die großen Stücke des Handels neu verteilt und verhandelt wurden. Beim letzten Male hatte er den Bürgermeister begleitet und bei einem dieser Treffen den Sprecher der Hanse gegenüber dem Kaiser, den Stralsunder Syndikus Johann Domann, kennengelernt. Der Mann schien ein schlauer Kopf zu sein, der das Städtebündnis wieder nach vorn treiben wollte. Einige seiner Reformen klangen sehr gut.

Allerdings war er eben aus einer der Seestädte. Schon lange war die Blütezeit der Hanse vorbei. Heinrich hatte dort am Rande der Sitzung erlebt, wie groß doch die Konkurrenz zwischen den bedeutenden Seestädten untereinander war. Dort wurden gewaltige Geldmengen bewegt. Dann sah er auf das, was bei ihnen blieb und dabei bemerkte er auch die Differenzen zwischen diesen reichen Seestädten und den armen Binnenstädten, wie es Tangermünde nun eben war. Nur durch das Stapelrecht konnten sie noch etwas verdienen und durch das Umladen vom Schiff auf das Fuhrwerk, dass ja nur in der Stadt ging. Es war nur ein Bruchteil von dem, was Lübeck oder Stralsund erhielten. Und trotzdem konnte man sich als Bürgermeister noch ein paar lukrative Stücke aus dem Handel herauspicken.

Vielleicht konnte er ja solch ein Bürgermeister werden, der den Reichtum der Stadt mehrte. Und damit auch seinen eigenen, aber das setzte eben voraus, dass sein Kragen sauber blieb und diese elendige Klage von Grete endlich vom Tisch war. Doch er konnte nicht zurück. Wenn er nun doch zugeben würde, dass sie seine Nichte war, dann war er am Ende! Das durfte niemals geschehen. Vertrauen und ein guter Ruf waren wichtig. Das ganze Prinzip der Hanse beruhte auf Vertrauen, auch wenn sicherlich der eine oder andere nicht ganz so saubere Hände hatte. Was wäre, wenn Grete in ein paar Tagen zurückkam? Er musste die Zeit nutzen, die sie ihm gab. Mit ein paar Gulden ließ er ein festliches Bankett für den Rat im Festsaal des Rathauses ausrichten, denn jede Stimme für ihn war eine weniger gegen ihn.

Als Kaufmann war er ein kühler Rechner. Schon lange wusste er, dass ein bisschen Geld ein bisschen Macht entsprach und man mit ein bisschen Macht eine größere Menge Geld erringen konnte. Jeder aufgewendete Gulden würde seinen Wert damit sicherlich verzehnfachen. Wie nicht anders zu erwarten war, ließen es sich die Männer schmecken. Nur das Beste vom Feinsten hatte Heinrich auftafeln lassen. Auch, wenn dieses Schlemmen nicht ganz dem evangelischen Gebot der vornehmen Zurückhaltung entsprach. Aber wer es sich leisten konnte, der konnte nun mal wieder richtig zulangen.

Da machte es dann aber auch nichts mehr aus, das er nach dem Essen, beim Wein, Ursula vor den Männern tanzen ließ. Es würde eine Feier werden, an die sich alle noch lange erinnern sollten. Schließlich musste man ja irgendwie in den Gedanken der Männer bleiben, wenn dann irgendwann mal die Wahl bevor stand und das ging eben nun mal am besten mit gutem Wein und einer nur leicht bekleideten, hübschen Tänzerin.

An den Gesichtern der Männer konnte er sehen, dass sein Plan aufging. Dafür zahlte er gern die geforderten Gulden und als der Bürgermeister nach dem Fest mit Ursula in ein Hinterzimmer verschwand, da wusste Heinrich, dass er gewonnen hatte. Vorerst nur die Stimmen der Männer und bald sicherlich an Macht und Einfluss.

28. Kapitel

Sommer der Räuber

Plötzlich war Grete verschwunden gewesen. Von einem Tag auf dem anderen war sie nicht mehr da. Minna hatte tagelang gewartet, bis sie sich getraut hatte, in die berüchtigte Schänke zu gehen. Doch der Wirt sagte nur, dass sie fort war. Nach seiner Aussage hatte Antonius die Zeche schon länger nicht mehr gezahlt, woraufhin er die Frau aus dem Hause geworfen hatte. Wohin konnte die Freundin gegangen sein? Minna hatte eine leise Ahnung, aber sicher hatte es einen Grund, dass sich die andere Frau nicht von ihr verabschiedet hatte. Grete wollte bestimmt keine Spuren hinterlassen, damit ihr Mann sie nicht verfolgen konnte. Schon ein paar Tage zuvor hatte sie immer wieder über Übelkeit geklagt und auch ein kleiner Bauch hatte sich unter ihrem Kleid gewölbt. Da es nicht vom kärglichen Essen der dreckigen Schänke sein konnte, musste es einen anderen Grund haben und dieser brachte wieder den alten Kummer zurück zu Minna.

Natürlich war es schön, in Jacobs Armen zu liegen und seine Hände auf ihrem Körper zu fühlen, aber noch besser wäre es gewesen, wenn so ein kleiner Kerl, oder eine kleine Tochter, an ihrer Brust liegen würde. Jedoch war ihr dieses Glück nun mal nicht beschieden. Und wie nicht anders zu erwarten, war auch ein paar Tage später Antonius zu ihr gekommen und fragte, ob sie wusste, wo Grete war. Doch der Mann war fast zahm. Zwar war die Leere immer noch in seinen Augen, aber er machte Minna keine Angst mehr. Irgendwie schien er auch ganz froh zu sein, dass Grete verschwunden war, oder kam dies Minna nur so vor? Da sie ja nichts wusste, konnte sie auch glaubhaft versichern, dass sie zu Gretes Aufenthaltsort nichts sagen konnte. Für den Rest des Sommers verschwand dann Antonius und auch Martin war nicht mehr in der kleinen Hüttensiedlung an der Mauer zu sehen gewesen.

Fast wie eine Erholungspause war das für Minna gewesen, nur Grete fehlte ihr. An jedem Markttag hörte Minna nun die Geschichten der Händler. Manche waren unterwegs ausgeraubt worden und auch die Reiter der Hanse, die schon lange wieder in Lübeck waren, hatten dem Unwesen dieser Banden kein Ende machen können. Anscheinend hatte wohl jemand im Rat die Vermutung gehabt, dass dieses Unwesen mit Antonius und Martin zusammenhängen konnte, denn einer der Stadtboten verlas an einem Markttag ein Schreiben, welches die Beiden der Stadt verwies. Das war zwar noch kein rechtskräftiges Urteil, aber wenn die beiden Männer gegen diese Auflage verstießen, dann konnten sie schneller im Kerker sein, als ihnen lieb sein würde. Allerdings lagen die Hütten außerhalb der Stadtmauer. Vielleicht bot sich den Männern aber woanders eine lukrativere Beute, als hier in der Gegend, wo man schon auf sie aufmerksam geworden war.

Jacob jedenfalls konnte sich nicht erklären, wie wohl jemand seinen Bruder verdächtigen konnte. Minna ließ ihn in dem Glauben, dass man ihn zu Unrecht verdächtigte. Es war schon gut, dass er fern war.

Trotz aller neu gewonnen Leichtigkeit wollte Minna lieber darauf verzichten, in den Wald zu gehen, um nicht den beiden Männern in die Hände zu fallen. Aber wie das nun mal mit dem Wollen so ist, hatte sich Minnas Schwester ausgerechnet in diesem Sommer überlegt, in Gardelegen, wo sie als Magd arbeitete, einen Mann zu heiraten. Da ihre Mutter schon etwas älter und gebrechlich war, musste Minna sie dorthin begleiten. Mit dem Wagen eines Kaufmannes brachen sie gegen Mittag auf. Durch das Neustädter Tor verließen sie die Stadt und dann folgten sie dem Handelsweg.

Es würde ja auch nur zwei Tage dauern oder eben nur eine Nacht, am Feuer, im Wald. Und als hätte es Minna mit ihrer Vorahnung bestellt, wurden sie auch noch in dieser Nacht an diesem Feuer überfallen. Der Kaufmann lief schreiend weg. Der Fuhrmann, Minna und ihre Mutter blieben zurück. Da Minna dachte, dass es sich um Antonius, Martin und ihre Kumpane handeln würde, denn die Räuber waren alle mit Tüchern maskiert, beschimpfte Minna die Männer lautstark. Wenig später saß sie geknebelt an einem Baum und die Räuber durchwühlten den Wagen, auf dem auch noch ein Fass guten Weines zu finden war. Wie ebenfalls nicht anders zu erwarten gewesen war, begannen die Räuber das Fass zu leeren. Dazu mussten sie natürlich die Tücher ablegen.

Nun hatte Minna ihren Fehler erkannt. Die zehn Männer am Feuer waren ihr gänzlich unbekannt und vermutlich würde ihr lautstarker Auftritt sicher ihr Verderben sein. Stumm saß sie am Baum und sah zu ihrer Mutter und dem Fuhrmann hinüber, die auf der anderen Seite des Feuers am Baum saßen. Die beiden waren nicht geknebelt. Minna dachte an den Kaufmann, der im Dunklen durch den Wald lief. Konnte er Hilfe holen? Vielleicht war Rettung schon auf dem Weg, aber in der Nacht war das eigentlich nicht zu erwarten. Sie lehnte ihren Kopf an den Baum und sah nach oben, wo das Feuer die Tannenzweige rot färbte und Funken zu den Sternen flogen. Was würde passieren? Bei ihr war ja nichts zu holen. Nur ihr loses Mundwerk konnte ihr nun noch gefährlich werden. Ein Räuber nach dem anderen erlag dem Rausch des Weines und schlief neben dem Feuer ein. Leise zog Minna an dem Seil, das ihre Hände hinter dem Baum fesselte, aber der Knoten war fest geschnürt.

Am folgenden Morgen warf sich einer der Räuber die verschnürte Minna über die Schulter und die Gruppe brach auf. Einen letzten Blick konnte sie noch auf die Mutter werfen, die neben dem Wagen gefesselt am Baum saß. Für den Rest des Tages wurde die junge Frau durch den Wald getragen und es schien ihr so, als ob die Männer absichtlich die Zweige auf ihren Hintern klatschen ließen. Schon bald liefen ihr Tränen des Schmerzes über ihre Wangen. Das war nun die Strafe für ihre Vorwitzigkeit, aber was hatten die Männer mit ihr vor?

Es dauerte eine gefühlte Ewigkeit, bis sie eine Lichtung im Wald erreichten, wo sie Minna wieder auf die Füße stellten. Dies schien ihr Lagerplatz zu sein. Einer der Männer zeigte auf einen Kessel, der dort stand und unter dem noch kein Feuer war. Dazu sagte der Mann zu Minna „Ich hoffe für dich, dass du kochen kannst. Wenn uns dein Essen nicht schmeckt, so landest du selbst im Kessel und wir werden sehen, ob du uns schmeckst!". Die Männer lachten und einer löste Minnas Fesseln. Ein anderer entzündete das Feuer und Minna zog sich den Knebel aus dem Mund. Dann rieb sie sich das schmerzende Hinterteil und sah sich um.

Die Männer schienen im Moment keinerlei Notiz von ihr zu nehmen. Wohin hätte sie fliehen können? Sie wusste nicht, wo sie war. In der Nähe plätscherte ein Bach und Minna holte etwas Wasser von dort für den Kessel. Die Männer schienen sie aber immer im Blick zu haben. Was würde der Abend und die Nacht bringen? Zehn Räuber und eine Frau!

29. Kapitel

Verzweifelte Suche

Die Nachricht vom Verschwinden seiner Frau hatte Jacob wie ein Blitz aus heiterem Himmel getroffen. Sie sollte doch nur ein paar Tage fort sein, doch wo war sie nun? Der Kaufmann war am nächsten Morgen wieder in der Stadt gewesen und hatte sofort die Wache alarmiert. So weit war der Weg bis Gardelegen doch gar nicht gewesen und wenn der Mann eher aufgebrochen wäre, so hätte er sicher nicht erst zwischendurch irgendwo im Wald die Nacht verbringen müssen. Jacobs ganze Wut traf im Moment nicht die Räuber, sondern diesen Kaufmann, der so unvorsichtig gewesen war. Schnell hatte Jacob gefragt, ob er die Wache begleiten durfte, was ihm auch gestattet wurde. Dann saß er auf dem Pferd und es ging durch das Stadttor in den Wald.

Zwei Pferde vor ihm saß der Kaufmann und wenn Jacob einen Pfeil gehabt hätte, er hätte ihn zwischen die Schulterblätter des Mannes gebohrt. Doch zuerst musste er sie zu seinem Lagerplatz führen. Der Mann war die ganze Nacht durch den Wald gelaufen und hatte sich offensichtlich dabei auch ein paar Mal verirrt, denn der Weg machte ein paar seltsame Kringel und kam später wieder auf den Pfad zurück. Hätten sie die direkte Richtung genommen, so wären sie sicher in der Hälfte der Zeit am Ziel gewesen. Dann fanden sie den Wagen, das niedergebrannte Feuer, den Fuhrmann und Minnas Mutter. Nur von Minna fanden sie nichts. Die weinende alte Frau erklärte, dass die Räuber die Tochter mitgenommen hatten. Erst am Morgen waren sie aufgebrochen. Der Wagen war ausgeplündert, aber der Kaufmann konnte seinen Weg fortsetzen. Dabei nahm er auch Minnas Mutter mit, der Jacob versprechen musste, die Tochter zu finden.

Da stand er nun auf dieser Lichtung und die zehn Wachsoldaten liefen um ihn herum. Wohin konnten die Räuber gegangen sein? Das Waldstück war riesig! Es reichte fast bis nach Gardelegen hinüber. In jede Richtung konnte man einen Tag lang laufen. Damit würden sie tausende Männer brauchen, um überall zu suchen, wenn es ihnen nicht gelang, am Lagerplatz eine Spur zu finden. Aber er war Zimmermann, kein Förster! Er konnte mit Holz umgehen und er kannte sich mit Bäumen aus, aber das hier war etwas anderes!

Und Jacob sah im Blick der anderen Männer, dass diese Gedanken nicht nur ihn betrafen. Es waren zehn Räuber gewesen. Genauso viele, wie sie Männer hatten. Also mussten sie vorsichtig sein. Die Kräfte waren ausgeglichen, aber die Räuber kannten sich hier eindeutig besser aus, als ihre Verfolger. Der Anführer der Wache sagte resignierend „Wir brauchen mehr Männer und jemanden, der im Wald die Spuren aufnehmen kann!", damit sprach er aus, was Jacob schon zuvor gedacht hatte.

„Reitet ihr zurück, ich bleibe hier!", sagte er zu dem Anführer, der daraufhin mit drei Männern zur Stadt zurückritt. „Wir müssen hier auf der Lichtung bleiben, damit wir nicht die Spuren verwischen", sagte Jacob schließlich und setzte sich an das wieder aufgeflammte Feuer. Die Waffen hielten sie trotzdem in der Hand. Zwar würden die Räuber sicher nicht bewaffnete Männer überfallen, ohne Aussicht auf Beute, aber man konnte ja nicht vorsichtig genug sein. Jeder der Wachleute sah in eine andere Richtung und ließ auch den Lauf der Pistole immer seinem Blick folgen. „Wo konnte Minna sein?", dachte Jacob und sah auf die grüne Wand aus Blättern und Zweigen, die unmittelbar vor ihm den Wald verschloss. Sie konnte in der Nähe sein oder schon weit weg. Durch die unnötigen Umwege hatten die Räuber einen noch größeren Vorsprung bekommen. Sicherlich waren sie drei oder vier Stunden entfernt im Wald, da würde auch Rufen nichts nutzen. Das konnte ihnen sogar Schaden, wenn es andere Banden zu ihnen lockte. Also blieb nur das Warten übrig und dabei wollte Jacob doch loslaufen, um seine Frau zu finden!

Immer wieder gingen seine Gedanken zu Minna. Lebte sie noch? Ging es ihr gut? Warum hatten die Räuber sie mitgenommen? Es musste ihr einfach gut gehen, etwas anders wollte er sich gar nicht vorstellen! Wut und Zorn machten sich in ihm breit. Aber die Zeit verstrich nutzlos. Natürlich wusste er, dass es hier Räuber gab. Die hohen Abgaben, welche die Herren von ihren Untertanen forderten, sorgten oft dafür, dass kleine Bauern ihr Land und ihren Besitz verloren. Andere verloren ihre Anstellung und mussten sich mit Räubereien am Leben halten. Und bis zum vergangenen Abend hatte ihn das auch nicht gestört, so war es eben. Doch nun sah er das ganz anders. Jetzt war er persönlich betroffen. Er musste Minna unbedingt aus den Händen dieser Schurken befreien, und zwar unbeschadet!

Es wurde immer später und damit würden sie auch am selben Tag wohl nicht mehr mit der Suche beginnen können. Jacobs Blick ging zu dem leeren Fass, das der Kaufmann zurückgelassen hatte. Würden die Räuber sich wieder betrinken? Da war Minna sicher in Gefahr. Zehn Männer und eine Frau! Er hätte schreien können, doch es half alles nichts. Schließlich konnte er ja nicht alleine gehen, auch wenn er es gewollt hätte. Der Wald würde ihn verschlucken und niemanden wäre damit geholfen. Solange die Männer ihre Hände von Minna ließen, würde er ihnen diese Entführung vielleicht sogar noch verzeihen, aber sollten sie ihr auch nur ein Haar ausgerissen haben, so würde seine Axt wohl nicht ruhen, bis auch der letzte der Räuber seinen Kopf durch diese verloren haben würde.

Fast liebevoll strich Jacob über die Schneide seines Werkzeugs. Dann hörten sie Hufgeräusche auf dem Weg und wenig später war die Verstärkung da. Nun waren sie zwanzig Wachen, Jacob und ein Förster. Der grünberockte Mann machte sich sofort auf die Suche nach den Spuren und hatte auch schon wenig später die Stelle gefunden, an der die Räuber aufgebrochen waren. Er wollte sofort in der Wald und auch Jacob wollte sich ihm anschließen, aber der Anführer der Stadtwache zeigte nach oben und auf den niedrigen Sonnenstand.

Offensichtlich wollte der kräftige Mann nicht im Dunklen im Wald unterwegs sein. Jacob und der Förster sahen sich an und schüttelten beide ungläubig den Kopf. „Los jetzt!", sagte der Förster schließlich und dem gehorchend schlossen sich ihnen auch die Wachen an. Drei Männer blieben bei den Pferden zurück, die restlichen zogen als lange Schlange durch den Wald.

Vorn der Förster, mit dem Blick auf dem Boden, dahinter Jacob mit der Axt in beiden Händen. Es würde schwierig werden die Spur zu lesen. So deutete Jacob zumindest das missmutige Schnaufen des Mannes vor ihm. Die Räuber schienen sehr erfahren zu sein. Eine verzweifelte Suche begann.

30. Kapitel

Mut oder Übermut?

Ihr Blick lag auf dem glänzenden Pistolenlauf. Einer der Räuber hatte die Waffe direkt vor ihren Füßen verloren. War das wieder so eine Prüfung? Oder nur Dummheit der Männer? Seit mehr als zwei Wochen war Minna nun schon bei dieser Gruppe und bisher war es ihr ganz gut gegangen. Den Männern schmeckte offensichtlich ihr Essen, aber über diese Räuber musste sie manchmal den Kopf schütteln und oft konnte sie nur schmunzeln. Einige in der Gruppe waren rechte Tölpel. Allerdings grenzte es für Minna an ein Wunder, dass die Räuber noch am Leben waren. So wie es jetzt gerade mit der Pistole passiert war. Gisbert, einer der Männer, war an ihr vorbeigegangen, um im Wald Holz zu holen. Dass er dabei eine seiner beiden Pistolen aus dem Gürtel verloren hatte, das hatte er offensichtlich nicht mal bemerkt. Er war einfach weiter gegangen und nun lag diese Waffe direkt vor ihren Füßen im hohen Gras. Wie jede Nacht, so waren auch in dieser ihre Hände gefesselt gewesen, sie saß mit angezogene Knien am Baum und hatte die Hände hinter sich um den Stamm gezogen. Sollte sie diese Chance ergreifen und die Waffe verstecken?

Bei Jacob hatte sie gesehen, wie man sie benutzt, aber noch nie hatte sie eine in den Händen gehabt. Ein Messer wäre ihr im Moment lieber gewesen, aber man musste eben nehmen, was man bekam. Vorsichtig schob sie ihren Fuß nach vorn und zog das Metallstück langsam durch das Gras zu sich heran. Gleichzeitig schaute sie, ob sie nicht doch jemand beobachtete, aber die morgendliche Geschäftigkeit hatte alle in Beschlag genommen. Einige pinkelten lautstark in den Wald, furzten und auch ansonsten waren die Männer nicht wirklich leise. Für eine verfolgte Räuberbande

131

machten sie einen ganz schönen Lärm. Offensichtlich waren sie sich ziemlich sicher, dass ihnen hier nichts passieren konnte. Endlich hatte Minna die Waffe an sich vorbeigezogen und mit der Hand erreicht. Dann schob sie diese vorsichtig neben sich in einen kleinen Busch, wo die glänzende Waffe hoffentlich nicht auffiel. Wenn doch, dann konnte sie es immer noch auf Gisbert schieben, der wusste sicher nicht, wo er die Waffe verloren haben könnte.

Der Anführer der Gruppe kam zu ihr herüber und machte sie los. Ein neuer Tag begann. Bisher hatte sie es ganz gut gehabt. Hier gab es jeden Tag Fleisch! Offenbar stellten die Männer im Wald Fallen auf, denn jeden Abend brachten sie ein paar Hasen oder manchmal auch ein Reh mit. Während Minna das Feuer schürte, dachte sie an den Förster, den sie im Frühjahr getroffen hatte. Ein Mann gegen zehn? Der Mann hätte sicher sofort Reißaus genommen. Vermutlich waren es auch eher die Wilddiebereien der Räuber, die ihn in den Wald gerufen hatten. Das Wild gehörte dem Kurfürsten. Die Menschen konnten ja sehen, wie sie sich selbst gegen die Räuber schützten! Entgegen ihrer Befürchtungen vom ersten Abend hatten die Männer sie nur geholt, damit sie für sie kochte. Sie hatte schon in Erwartung einer neuen Schändung angstvoll von einem zum anderen gesehen, doch sie hatte bis jetzt Glück gehabt.

Gisbert kam aus dem Wald zurück mit einem Arm voller Holz, das er zum Feuer brachte. Er warf es direkt vor Minnas Füße und ein anderer der Männer fragte ihn, wo er seine Pistole gelassen hatte. Der Räuber griff an die leere Stelle und kratzte sich dann am Kopf. Ein höhnisches Lachen der anderen Männer ertönte und der Anführer schüttelte den Kopf. Gisbert verlor so einiges am Tage, aber eine Waffe war bisher noch nicht dabei gewesen. „Wenn du so weiter machst, dann verlierst du auch noch deinen Kopf!", sagte der Anführer im Scherz, aber Gisbert verstand wohl diese Mahnung etwas anders, denn er musste schlucken und griff sich an den Hals. Als Räuber konnte man ziemlich schnell den Kopf verlieren. Oder am Galgen enden. Oder auf ein Rad geflochten werden! Unvorsichtigkeit führte mitunter zum Tod!

Minna rührte die Suppe in dem Topf um und musste daran denke, dass sie wohl auch am Galgen enden würde, wenn eine Abteilung der Stadtwache die Räuber hier fangen würde. Sie war ja hier mit im Wald. Auch Frauen waren bei Räuberbanden dabei und manchmal, wenn sie den Schilderungen der Händler trauen konnte, dann waren das die Schlimmsten. Es würde nur schwer erklärbar sein, dass sie nicht dazu gehörte. „Mitgefangen, Mitgehangen!" war so ein alter Spruch, der ihr gerade einfiel. Vielleicht sollte sie die Waffe zur Flucht nutzen. Nur wohin? Minnas Blick ging zu dem Strauch, in welchem die Waffe lag. Nur fünf Schritte! Und danach? Diese Lichtung war irgendwo mitten im Wald. Bei dem Lärm, welchen die Männer jeden Tag bei ihrem Aufbruch machten, war damit sicher auch niemand in der Nähe, bei dem Minna Schutz finden konnte.

Und auf Rettung konnte sie nun auch nicht mehr hoffen. Am ersten Tag vielleicht noch. Aber jetzt? Sie würde am Galgen landen. Neben Gisbert! Nicht nur das qualmende Feuer unter dem Kessel trieb ihr nun die Tränen in die Augen. Wenn sie doch nur gewusst hätte, wo sie hier war. Die Bande machte sich bereit für ihr tägliches Werk. Wieder würden nur einer oder zwei bei ihr am Feuer bleiben. Eigentlich die Gelegenheit, aber ohne Richtung konnte sie nicht entwischen. Vielleicht konnte sie ja einem der Männer eine Ortsangabe entlocken. Bisher hatten sie immer eisern geschwiegen. Würde es nicht vielleicht auch gehen, wenn sie in die andere Richtung lief? Dann würde sie den Männer ja wenigstens nicht in die Hände laufen! Alles andere würde sich zeigen!

Gisbert blieb und die anderen Neun brachen auf. Der Mann setzte sich auf einen liegenden Baumstamm und spielte auf einer Flöte, die er sich selbst geschnitzt hatte. Minna lauschte der Melodie, aber insgeheim wartete sie den richtigen Moment ab, um die Waffe zu holen und zu verschwinden. Dazu musste sie lang genug warten, dass die Männer nicht mehr in der Nähe waren, aber sie durfte nicht zu lange warten. Nicht, dass diese schon wieder auf dem Rückweg waren.

Die Frau ging ein paar Kräuter pflücken und warf diese in den Topf. Dann pflückte sie ein paar weitere an einer anderen Stelle. Immer aufmerksam beobachtet von dem Räuber, näherte sie sich immer mehr der Stelle, an welcher die Waffe im Gesträuch lag. Schließlich hatte sie die Pistole in der Hand und drehte sich damit blitzschnell um. Die Melodie verstummte, als Gisbert in die Mündung seiner eigenen Pistole blickte. Langsam kam Minna näher. Sie spannte den Hahn und richtete die Waffe direkt auf den Räuber.

„Bitte tu mir nichts!", bettelte der Mann und Minna trat noch einen Schritt näher. Nun stand sie direkt vor ihm. Dann schlug sie ihm den Lauf über den Kopf. Der Mann sackte zusammen. Die Frau zog den Dolch aus seinem Gürtel, fesselte ihn und rannte dann, mit Dolch und Pistole in der Hand, in den Wald hinein. Würde ihre Flucht lang genug geheim bleiben, sodass sie weit genug von dem Lager weg kam? Sie rannte so schnell, wie es der Wald und ihre Füße zuließen. Die Zweige, die ihr ins Gesicht schlugen, ignorierte sie. Wenn die Männer sie fingen, dann würde es sicher nicht bei Schlägen bleiben!

31. Kapitel

Todesstunden

Jeder hatte die Suche aufgegeben. Jeder, bis auf Jacob. Doch was konnte er alleine tun? Mehrere Tage waren sie durch den Wald gestreift, bis der Förster resigniert abgebrochen hatte. Die Bande war zu gerissen gewesen und dann hatte ein Regenschauer auch noch den Rest der Spuren verwischt. Dieser Wald war nun mal so gewaltig, dass darin ein paar Männer mühelos verschwinden konnten. Und eine Frau auch. Aber Jacob wollte nicht aufgeben. Er wusste, dass es Minna gut ging und er musste sie finden. Nicht erst im Herbst, wenn die Räuber in ihre Winterquartiere gingen und die Frau dann wahrscheinlich an irgendeiner Stelle aussetzen würden. Jeden Tag ging sein Blick über das Feld zu dem dahinter beginnenden Waldstück und jeden Tag war seine stumme Frage „Wo bist du nur?"

Als Minnas Mutter von der Hochzeit zurückkam, da musste er ihr gestehen, dass sie die Tochter immer noch nicht gefunden hatten. Das war vermutlich zu viel für die alte Frau gewesen, denn sie brach in seinem Armen zusammen und ein schnell hinzugerufener Medicus konnte auch nicht mehr viel für sie tun. Jacob trug sie auf seinen Armen zu ihrem Hause, wo er sie aufbettete. Der Pfarrer gab ihr noch schnell die Sterbesakramente, bevor sie dann für immer ihre Augen schloss. An ihrem Totenbett schwor er ihr, nicht eher zu ruhen, bis er Minna gefunden haben würde. Da er ja aber alleine wochenlang nutzlos durch den Wald laufen konnte, ging er zu dem Förster, der in der Zeit der Suche schon fast ein Freund für ihn geworden war. Natürlich gab es da den Standesunterschied, zwischen dem adligen Mann und Jacob, aber sie waren sich beide sympathisch gewesen.

Schnell erklärte er ihm seinen Schwur und schon wenig später brachen sie zu zweit auf. Sie hatten sich etwas Brot und Wasser mitgenommen, der Förster hatte sein Gewehr bei sich und Jacob die vertraute Axt. Nicht viel gegen eine Bande von Räubern, die sich bestimmt nicht fangen lassen wollten. Denn das würde sie an den Galgen bringen. Aber etwas Verrücktes zu tun, das war allemal noch besser, als gar nichts zu tun. Das erste Stück, bis zum Waldrand, kamen sie mit einem Wagen und danach gingen sie abseits der Wege durch den Wald.

Immer wieder kniete sich der Förster hin und betrachtete Spuren, die Jacob nicht gesehen hatte. „Bär", „Luchs" und „Wolf" sagte der Mann vor ihm leise. Jedoch war kein einziger Schuhabdruck dabei. Bei all den Tieren fragte sich Jacob schon, ob es wohl nicht auch ihre Todesstunde hier im Wald war. Zu zweit einem Bären gegenüberzutreten, da würden sie es schwer haben. Doch der erfahrene Mann an seiner Seite schien seine Sorge zu sehen „Die sind schlau genug und gehen den Menschen aus dem Weg", erklärte er lächelnd, aber Jacob fasst die Axt nun fester an.

Sie mussten schon seit Stunden durch den Wald gelaufen sein, als der Mann vor ihm stutzte. Er stand aufrecht und Jacob sah ihn von der Seite aus an. Was war? Der Mann sah nicht nach unten, aber Jacob konnte auch nichts erkennen, was ihn aufgefallen sein konnte. „Was ist?", fragte er leise und der andere Mann antwortete flüsternd „Riechst du nichts?". Jacob hielt seine Nase in den Wind und erst jetzt bemerkte er, dass da irgendwo ein Feuer sein musste. Es roch nach Rauch! Hatten sie die lange gesuchte Spur gefunden? Oder war das nur ein Kaufmann, der im Wald lagerte? Vorsichtig schoben sie sich durch das Unterholz. Jetzt durften sie keinen Laut mehr machen, sonst wären die Räuber gewarnt.

Woher wussten sie eigentlich, dass es die gesuchten Räuber waren? Wenn Minna bei ihnen war, dann konnten sie sicher sein. Aber sonst? Die Männer konnten ja auch Waldarbeiter sein, die hier nur Bäume schlugen.

Wenig später sahen sie aus dem Dickicht am Waldrand zu den Männern hinüber. Es waren zehn, damit stimmte die Anzahl schon mal. Aber Minna war nicht dabei. „Sind das die Räuber?", flüsterte Jacob, „Zu mindestens sind es Wilderer!", entgegnete der Förster und zeigte auf ein Reh, das auf dem Spieß über dem Feuer hing. Damit hatte der Mann alles Recht vom Kurfürsten erhalten, um ihnen das schmutzige Handwerk zu legen. Jedoch stand es Zwei gegen Zehn! Jacob sah die Pistolen und Schwerter der Männer. Sie selbst hatten nur die Axt, zwei kurze Schwerter und eine Büchse. Dann sah er den Förster fragend an und der sagte nur „Wollen wir?". Zaghaft nickte Jacob. Hatten sie sich da zu viel vorgenommen? Sollten sie nicht lieber auf Verstärkung warten. Nun wussten sie ja, wo das Lager war. Doch der Förster stand auf und schoss auf den ersten der Räuber. Ruhig lud er die Büchse wieder und schoss auf den zweiten, dann liefen die Männer durcheinander, die beim ersten Schuss noch erstarrt stehen geblieben waren. Anscheinend kam aber zum Glück keiner auf die Idee, zurückzuschießen.

Als der dritte Räuber tot zu Boden fiel, stürzte Jacob mit der Axt nach vorn und wenig später saßen die letzten fünf Räuber gefesselt an einem Baum. „Wo ist Minna?", fragte er die Männer und einer antwortete „Fortgelaufen!". Sie hatten also die richtigen Männer gefangen. Allerdings hatte er seine Frau immer noch nicht wieder. „Wann ist die weggelaufen?", fragte der Förster den Mann, der zitternd antwortete „Heute Vormittag.". Jacob sah den Förster fragend an und sagte „Da sind wir wohl etwas zu spät gekommen." „Deine Frau findet sicher den Weg aus dem Wald", beruhigte ihn der Jäger und setzte dann fort „Aber euch fünf Galgenvögel werden wir jetzt zum Scharfrichter bringen. Sonst bekommt der noch Langeweile!" Dann banden sie die Männer an ein langes Seil, die Toten ließen sie neben dem schnell gelöschten Feuer liegen, und zogen mit ihrer Beute zurück in Richtung Stadt.

Noch vor dem Einbruch der Dämmerung waren sie wieder an der Stadtmauer und die Räuber saßen kurz darauf im Kerker unter dem Rathaus. Doch Minna war noch nicht da. Er hatte erwartete, dass sie in der Hütte auf ihn warten würde, jedoch war die Behausung leer gewesen. „Wo bist du nur?", fragte er wieder leise zum Wald hinüber, den er von der Hüttentür aus in den letzten Strahlen der Sonne gerade noch so sehen konnte.

Dann fiel sein Blick auf den kleinen Friedhof, auf dem ein frisches Grab zu sehen war. Laut seufzte er. Was würde wohl Minna zum Verlust der Mutter sagen? Unwillig ging er in die leere Hütte hinein und setzte sich an den Tisch. Zu gern hätte er sie gesucht. Vielleicht würde sie am nächsten Tag wieder da sein.

32. Kapitel

Schrecken der Wälder

Sie war gerannt, bis sie nicht mehr konnte. Immer in der Gefahr, dass sie im Kreis laufen würde und plötzlich wieder vor dem Lager stand. Oder den Räubern in die Arme lief. Die junge Frau kannte sich im Wald nicht aus und schon nach hundert Schritten hatte sie die Orientierung komplett verloren. Wenn sie jetzt jemand gefragt hätte, wo das Lager gewesen war, dann hätte sie in jede Richtung zeigen können. Nun lag sie schnaufend auf dem Waldboden in einer kleinen Senke und versuchte wieder zu Luft zu kommen. Ihr schweres Atmen erschwerte es auch, nach Schritten zu lauschen. Im Moment hörte sie nur sich selbst keuchen. Sollte sie weiter gehen? Wohin? Immer noch war diese Frage nicht geklärt. Das nächste Dorf konnte hundert Schritte entfernt sein oder zehntausend! Irgendwo musste dieser Wald doch enden! Nur wo?

Minna setzte sich auf und beobachtete den Wald rund um sich herum. Es war Sommer und damit auch in der Nacht warm. Dadurch würde sie auch kein Feuer brauchen, das sie eventuell verraten konnte. Bei dem Gedanken an das Feuer fiel ihr ein, dass sie ja Rauch riechen müsste, wenn Menschen in der Nähe waren. Da sie nun etwas ruhiger atmete, hob sie die Nase in den Wind und versuchte zu riechen, ob da in der Nähe ein Feuer brannte. Doch immer noch hatte sie den Qualm des Lagerfeuers der Räuber in der Nase. Überall roch es nach Rauch! Selbst ihre Kleidung roch danach. So würde das nichts werden.

Also beschloss sie, still im Wald sitzen zu bleiben und sich erst einmal darauf zu beschränken, zu lauschen, ob ihr jemand gefolgt war. Die Senke war durch ein Gebüsch verdeckt und ein Baum stand an der Seite. Minna lehnte sich an den Baumstamm und zog die Zweige des Gebüschs schützend vor sich. Dolch und Pistole legte sie sich auf den Schoß. Dann lehnte sie den Kopf an den Baum und hörte zu, was der Wald ihr sagen wollte.

Der Wind säuselte in den Blättern über ihr. Das Gras neben ihr raschelte, wenn eine Windböe die Halme erfasste. Irgendwo hörte sie einen Kuckuck rufen, ein Specht hämmerte in der Ferne gegen einen Stamm und über ihr sang ein Vogel sein Lied. Eigentlich alles ziemlich friedlich, wenn sie nicht genau gewusst hätte, dass da zehn Räuber in der Nähe waren, die vermutlich jetzt gerade nach ihr suchten. Doch machten sie das wirklich? Schließlich hätte sie niemanden zum Lager führen können. Damit war sie keine Gefahr für die Männer. Nur für deren Stolz als Räuber und solch ein gekränkter Stolz war viel gefährlicher. Er ließ die Männer zornig und unüberlegt handeln. Immer noch dachte sie an den Schmerz, den die Klinge von Antonius wegen dessen gekränkter Ehre an ihrem Halse hinterlassen hatte. Und an den Schmerz ihrer Seele durch die Schändung durch Martin. Mit ihren Ohren versuchte sie diesen Wald zu durchdringen und jedes Geräusch ließ sie zusammenzucken. Waren da leise Schritte? Oder spielten ihr ihre Ohren jetzt schon einen Streich?

Vorsichtig umklammerte sie den Griff der klobigen Pistole. Mit dieser würde sie sich zumindest wehren können, aber welche Chance hatte sie schon? Mit einer Kugel und einem Dolch gegen zehn starke Männer? Schießen und sterben! Was anderes blieb ihr nicht übrig und wenn sie die Waffe zu früh und unüberlegt abdrückte, so würden die Männer wissen, wo sie zu finden war. Langsam löste sie ihren Finger vom Abzug und legte die Waffe neben sich ab.

Zum Glück war ihre Kleidung in derselben Farbe, wie der Wandboden. So würde sie, wenn sie unbewegt hier sitzen blieb, auch jemand übersehen, der nur ein paar Schritte neben ihr durch den Wald lief. Allerdings würde sie nicht ewig hier so sitzen können.

Dann durchzuckte sie noch ein anderer Gedanke. Was war mit den wilden Tieren, die es ja im Wald geben sollte? Luchse, Wölfe und Bären? Hatte der Vater sie nicht immer davor gewarnt, als sie noch ein kleines Kind gewesen war? Gab es diese Tiere wirklich noch? Für die wäre sie sicherlich ein schmackhafter Leckerbissen und gegen die Nase eines Bären würde sie die Farbe ihres Rockes nicht schützen. Nur die Pistole. Also zog sie die Waffe wieder auf ihren Schoß.

Voller Angst lauschte sie nun auf die Klänge in der Umgebung. Die schleichenden Tatzen eines Luchses würden sicherlich kaum ein Geräusch machen. Dabei dachte sie an ihre Hofkatze, die auch kaum zu hören gewesen war. Und als ob das nicht alles sowieso schon schlimm gewesen wäre, fiel schließlich auch noch die Dämmerung über den Wald. Mit dem schwindenden Licht wurden alle Töne um Minna herum um ein vielfaches lauter. Jedes Mal zuckte sie zusammen. Ein Käuzchen rief irgendwo im Baum über ihr und etwas tapste in der Nähe vorbei. Immer wieder zuckte Minna zusammen und schloss mit ihrem Leben ab. Hier würde sie nicht mehr lebend herauskommen!

Die junge Frau durchlitt Todesangst und Höllenqualen tief im Wald, aber nichts passierte. Endlich war der neue Morgen wieder da und Minna betete still als Dank dafür, dass sie diese Nacht überlebt hatte. Doch noch solch eine wollte sie nicht in diesem gruseligen Wald verbringen. Dann schon lieber bei den Räubern mag kommen, was wolle! Langsam stand sie auf, streckte sich und ging dann durch den Wald. Dabei versuchte sie die Richtung zu halten, indem sie der Sonne entgegenging. Nach unendlich vielen Schritten vernahm sie plötzlich das Schnauben eines Pferdes. Das Tier war ganz deutlich zu hören gewesen. Es konnte also nicht weit von ihr entfernt gewesen sein.

Erschrocken drehte sie sich um und sah in die Richtung, aus der das Geräusch gekommen war. Die Räuber hatten kein Pferd, das war im Wald auch vollkommen unnütz. Das musste ein Wagen sein. Oder ein Reiter! Zumindest musste es da einen Weg geben und wo es Wege gab, da gab es Dörfer, und Menschen.

Vorsichtig ging Minna dem Pferd entgegen. Immer von Baum zu Baum, aber was hatte sie zu verlieren? Schließlich erkannte sie das Gespann eines Bauern, das durch den Wald zuckelte. Gerade noch rechtzeitig dachte sie an die Waffe und warf das verräterische Stück Metall in den Wald, dann trat sie auf den Weg. „Könnt ihr mich mitnehmen?", fragte sie einen alten Mann, der kein bisschen erschrocken war, als sie so plötzlich vor ihm erschien. „Wo willst du denn hin?", fragte er nur ruhig, „Nach Tangermünde", entgegnete Minna „Dann spring auf, da will ich auch hin", erwiderte der Mann. Glücklich setzte sich Minna nach hinten auf den Wagen. „Wenn du Hunger hast, da sind Möhren im Korb", sagte der alte Mann noch und Minna griff sich eine davon.

Langsam rollte der Wagen voran und die Frau ließ sich die Möhre schmecken. Ihre Beine baumelten vom Wagen herab. Es ging heim. Sie fragte sich, wie es wohl der Mutter und Jacob in der Zwischenzeit ergangen war?

33. Kapitel

Freude und Schmerz

Sie waren einfach so aufeinander getroffen. Gerade wollte Jacob zu seiner Werkstatt hineingehen, als Minna direkt vor ihm von einem Fuhrwerk sprang. Im selben Moment hatte er sie umarmt und geküsst. „Endlich bist du wieder da!", rief er aus und sie strahlte ihn an. Doch dann fiel ihm ja ein, dass er ihr auch noch die schreckliche Nachricht vom Tode der Mutter überbringen musste. Wie sollte er das denn nur anstellen? Und genau in diesem Moment sagte sie „Ich muss noch schnell zu meiner Mutter." Er hielt sie fest, als sie sich losreißen und zu dem Hause laufen wollte. „Bleib", sagte er nur leise und setzte dann fort „Das Ganze war zu viel für deine Mutter.", dabei sah er das Erschrecken in ihren Augen und auf ihre stumme Frage nickte er nur. Danach gingen sie zusammen an das frische Grab. Minna lehnte schluchzend an seiner Schulter und er musste sie trösten.

Anschließend gingen sie zur Hütte zurück. Dort sagte er „Wir haben übrigens gestern die Räuber gefangen. Du wirst bestimmt vor dem Rat gegen sie aussagen müssen." „Gestern?", fragte sie überrascht und Jacob nickte. „Der Förster und ich. Wir waren nur ein paar Stunden nachdem du weggelaufen bist dort. Fünf haben überlebt. Aber die werden bald am Galgen sterben." „Dann lass uns schnell gehen!", entgegnete Minna und somit brachen sie auch sofort zum Rathaus auf. An der Treppe trafen sie auf den Fuhrmann, der auch schon bei den Räubern gewesen war. „Gut, dass du ihnen entkommen bist", sagte der Mann erleichtert, als er Minna erkannte und sie nickte ihm nur zu. Dann betraten sie die Gerichtsräume. Ein Schreiber nahm ihre Aussage auf und dann brachte einer der Stadtwachen sie in den Keller des Hauses. Dort saßen die fünf gefangenen Räuber in den Zellen.

Es war düster in diesen Räumen und nur die Fackeln beleuchteten die Männer, die hinter den Gitterstäben saßen oder standen. Am Vortage hatte er sie nicht richtig ansehen können, aber nun waren sie dem Gericht ausgeliefert. Minna ging an den Zellen vorbei und bestätigte dem Wachmann, dass es die gesuchten Räuber waren. An der letzten Zelle blieb sie etwas länger stehen, dann sagte sie „Siehst du Gisbert. Nun wirst du doch den Kopf verlieren!" Für Wilderei und Räuberei würde er vom Scharfrichter getötet werden, aber sicher am Galgen. Nicht durch das Schwert. Er würde zwar seinen Kopf behalten, nicht aber sein Leben. Hand in Hand mit seiner Frau stieg Jacob wieder zurück zum Licht des Tages. Die dunklen Gedanken der Tage zuvor ließ er im Keller bei den Räubern zurück.

„Mache so etwas nie wieder", sagte er leise zu ihr und sie nickte ihm zur Bestätigung nur zu. Dann führte ihr gemeinsamer Weg zurück zur Hütte, obwohl er eigentlich noch arbeiten musste, aber sein Meister würde dafür sicher Verständnis haben. Zumindest hatte er das bei der Suche nach Minna ja auch gehabt. Auf dem Rückweg erzählte sie, wie es ihr im Wald ergangen war und von ihrer Angst, vor den wilden Tieren. Bei all den Spuren, die diese Tiere im Wald hinterlassen hatten, konnte er das gut verstehen. Unmittelbar vor der Hüttentür trafen sie auf den Förster, der gerade in die Stadt wollte, um dort ebenfalls seine Aussage zu machen. Jacob stellte ihm Minna vor und der Förster stutzte. „Ich habe dich doch schon mal gesehen", sagte er und Minna schien nun auch zu überlegen. Fast gleichzeitig sagten die Beiden dann „Im Frühling, im Wald!". Dann lachten sie. „Endlich habe ich die Bande geschnappt", sagte der Förster und machte sich dann auf den Weg zum Rathaus.

Noch einen Augenblick sahen sie dem Manne hinterher, dann zog Jacob seine Frau in die Hütte hinein. „Ich hoffe, Grete ist nicht auch da irgendwo im Wald unterwegs", sagte Minna mit einem Blick auf den Waldrand, durch die noch offen stehende Hüttentür. „Ich denke mal, dass die schlau genug ist, nicht in den Wald zu gehen", antwortete ihr Jacob und Minna setzte nach „Schlauer als ich?", doch er sah ihren schelmischen Gesichtszug. „Du hast es doch überlebt!", antwortete ihr Jacob, „Und du hast die Räuber zur Strecke gebracht!", erwiderte sie und verschloss seinen Mund mit einem Kuss, bevor er etwas entgegnen konnte.

Schnell verriegelte Minna die Hüttentür und obwohl es noch heller Tag war, waren sie doch schon wenig später in ihrem Bett und genossen die gemeinsamen Streicheleinheiten, die sie so lange gegenseitig vermisst hatten. Aneinander gekuschelt blieben sie den Rest des Tages faul im Bett. Keiner der Beiden wollte noch einen Fuß auf den Boden setzen. Selbst als am Abend der Magen vor Hunger bei ihnen beiden knurrte, lachten sie nur und blieben liegen. Alles andere hatte Zeit, jetzt wollten sie nur zusammen sein. Die Nähe genießen.

Keine Woche später hingen dann auch die gefangenen Räuber am Galgen und jeder konnte beim Betreten der Stadt sehen, wie in Tangermünde mit Wegelagerern umgegangen wurde. Und obwohl weder Minna noch er etwas von der Räuberjagd erzählt hatten, war es dennoch auf dem Markt Gesprächsstoff. Jede Marktfrau schmückte die Geschichte der Beiden noch ein bisschen mehr aus, doch ein Beschwichtigen würde wohl nichts bringen und deshalb riet er Minna auch davon ab. Das würde die Leute nur dazu bringen, sich noch mehr komische Sachen auszudenken, denn wenn jemand etwas leugnete, dann musste es doch wahr sein!

Die Geschichte hatte für Jacob auch noch einen guten Nebeneffekt. Sein Ansehen in der Zunft stieg damit und er wurde von allen Meistern einstimmig zum Anführer der bewaffneten Männer gewählt. Das festigte nun wiederum sein Ansehen bei den anderen Gesellen und würde auch seine Position stärken, wenn er mal Meister werden wollte. Doch von diesem Tage an ließ er Minna nicht mehr aus der Stadt. Schließlich wollte er sie nicht noch einmal verlieren und das Schicksal herauszufordern, das war auch keine so gute Idee. Wer wusste schon, wie es beim nächsten Male entscheiden würde.

So gingen Sommer und Herbst harmonisch dahin und der Förster brachte ihnen von Zeit zu Zeit mal einen Hasen vorbei, wenn er zufällig in die Stadt ging. Auch das war nicht zu verachten. Blieb damit doch immer ein guter Sonntagsbraten in der Pfanne.

34. Kapitel

Der Herbst der glücklichen Magd

Der Herbst hatte die Blätter bunt gemacht und wieder erwarten war Grete noch am Leben. Tonnis hatte sie mehr als einmal verprügelt und fast jedes Zusammensein der beiden Eheleute war in Gewalt ausgeufert. Nun wölbte sich ein kleines Bäuchlein unter Gretes Kleid, aber das bedeutete nicht, dass Tonnis sie geschont hätte. Wohin er immer wieder verschwunden war, das hatte er ihr nicht gesagt und Grete hatte nicht gewagt, ihn danach zu fragen. Es würde vielleicht nur weitere Schläge bedeuten. Der Wirt hatte sie irgendwann aus dem Hause geworfen, nachdem Antonius die fälligen Münzen nicht mehr bezahlt hatte, sondern nur noch in Wein umsetzte, der ihn noch zusätzlich aggressiv machte. Weil sie nun, verheiratet und schwanger, nicht mehr als Magd in der Stadt arbeiten konnte, hatte sie ihr Weg wieder zurück zu dem Bauern geführt, bei dem sie im Frühjahr gearbeitet hatte. Da gerade Erntezeit war, wurde auch jede helfende Hand gebraucht. So stand Grete nun von früh bis spät auf dem Feld.

Damit hatte sie auch keine Zeit, um beim Rat vorzusprechen. Aber Tonnis wusste ja zum Glück nicht, wo sie war. Dem Wirt hatte sie nichts darüber gesagt und sogar Minna hatte sie es verschwiegen. Ein falsches Wort der Freundin hätte den gewalttätigen Mann nur wieder auf ihre Spur gebracht. Schon lange hatte sie begriffen, dass Tonnis sie nur wegen der Aussicht auf das beträchtliche Erbe geheiratet hatte. Nun hatte Grete also, bei all der schweren Feldarbeit, einen Herbst zur Erholung. Wieder führte sie abends Gespräche mit der Bäuerin und wenn sie Glück hatte, dann konnte sie vielleicht auch den Winter in dem Bauernhaus bleiben. Dann war zwar nicht mehr so viel zu tun, doch die, nur für die

Erntezeit angeworbenen, Knechte würden dann weiterziehen. Zum Abendessen saßen sie nun zu zehnt um den Tisch und Grete hörte den Geschichten der Wanderarbeiter zu.

Einer erzählte oft von Räuberbanden, die in der Gegend ihr Unwesen trieben und Grete dachte daran, dass Tonnis vielleicht Wagen von Kaufleuten schützte oder Reisende auf ihren Wegen begleitete. Zumindest war er oft lange fort gewesen und hatte ja immer seine Waffen dabei. Schwert und Pistolen legte er nie weit fort. In dieser Zeit der Gefahr musste man sicher bewaffnet sein, wenn man unterwegs war. Sie hatte die langen Messer der Knechte gesehen. Die waren nur unwesentlich kürzer, als das Schwert von Tonnis. Als Frau hätte sie da alleine zu viel Angst, aber was war bei ihr schon zu holen? Zum Glück hatte sie ein Dach über dem Kopf und der Bauch hielt die Knechte auf Abstand. Der eine oder andere von ihnen blieb so manche Nacht bei Mechthild, der anderen Magd, die nur ein paar Schritte neben Grete ihr Schlaflager hatte.

In diesen Nächten konnte Grete dann meist nicht schlafen und so hatte sie Zeit, über ihr zukünftiges Leben nachzudenken. Ewig konnte sie sich hier nicht verstecken. Spätestens zur Geburt musste sie Tonnis wiedersehen. Es war ja sein Kind und der Mann musste den Taufschein unterzeichnen. Was würde dann werden? Konnte das Kind den gewalttätigen Mann sanfter machen? Ein gezähmter Krieger? Ging das überhaupt? Was hätte wohl ihr Vater gemacht, wenn er jetzt noch Leben würde? Die Landsknechte wurden ja oft nicht alt. Schlägereien, Kämpfe und Kriege forderten ihren Tribut. Nicht wenige starben dabei an Krankheiten und Hunger. Das war bei den Söldnern nicht anders, als bei allen anderen Menschen auch. Bisher hatte Grete nur durch viel Glück überlebt.

Irgendwie konnte sie sich Tonnis nicht als Vater vorstellen. Ein Kind auf der bunten Hose? Was geschah, wenn ein Krieg irgendwo ausbrach und Tonnis zur Fahne eilen würde? Wäre sie mit dem Kind im Tross eines Heeres? Als Marketenderin? Die Abende in der schäbigen Schänke hatte ihr gezeigt, was da passieren würde und die Landsknechte wären sicher nur noch viel schlimmer, als die Zecher bei dem Wirt. Glücksspiel, Frauen und Starkbier hielten die Männer am Leben. Und sie da mit einem Kind dazwischen?

Das Schnaufen des Knechtes am anderen Ende der Scheune, zwischen den Beinen von Mechthild, war da nur ein Vorgeschmack dessen, was sie erwarten konnte. Und das wollte sie nicht! Niemals! Doch was wollte sie wirklich? Oft hatte sie darüber gegrübelt. Mit dem Erbe wäre alles so schön einfach gewesen! Tränen liefen ihr die Wange herunter. Eigentlich wiederholte sich durch sie nur das Schicksal der Mutter. Mit einem Kind schwanger von einem Soldaten, fernab von Recht und Erbe! Am anderen Ende stöhnte der Knecht, zog sich im Mondlicht die Hose hoch und schlich danach nach draußen. Er machte Platz für einen anderen Mann, wie Grete an den leisen, raschelnden Schritten im Stroh hörte.

Der nächste Tag schickte sein erstes Licht durch die Ritzen der Scheunenwand. Wieder waren weder sie noch Mechthild in den Schlaf gekommen. Aus unterschiedlichen Gründen, aber trotzdem schlichen beide gähnend und müde aus der Scheune, um sich am Brunnen schnell zu waschen. Das Vieh rief danach, gemolken zu werden. Dabei musste man nicht viel machen und konnte vor sich hin dösen. Während sich die Eimer mit Milch füllten, gingen die Knechte singend und pfeifend auf das Feld hinaus. Das war dann auch das Zeichen für die beiden Frauen, zusammen mit der Bäuerin, ihnen zu folgen, um Ährenbündel zu binden. Gretes Blick ging zu den Wiesenblüten und sie dachte daran, wie gern die Mutter damals diese Blumen gehabt hatte.

Ein langer, arbeitsreicher Tag begann.

Viele weitere Tage folgten, dann war die Ernte in der Scheune, das Korn gedroschen und die Knechte zogen weiter. Ein paar Tage später stand mit einem Male Tonnis vor dem Bauernhaus. Grete zuckte regelrecht zusammen, als sie so unverhofft wieder auf den Mann traf. „Du dachtest wohl, du kannst dich vor mir verstecken?", fragte er drohend. Eine Hand umschloss den Schwertgriff und Grete versuchte, sich so klein wie möglich zu machen. Doch Antonius hob diesmal nicht seine Hand gegen sie, sondern fragte den Bauern, der in der Scheunentür stand, ob er hier bleiben konnte. Der Bauer war hocherfreut, einen bewaffneten Mann auf seinem Hof zu haben und schlug sofort in das Angebot ein. Das Korn musste noch zur Mühle und da war es von Vorteil, wenn ein Landsknecht auf dem Bock des Wagens saß. Das hielt die Räuber auf Abstand, wie der Bauer hoffte.

Damit endete der schöne Herbst für Grete und mit dem ersten Schnee begann ein langer Winter. Da sie sich ja nun nicht mehr verstecken musste, konnte sie nun endlich auch wieder Minna in der Stadt besuchen gehen. Allerdings erhielt sie damit auch wieder von ihrem Mann den Auftrag, im Rat vorzusprechen. Tonnis begleitete sie bis zum Hünerdorfer Tor, von wo aus sie zum Rathaus ging und er zur Schänke. Später trafen sie sich dann bei Minna. In dieser Zeit war Tonnis seltsam friedlich. Er verschwand auch nicht mehr und es blieb bei gelegentlichen Ohrfeigen, die aber nichts im Vergleich zur früheren Gewalt waren. Es war schon fast so etwas wie ein zärtliches Streicheln.

35. Kapitel

Freundinnen

So plötzlich, wie Grete verschwunden war, so plötzlich war sie im Herbst auch wieder da. Eines Tages stand sie mit ihrem Bauch in der Hüttentür und Minna war ihr um den Hals gefallen. Zwar merkte sie sofort, dass dies bei Grete erst Mal auf Unverständnis stieß, aber sie hatte es einfach tun müssen. Im Frühjahr waren sie noch eher lockere Freundinnen gewesen, doch durch die Abwesenheit hatte sich dieses Gefühl der Zusammengehörigkeit und Freundschaft verstärkt. Mittlerweile hatte Minna es auch akzeptiert, dass sie keine Kinder bekommen konnte und die schwangere Freundin war ja nun auch keine Gefahr für ihre Ehe. Alles war perfekt. Sie saßen am Tisch und redeten stundenlang vom Sommer. Grete von ihrer Arbeit auf dem Bauernhof und Minna von ihrem Erlebnis bei den Räubern.

Wie vermutet hatte Grete genau dort gewohnt, wo es Minna angenommen hatte und wie ebenfalls vermutet hatte sie nur nichts gesagt, um Tonnis nicht auf ihre Spur zu bringen. Doch nun hatte der Mann sie auch so gefunden. Wozu also noch verstecken? Damit war Antonius aber auch wieder in Minnas Nähe. Manchmal wünschte sie sich nun insgeheim, die Pistole noch zu haben, die sie in den Wald geworfen hatte. Aber wer es mit zehn Räubern aufnehmen konnte, der schaffte doch auch einen Landsknecht! Tonnis würde den Winter über ebenfalls bei dem Bauern bleiben, was ihn damit, zumindest meist, von Minna fern halten würde. Martin würde jedoch bei seiner Mutter einen Unterschlupf für die kalte Jahreszeit erhalten und da würde Tonnis ihn bestimmt oft besuchen.

Nun konnte sie mit Grete über alles reden und stellte schon bald fest, wie recht sie doch mit der Einschätzung von Antonius gehabt hatte und wie viel Glück mit ihrem Jacob. Tonnis behandelte seine Frau anscheinend nicht sehr gut, schien es aber als normal anzusehen, so mit Frauen umzugehen. Waren vielleicht alle anderen Männer auch so? Alle außer Jacob? Minna hatte nicht so viele Freundinnen, die verheiratet waren und die sie fragen konnte. Daher konnte sie sich nur zurückerinnern, wie ihr Vater gewesen war, als sie noch klein war. Der schien aber eher wie Jacob gewesen zu sein und nicht wie Tonnis. Also konnten nicht alle so sein. Allerdings kannte sie auch Heinrich von Minden! Damit stand es zwei zu zwei! Also die Hälfte gut, die andere Hälfte schlecht? Es schien so!

Oder auch: Geld verdirbt den Mann! Jacob und ihr Vater machten sich nicht viel aus den Silberlingen. Für Heinrich und Antonius stellten sie die Welt dar.

Die Welt war ein Silbergulden!

So wurde sie nun alle paar Tage von Grete in ihrer Hütte besucht. Solange kein Schnee lag, war der Weg für die Schwangere auch noch nicht zu beschwerlich. Nur dass Tonnis sie immer nötigte, die kostbare Zeit, die sie für die Gespräche von Freundin zu Freundin hatten, mit nutzlosem Vorsprechen vor dem Rat zu vertrödeln, das gefiel Minna nicht, aber sie sagte auch nichts dazu, um die Freundin nicht mit einer unbedachten Äußerung in Schwierigkeiten zu bringen. Grete hatte es offensichtlich auch so schon schwer genug.

Tonnis war in dieser Zeit immer mit Martin in der Schänke und traf dann meist in der Hütte ein, um Grete wieder zum Bauernhof mitzunehmen. Der Landsknecht hielt sich aber in Minnas Gegenwart seltsam zurück. Das war nicht mehr derselbe Mann, der ihr noch im Frühjahr die Klinge an den Hals gehalten hatte. Vermutlich hatte aber nicht er sich geändert, sondern Minnas verhalten ihm gegenüber war nun anders geworden.

Dann begann der Winter und Grete blieb in ihrer Hütte. Minna in der ihrigen. Es war nicht weit, nur tausend Schritte trennten die beiden Freundinnen nun. Doch durch den schon bald hoch liegenden Schnee waren sie trotzdem voneinander getrennt. Niemand, der es nicht musste, verließ nun freiwillig die schützende Hütte. Der Winter war eine Jahreszeit der Ruhe und Erholung, er konnte aber auch eine Zeit der Entbehrung und des Hungers werden. Je nachdem, wie man vorgesorgt hatte. Und Minna hatte genug Brennholz gestapelt. Somit würde die Hütte wenigstens immer schön warm bleiben. Der Förster hatte ihnen im Herbst einen Baumstamm vor die Hütte gelegt und Minna hatte diesen mit Säge und Beil in Herdgerechte Stücke zerlegt. Die lagen nun in der Hütte, an der hinteren Wand, aufgestapelt.

Damit konnte Minna den Herd anheizen, ohne hinaus in die Kälte zu müssen. Sie waren ja auch nur zu zweit in der Behausung. In der gleichgroßen von Mutter Emmert nebenan, da lebten acht Menschen. In jener auf der anderen Seite waren es dreizehn. Da wurde jeder Platz gebraucht. Dafür waren bei Minna die Vorräte nicht so üppig gewesen. Mit seinen paar Münzen konnte Jacob nicht so viel kaufen. Ein Schinken, den er von seinem Meister erhalten hatte, war ein echter Schatz und wurde auch so behandelt. Die Scheiben waren dünn geschnitten. Brot und Bier gab es auch. Es reichte zum Überleben. Wie in den Nachbarhütten auch. Bis zur Schneeschmelze würde der Schinken das einzige Fleisch bleiben, wenn nicht der Förster mal wieder einen Hasen vorbeibringen würde.

Alles war in Ordnung, nur Grete fehlte ihr zum Reden. Gerade in der Winterzeit war viel Zeit und immer wieder war Minna an den letzten Winter erinnert, wo Grete bei der Herrschaft als Magd gearbeitet hatte. Auch da hatten sie sich lange nicht gesehen, auch wenn der Abstand damals nicht so groß gewesen war. Nun hätte Minna zwar auch gehen können, aber die große Fläche mit dem tiefen Schnee hielt sie dann doch davor zurück. Es würde anstrengend und kalt werden, bis sie die unwegsame Fläche überwunden haben würde. Da blieb sie doch lieber in der warmen Hütte in Jacobs Armen und in diesem Jahr musste er auch nicht so viel arbeiten, wie in dem zuvor.

Der warme Mantel blieb in diesem Winter fast nur am Haken. Eigentlich hatte Minna nur zum Gottesdienst, zum Gang auf die Latrine und zum Brot kaufen die Hütte verlassen. Das Herdfeuer sollte nicht verlöschen. Eine warme Hütte in einer kalten Jahreszeit.

Minna hoffte, dass es auch Grete, in ihrer Hütte, am warmen Herd, gut ging.

36. Kapitel

Ein weißes Tuch

mmer höher lag der Schnee und zum Glück war in dem Bauernhaus nicht allzu viel zu tun. Kühe melken, Tiere füttern, Brot backen und Käse herstellen. Das war das Tagewerk der drei Frauen. Karola, die Bäuerin, Mechthild, die Magd, und Grete, der das Bücken schon sichtlich schwerer fiel. Mit jedem Monat wuchs der Bauch. Die Kälte des Winters hatte sie in der Kammer zusammen gebracht. Zwei Männer und drei Frauen. Grete und Tonnis auf einem Strohsack, der Bauer und Karola auf dem Zweiten und Mechthild alleine in der Ecke neben dem Herd. Manchmal, wenn Grete nicht schlafen konnte, dann hörte sie aus dieser Ecke das verräterische Schnaufen eines Mannes, aber sie wollte gar nicht wissen, wer es wohl war, der da gerade bei Mechthild war. Der eine gab ihr ein warmes Plätzchen und der andere ließ sie am Leben. Es war also riskant, den Schnaufer zur Rede zu stellen, sie würde in beiden Fällen verlieren.

Erst jetzt, hier im Winter, hatte sie so etwas wie ein eigenes Familienleben erfahren. Tonnis hielt sich, in Gegenwart des Bauern, etwas zurück. Er wollte sicher nicht von ihm aus dem Hause geworfen werden, jetzt, da der Schnee um das Haus lag. In Gegenwart von Mechthild oder Karola war er da schon nicht mehr so zurückhaltend. Aber das waren ja auch nur Frauen! Sie hatten ihm nichts zu sagen. Und sie sagten auch nichts. Eine gelegentliche Schelle war wohl für die beiden völlig normal und da es in dem Haus nur leichtes Bier gab, konnte sich Tonnis auch nicht betrinken. Grete hatte ihn im Sommer oft anders erlebt, aber da hatte ihr Eheleben auch nur aus höchstens zehn Tagen bestanden. Zehn Tage, an denen er sie grün und blau geschlagen hatte. Jetzt noch schmerzte es, wenn sie nur daran zurückdachte.

Und auch, wenn sie daran dachte, wie das Kind entstanden war. Da hatte es Mechthild irgendwie besser getroffen, aber die dralle Magd hatte sich bisher keinem Mann verweigert. Ihr schien es sogar Spaß zu machen, auch wenn das eine vollkommen verwerfliche und absurde Vorstellung war. Das war Sünde! Dabei dachte Grete an Ursula, die ja Geld für das nahm, was die Magd umsonst abgab. Was von beiden war wohl mehr Sünde? Konnte man das eine mit dem anderen überhaupt aufwiegen? War nicht jede Sünde falsch? Und war sie selbst frei von Schuld? Grete dachte zurück an den Zorn, den sie dem Onkel gegenüber gespürt hatte. War das noch gerecht? Oder auch schon Sünde? Was gab sie ihrem Kind mit? Jedenfalls eine sehr fragwürdige Zukunft.

Sie saß am Küchentisch und putzte ein paar Rüben für die Suppe. Dabei ging ihr Blick zu ihrem Mann hinüber, der gerade Holz in die Hütte brachte. Hatte ihn nicht die Gier nach dem Erbe dazu getrieben, sie zu heiraten? War denn die Sünde der Welt in diesem Haus versammelt? Alle Todsünden? Fast alle! Bei dem Rübeneintopf fiel schon mal die Völlerei aus. Ein Lächeln zog bei diesem Gedanken über ihr Gesicht. Stück für Stück schnitt sie von der Rübe in den Topf, dann brachte der Bauer ein Stück Schinken aus der Vorratskammer, dass mit in den Topf sollte. Die Fettaugen waren also schon mal gesichert. Also doch eine Völlerei?

Ächzend erhob sich Grete und gab den Topf an Mechthild weiter, die diesen über das Feuer stellte. Gretes Gedanken gingen nach draußen. Sollte sie noch einmal zu Minna gehen? Der Weg fiel ihr schon schwer, aber es würde wohl nicht mehr lange dauern, bis der Schnee endlich schmelzen würde und dann wäre es auch Zeit dafür, dass ihr Kind auf die Welt kam. Irgendwann Anfang März musste es endlich soweit sein. Schon jetzt tat ihr der Rücken unter der Last weh, die sie ständig nach vorn zog. Sie war nicht sehr kräftig, eher zäh. Das Leben hatte sie so gemacht. Zäh und beharrlich! Aber noch lag der Schnee zu hoch.

Der Winter verging, der Bauch wuchs.

Ende Februar überlegte sich Grete erneut, ob sie wohl nun doch den beschwerlichen Weg in die Stadt zu Minna gehen sollte. Die Kälte der letzten Tage war einem verhältnismäßig warme Lüftchen gewichen und sie hatte die Freundin schon so lange nicht mehr gesehen. Trotz der Übelkeit und des Bauches machte sie sich auf den Weg. Auch Tonnis kam mit, aber er half ihr nicht. Der Mann lief nur neben ihr her. Irgendwann auf dem Pfad war sie ihm dann einfach zu langsam gewesen und er eilte ihr davon. Die Stadt schien nicht näherzukommen, doch schließlich hatte sie die Hütte von Minna erreicht. Jedoch blieb sie nicht lange, denn der Rückweg würde wieder genauso lang sein.

Dann bot sich Minna an, die Freundin zu begleiten und Grete nahm sofort dankbar an. Schließlich war ein Gespräch unter Frauen genau das, was einem von dem beschwerlichen und langen Weg ablenken konnte. Ein weißes Tuch von Schnee hatte die Gegend noch zugedeckt, aber an einigen Stellen stachen schon schwarze Büsche hervor. Die Kraft der Sonne würde dafür sorgen, dass der restliche Schnee bald wieder verschwand. So redeten sie über alles Mögliche und plötzlich zeigte Minna nach vorn. Eine dunkle Rauchsäule stand vor ihnen, die sie bisher nicht hatten sehen können, oder die gerade erst aufgestiegen war. In dieser Richtung musste das Bauernhaus liegen. Was war da passiert? War Mechthild zu unvorsichtig am Herd gewesen? Schon einmal, mitten im Winter, hatten die Flammen des Herdes fast ihren Strohsack entzündet, welchen die Magd zu nahe zum Feuer gezogen hatte, um die Wärme des Herdes besser nutzen zu können.

So schnell sie konnten gingen sie nun vorwärts. Nach ein paar hundert Schritten standen sie vor den Resten, die einmal das Bauernhaus gewesen waren. Die angekohlten Balken des Daches fielen gerade rauchend ineinander. An der Seite des Hauses lag die Magd. Nackt, geschändet und mit durchschnittener Kehle. Nach den anderen beiden Mitbewohnern wollte Grete gar nicht erst suchen.

Sicher waren es Räuber gewesen, denn der Stall stand offen und das Vieh war verschwunden. Grete fiel vor der toten Magd auf die Knie. „Wer macht so etwas?", stieß sie aus. Alles, was die Männer gewollt hätten, das hätte ihnen die Magd sicher freiwillig gegeben. Mit einem Male dachte Grete daran, dass sie nun auch da liegen würde, wenn sie nicht zu Minna gegangen wäre. Sie sah zu der Freundin, die gerade ein weißes Tuch, das sie irgendwo gefunden hatte, über den Leichnam der Magd zog.

Ein Schmerz durchzuckte Grete und sie kippte zur Seite. In all dem Tod und der Zerstörung drängte ein neues Leben aus ihr heraus. Unter Schmerzen, zusammen mit Minnas Hilfe, brachte sie das Kind im Schnee, vor der rauchenden Ruine, zur Welt.

37. Kapitel

Schmerzvolle Erfahrungen

atürlich hatte Minna sofort zugestimmt, die schwangere Freundin zurück zum Bauernhaus zu begleiten. Nun lag ja auch schon nicht mehr so viel Schnee und in den letzten Tagen hatte Minna oft überlegt, ob sie nicht hinübergehen sollte. Doch dann war Grete einfach so in der Hütte gewesen. Der Bauch der Freundin war schon gewaltig angewachsen und es würde wohl der letzte Besuch vor der Geburt des Kindes sein. Plaudernd gingen sie durch die Landschaft. Das Geräusch ihrer Füße im verharschten Schnee unterbrach nur manchmal das Lachen und Scherzen. Grete war fröhlich wie anscheinend schon lange nicht mehr. Die Rückenschmerzen zwangen sie nur, von Zeit zu Zeit, einfach mal stehen zu bleiben und sich an der Freundin abzustützen. Bei einer dieser Pausen sahen sie eine kleine Rauchsäule, die direkt vor ihnen aufstieg. Dort musste das Bauernhaus sein. Verbrannte da jemand altes Stroh des Winters? Es qualmte immer mehr und Minna bemerkte, dass Grete versuchte, so schnell wie möglich dorthin zu gelangen. Aber das ging eben nicht.

Schließlich hatten sie doch das Haus erreicht und sahen, wie gerade das Dach zu Boden stürzte. Ein Funkenregen stiebte nach oben. War da jemand unvorsichtig mit dem Feuer gewesen? Doch warum löschten dann die Bauern und die Magd nicht? Schließlich fanden sie die Magd neben dem Hause. Sie war ermordet worden. Also waren es sicher Räuber gewesen, auf der Suche nach etwas zu essen. Schnell zog Minna ein Tuch über den Körper der toten Frau. Dann brach Grete zusammen. Offensichtlich wollte das Kind nun genau in diesem Moment, mitten in Schnee und Feuer, auf die Welt kommen. Minna zog die Freundin zur Seite, wo an einer Stelle nur wenig Schnee lag und dann begannen sie zusammen das kleine Geschöpf auf die Welt zu holen. Keine der beiden Frauen hatte Ahnung, wie das wohl ging. Sie konnten nur darauf vertrauen, dass die Natur wusste, wie es gehen sollte. Weit und breit war ja auch niemand, den Minna fragen konnte und zurück zur Stadt zu rennen, das ging auch nicht. Dann müsste sie ja die Freundin hier alleine zurücklassen.

Dazu kam auch noch, dass Grete in den Hüften nicht so breit gebaut war, wie Minna. Aber es war nun mal so, wie es war. Da half nun kein Jammern mehr, nur das Schreien in den Schmerz hinein. Dabei durchzuckte Minna ein anderer Gedanke. Was wäre, wenn die Räuber noch in der Nähe waren? Gretes Schreien würde sie dann ganz sicher wieder zum Haus zurücklocken. Das war sicher noch in der Stadt zu hören und der Schnee trug die Stimme in der Stille sehr weit. Sollte sich Minna eine Waffe suchen? Sie sah sich vorsichtig um, um der Freundin nicht noch mehr Angst zu machen. „Ich hole noch Tücher!", sagte sie schnell und lief zum Stall. Mit einem Tuch und der Mistgabel kam sie zurück. Grete war durch den Schmerz so beschäftigt, dass sie nicht fragte, was Minna wohl mit der Mistgabel wollte, doch die gab ihr die Sicherheit, die sie nun brauchte, um sich um die Freundin kümmern zu können.

Wehe um Wehe warf die Freundin auf der Erde umher. „Vielleicht geht es im Stehen besser?", fragte Minna und hob Grete auf. Diese lehnte sich an einen Baum und presste wieder in die nächste Wehe hinein. Abgestützt mit dem Rücken gegen den Stamm schien es wirklich besser zu gehen. Minna schlug der Freundin nun Rock und Unterrock hoch und band diese über der Schulter fest. So würde sie das Kind besser fangen können, wenn es endlich den Weg nach draußen gefunden haben würde. Wieder sah sie sich um „Wo sind die Männer nur, wenn man sie braucht!", presste sie durch die Zähne und drehte sich wieder zu Grete zurück. Der Ab-

160

stand der einzelnen Wehen schien nun immer kürzer zu werden. Gerade in dem Moment, in welchem, ein paar Schritten neben ihnen, die Häuserwand in sich zusammenstürzte, da trat das Kind mit einem Schrei in diese Welt.

Minna fing es zwischen den Beinen der Freundin auf und hob es hoch. Unter Grete bildete sich eine Blutpfütze im Schnee, dann sank die Freundin zu Boden. „Ein Junge!", sagte Minna, als sie das blutverschmierte Kind abwischte und Grete in den Arm drückte. „Komm hoch, du kannst doch nicht im Schnee sitzen!", sagte sie als nächstes, aber Grete hatte keine Kraft mehr und das Kind war immer noch mit ihr verbunden. Mühsam zog Minna die Freundin auf die Füße und schob sie zu einer trockenen Stelle, wo sie sich auf ein Tuch setzen konnte. „Soll ich das herausziehen?", fragte Minna und zeigte auf die Verbindung zwischen Kind und Mutter. Keine der beiden wusste es. Minna war das jüngste Kind ihrer Mutter gewesen, Grete war ein Einzelkind und keine von beiden war schon mal bei einer Geburt dabei gewesen.

Jacob würde es wissen! Der hatte drei jüngere Brüder. „Männer!", stöhnte Minna nur, dann sah sie, dass Grete vor Erschöpfung einschlafen wollte. Doch hier im Schnee würde das nicht gehen. Wenn die Freundin erst mal schlief, dann würde sie diese vielleicht nicht mehr wach bekommen und dann konnte sie im Schnee erfrieren. „Bleib wach!", mahnte Minna und Grete nickte schwach. Ein paar Minuten hatten sie so gesessen, als Grete starke Schmerzen bekam und sich ihr Bauch zusammen krampfte. „Zieh es raus!", schrie sie Minna an und wollte selbst an der Schnur ziehen, doch da griff Minna schon vorsichtig zu und zog die Nabelschnur heraus. „Das kann doch nicht dran bleiben!", sagte sie, nahm ein Stück Strick und band die Nabelschnur nahe am Bauch des Jungen ab, dann durchschnitt sie diese mit ihrem Dolch.

„Du kannst hier nicht bleiben!", erklärte Minna und zog die schwache Freundin auf die Beine. „Du kommst zu uns!", legte sie fest „Und Tonnis?", fragte Grete schwach. „Der auch!", antwortete Minna, auch wenn ihr das nicht so wirklich gefiel. Unter einem Dach mit dem Landsknecht? Aber es musste nun mal so sein. Wo sollte Grete sonst hin? Minna wickelte das Kind in das Tuch und dann gingen sie gemeinsam zurück zur Stadt.

Die Reste des Bauernhauses fielen da gerade hinter ihnen in sich zusammen und bildeten nur noch einen kleinen Haufen rauchender Balken.

38. Kapitel

Familienleben

Zähneknirschend hatte Jacob die Entscheidung seiner Frau akzeptiert. So waren sie nun also zu fünft in der Hütte. Aber das war nicht das Schlimmste, Platz war ja genug vorhanden, jetzt, da das Holz des Winters im Herd verbrannt worden war. Dass er nun mit diesem Landsknecht unter einem Dach leben musste, das war eigentlich nicht zu ertragen. Der Mann war arrogant, gewalttätig und praktisch ständig betrunken. Am wenigsten passte es Jacob, dass er diesen Mann mit Minna und Grete tagsüber in der Hütte lassen musste, während er zur Arbeit ging. Jedoch hatte Minna ihm versichert, dass sie sich zu wehren verstand und nur deshalb hatte er dann doch zugestimmt. Allerdings hatte er darauf bestanden, dass Minna einen Dolch ständig an ihrem Gürtel trug. Die beiden Betten waren so weit wie möglich auseinander geschoben worden. An jeder Hüttenwand stand nun eines, mit einem Strohsack darauf.

Minna kümmerte sich rührend um die gemeinsame Freundin, Tonnis ging meist am Vormittag zur Schänke hinüber und kam erst am Abend zurück. Woher er die Münzen für das Starkbier hatte, das wusste niemand. Für das Essen hatte er jedenfalls nichts und er zwang Grete, die sich noch nicht richtig von der Geburt erholt hatte, jeden Tag, mit dem Neugeborenen im Arm, in den Rat zu gehen, um dort um weitere Münzen und das Erbe zu betteln. Hätte es nicht auch Grete geschadet, dann hätte schon so manches Mal seine Faust das Gesicht des Soldaten getroffen. Tonnis war zwar größer und sicher auch kampfgeübter als er, aber dafür war Jacob kräftiger. Der tägliche Umgang mit der Axt ließ seine Muskeln nicht erlahmen. Im fairen Kampf wäre der Handwerker dem Soldaten sicher überlegen gewesen. Allerdings legte dieser Mann weder Schwert noch Pistole weit weg. Selbst wenn er am Abend betrunken aus der Schänke kam, hatte er die geladene Pistole in seinem Gürtel stecken.

Noch schlimmer war es für Jacob, dass sich sein eigener Bruder Martin in ein Ebenbild von Tonnis zu verwandeln schien. Das konnte er nicht zulassen! Und das konnte er auch seiner Mutter nicht antun! Der Zusammenhalt in der Familie war doch das wichtigste. Auch, wenn Tonnis das vermutlich nicht so sah! Immer wieder konnte Jacob sehen, wie Antonius seine Frau und das Kind behandelte. Es war zwar seine Familie, aber es war Jacobs Haus! Und da galten die Regeln, die er aufstellte und wenn sich der Landsknecht nicht daran halten konnte, so stand es ihm selbstverständlich frei, jederzeit die Hütte zu verlassen.

Minna schaffte es dann meist schnell wieder, ihn zu besänftigen, denn der Rauswurf des Landsknechtes hätte ja auch den Rauswurf der gemeinsamen Freundin bedeutete und dafür war Grete noch zu schwach. Und natürlich hatte Jacob auch gesehen, wie Minna das Kind ansah, wenn Grete es windelte oder stillte. Schon lange hatte er bemerkt, wie schwer es für seine Frau war, dass sie nicht schwanger geworden war. Das Kind der Freundin war nun so etwas wie ein Ersatz für das Kind, das sie beiden nicht bekommen hatten. Noch nicht bekommen hatten. Dieses Band der Familie war stark. Es musste stark sein, denn es war der einzige Zusammenhalt der Menschen. Seit seiner Jugend hatte die Mutter ihm immer versucht, diese Werte zu vermitteln.

Nun musste er für seinen Bruder diese Rolle übernehmen und ihn wieder auf den Weg der Rechtschaffenden zurückbringen. Wie konnte ihm das gelingen? Mit einer ehrlichen Arbeit! Dabei fiel ihm dann sein Freund Karl ein, der sicher einen guten Lehrling brauchen würde. So fasste sich Jacob ein Herz, sowie den Bruder am Ärmel, und dann gingen sie durch die Stadt zum Pulverturm am Neustädter Tor, wo Karl seine Werkstatt hatte. Die beiden Männer begrüßten sich mit einem Handschlag, was nicht ganz üblich war, denn Jacob war ja immer noch Geselle, der andere aber schon Meister. Doch die gemeinsame Aufgabe in den Zünften hatte sie schnell Freundschaft schließen lassen. Dann schob Jacob seinen Bruder nach vorn „Das ist mein Bruder Martin. Er möchte bei dir Lehrling werden!", sagte er und überrumpelte damit nicht nur Karl, sondern auch seinen Bruder, der bis zu diesem Moment noch nichts von seinem Plan gewusst hatte.

Allerdings schickte sich der jüngere Bruder, ohne zu murren in sein Schicksal und Karl schlug ihm auf die Schulter, als Zeichen dafür, dass er ihn zum Lehrling gemacht hatte. Von nun an sollte Martin zeigen, was in ihm steckte. Jacob drehte sich zur Straße zurück und hoffte, dass sein Bruder ihm keine Schande machen würde, denn schließlich hatte er ja mit seinem Ruf dafür gebürgt, dass er zum Lehrling taugte. Vor der Werkstatt sah Jacob zum Pulverturm hinüber, der frei auf einem kleinen Platz stand. Nur ein paar Schritte waren es vom Holzlager des Freundes bis zum Turm, in welchem das Pulver für die Gewehre und die Kanonen der Stadtverteidigung gelagert wurde. Schon oft war er dort drin gewesen. Gern hätte er die Wache davor begrüßt, mit der er ebenfalls gut befreundet war, doch Jacob musste sich beeilen, denn sein eigener Meister brauchte seine Arbeitskraft.

Schnell war er auf der Straße am Tor und ging schnellen Schrittes am Rathaus vorbei zum Elbtor hinunter, neben dem sich seine Werkstatt befand. Er dachte schon immer „seine Werkstatt", weil der Meister ihm diese ja versprochen hatte. In der letzten Zeit hatten die Kräfte den alten Mann oft verlassen und es schien so, als ob Jacobs Gesellenzeit schon bald zu Ende sein würde. Freilich

würde er dann eine andere Behausung brauchen. Ein Meister durfte nicht in einer Hütte wohnen! Seine kleine Familie würde dann
ein Haus beziehen müssen. Groß genug, um als Haus eines Meisters zu gelten und um den Stolz der Zunft zu repräsentieren. Ob
ihm da sein Meister auch helfen konnte? Schließlich gab es da ja
auch so eine Art von Zusammenleben in der Familie mit ihm.

Unmittelbar nachdem er die Werkstatt betreten hatte, traf auch
Minna dort ein. Sie hatte ein paar Brote in ein Tuch eingeschlagen
und gab diese an ihn und seinen Meister weiter. Als sie daraufhin
wieder gehen wollte, brach der Meister seine Stulle in der Mitte
durch und gab die eine Hälfte an Minna. Zusammen setzten sie
sich an die Werkbank und aßen das Brot, so wie eine kleine Familie. Alles war gut.

39. Kapitel

Zwischen den Männern

Das Zusammenleben mit Tonnis gestaltete sich viel schwieriger, als es sich Minna vorgestellt hatte. Am Anfang hatte sie noch über den Vorschlag ihres Mannes geschmunzelt, den Dolch immer am Gürtel zu tragen, doch mit der Zeit war sie ganz froh, dass sie diesen kleinen Beschützer an ihrer Seite hatte. Auch wenn es vielleicht schwierig wäre, damit ein Schwert abzuwehren. Antonius behandelte seine Frau wirklich schlecht und seinem Sohn gegenüber war sein Verhalten auch nicht viel besser. Minna hatte die Betten so gestellt, dass dadurch der größtmögliche Abstand zwischen ihr und dem Manne entstanden war. Sie lag nun an der Hüttenwand und hatte damit nachts Jacob, Grete und das Kind zwischen sich und dem Soldaten. Eigentlich hielt sie nur der Mut der durchlebten Räuberwochen in der Hütte.

Am liebsten war sie nun draußen, wenn er da war. Sie nutzte die Zeit dazu, um Jacob nun öfter bei seiner Arbeit zu besuchen. Auch ihr Verhältnis zu seinem Meister war sehr gut geworden. Minna kam mit ihm sogar besser aus, als mit Jacobs Mutter. Doch mit Tonnis konnte es nicht ewig so weiter gehen. Noch war Grete geschwächt, aber es zeichnete sich schon deutlich ab, dass mit dem Osterfest der Abschied kommen musste. Dann ging es in den Sommer und dann sollte der Soldat sehen, wie er selbst klar kam.

Und damit leider wohl auch Grete. Dessen ungeachtet blieb die Frage offen, wo die Freundin damit hin sollte? Hier bleiben? Niemals! Die sechs Wochen, die zwischen der Geburt des Kindes und Ostern lagen, würden für Minna schon genug des Guten sein. Fast jeden Abend stritten Jacob und Tonnis und Minna war es leid, ständig vermitteln zu müssen. Sie wollte ihre Ruhe haben!

Es war auch nicht gut, wie Tonnis sie ansah, wenn sie zwischen den beiden kräftigen Männern stand. Wenn dann nicht Jacob bisher jedes Mal schnell auf ihre Einwände eingegangen wäre, dann wäre die Ohrfeige durch den Soldaten für sie sicher nicht weit entfernt gewesen. Wie konnte es eine Frau wagen, sich seinem Willen zu widersetzen? Noch dazu, wenn er durch das starke Bier aus der Schänke schon nicht mehr richtig der Herr seiner Sinne war. Warum musste sie da dazwischen sein? Vielleicht sollten es die beiden Männer einfach mit den Fäusten draußen vor der Hütte unter sich ausmachen. Allerdings war Tonnis dazu offensichtlich zu feige. Er konnte anscheinend nur Frauen und Kinder schlagen!

Da war es ihr doch viel lieber, wenn sie zwischen Jacob und dessen Meister Gustav stand oder manchmal auch saß. Gustav war fast wie ein Vater zu ihr, oder in Anbetracht seines Alters eher wie ein gütiger Großvater. Manchmal verglich sie verstohlen die beiden Männer. Jacob hatte ihr einmal seine Vermutung erzählt, die weder seine Mutter noch Gustav in irgendeiner Art gewürdigt oder erklärt hatten. Doch die Ähnlichkeit war schon mehr als verblüffend. Der alte Mann konnte sie wirklich gut leiden und hatte so manche Münze für sie übrig, damit sie sich ein neues Kleid oder etwas anderes schönes kaufen konnte, meist gab sie das Geld dann doch eher für etwas zu Essen aus. Das war im Moment wichtiger, wo sie doch zu fünft waren. Mit Gustav verschob sich aber das Bild, das Minna von den Männern hatte, mehr zugunsten der guten Männer. Doch auch Gustav schien sich nicht allzu viel aus Münzen zu machen.

168

Der Mann war schon mehr als sechzig Jahre alt und nur sein Bart hatte noch die ursprünglich rote Farbe. Sein Haar war schon vollständig grau geworden. Die gütigen Augen strahlten die Weisheit des Alters aus, wenn man wusste, dass man die Münzen nicht dorthin mitnehmen konnte, wo der letzte Weg dann irgendwann mal hinführte. Dabei musste sie dann immer an Heinrich von Minden denken. Der war auch fast so alt und das ganze Gegenteil von Gustav. Mit Gustav war Minna gern alleine, in Heinrichs Gegenwart hatten sich ihr oft die Nackenhaare aufgestellt und das passierte noch jetzt, wenn sie nur an ihn dachte. Dazu kam dann auch noch, dass sie ja immer am Hause des Kaufmannes vorbei musste, wenn sie von der Hütte zur Werkstatt ging. Da gab es keine andere Möglichkeit, denn das Tor in der Stadtmauer war neben dem Haus des Kaufmannes. Und außen herum, an der Stadtmauer entlang, zum Neustädter Tor zu gehen, nur um Heinrich nicht unter die Augen zu treten, würde sicher mehr als eine Stunde dauern.

Daher blickte sie dann immer demonstrativ zur anderen Seite, wenn sie das Haus passieren musste. Nie wieder wollte sie an die darin erduldete Demütigung denken müssen und doch war sie ja damit täglich wieder in ihren Gedanken. Indessen entschädigten sie das Zusammensein mit Gustav dafür. Sie saß dann meist bei ihm auf der Bank und sah Jacob zu, wie dieser die Axt schwang. Und obwohl es eher unüblich war, dass ein Mann mit einer, ihm praktisch fremden, Frau sprach, waren die Gespräche zwischen ihr und Gustav immer wieder schön. Minna brachte ihm nun auch Essen mit, obwohl der Meister ja in seinem Hause auch eine Magd hatte, die für ihn kochte. Irgendwie hatte Minna so eine Art von Verantwortung für den Mann übernommen. Fast so, als würde sie sich um ihren Vater kümmern. Der ja noch zu Hause war und dort von ihrer jüngsten Schwester betreut wurde.

Mit der Heirat war Minna in die Familie von Jacob gewechselt und da gehörte Gustav eben irgendwie dazu. Ein herzliches Band war da entstanden und sie war gern zwischen Gustav und Jacob. Nur auf dem Heimweg musste sie dann wieder an Tonnis denken. Dann war sie immer froh, dass sie mit Jacob einen solch verständnisvollen Mann erhalten hatte und manchmal schämte sie sich dafür, dass sie Grete damals nicht vor Antonius gewarnt hatte.

Aus Angst um ihren Hals hatte sie geschwiegen und aus Scham darüber schwieg sie noch immer. Würde die Freundin sie verstehen können? Minna glaubte das nicht. Sicher wäre mit diesem Geständnis die Freundschaft zwischen den beiden Frauen zu Ende gewesen. Und vielleicht würde damit auch das Band zwischen Jacob und seinem Bruder Martin zerreißen. Niemals durfte dieser erfahren, was Martin ihr angetan hatte.

Minna stand auch weiterhin zwischen allen Männern.

40. Kapitel

Schmutziges Geld

ndlich war sie wieder fort und damit das diesmal so bleiben würde, hatte Heinrich durch einen Mittelsmann einen kleinen Beutel mit Münzen an den Mann von Grete überbringen lassen. Mit der Maßgabe, sich nicht so schnell wieder sehen zu lassen. Die Menge an Münzen schien wohl ausreichend gewesen zu sein, denn er hatte die beiden nach Ostern am Rathaus vorbeigehen sehen. Es waren 30 Gulden gewesen, die er an den Mann übermittelt hatte. Irgendwie schien ihm diese Summe passen zu sein. Dreißig Silberlinge für einen Verrat an der Frau. Er hätte über dieses Gleichnis fast gelacht. Aber vermutlich hatte der Mann diese Anspielung auf die Bibel nicht mal verstanden. Dies war nicht mal ein Zehntel, dessen, was er an Grete hätte zahlen müssen. Doch da er es nicht direkt an sie übergeben hatte, war es auch nicht als Eingeständnis der Verwandtschaft zu werten.

Nun blieb zu hoffen, dass sie lange fern bleiben würden. Wie lange konnte ein Mann von den Gulden trinken, bevor er neue haben wollte? Zwei Jahre oder drei? Jedoch war Heinrich nun erst mal wieder befreit. Die anderen Ratsmitglieder hatten schon angefangen, ihn komisch anzusehen. Die sorgsam aufgebaute Gunst der Männer schien in Anbetracht der Frau mit dem Kind zu bröckeln. Grete hatte es ziemlich schlau angestellt und es hätte wohl nur noch ein oder zwei Wochen gedauert, bis ihn der Rat gedrängt hätte, das Geld endlich zu übergeben. Wer konnte schon einer jungen Mutter, die das Kind vor der Brust im Tuch hatte, und die mit nackten Füßen im Ratssaal stand, diese Bitte abschlagen? Schon alleine aus christlicher Barmherzigkeit hätte jeder gezahlt. Er sicher auch, wenn er nicht die Konsequenzen der Zahlung befürchtet hätte.

Wenn man aber erst mal so tief in ein Netz aus Lügen ver-strickt war, dann konnte man sich nicht mehr daraus befreien. Je-denfalls nicht, ohne Schaden dabei zu nehmen. Und nun würde erst mal ein Sommer kommen, in welchem er die Gunst der Bür-ger, die für die Wahl des Bürgermeisters, welche im Herbst an-stand, entscheidend waren, ein bisschen in seine Richtung weiter verschieben konnte. Wieder ging ein Spiel um Macht und Geld in die nächste Runde. Eigentlich ging es ja in diesem Raum immer um Macht und Geld. Dafür war dieser prachtvolle Ratssaal ja er-schaffen worden. Schon sein Vater hatte hier mit entschieden und so mancher Ratsbeschluss war sehr zu ihren Gunsten ausgefallen. Zwar waren sie ja auch der Allgemeinheit und der Stadt verpflich-tet, aber wenn es Heinrich gut ging, dann ging es auch der Stadt gut. Und den Bürgern, die einen kleinen Teil seines Reichtums mit abbekamen.

Heinrich legte seine Hand auf das Fensterbrett und sah auf die-se Stadt. Aus diesem Raum heraus wurden schon seit hundert Jah-ren die Geschicke der Stadt geleitet. Hier wurde entschieden, wer welchen Anteil am großen Geld bekam und natürlich kamen alle die zuerst, die hier drin mit bestimmten. Daher war sein Stuhl hier auch so immens wichtig. Mit dem Verlust seines Ratsstuhles wäre auch ein großer finanzieller Verlust verbunden und den galt es unter allen Umständen zu verhindern. Was würde aber werden, wenn Grete genau zu dem Zeitpunkt der Wahl wieder in diese Stadt kam? Würde es ihm dann gelingen, sie im Herbst wieder hinauszuwerfen? Oder konnte man ihm das dann irgendwie als Kaltherzigkeit vorwerfen?

Wäre es da nicht besser gewesen, wenn der Mann mit seiner ganzen Familie auf nimmer wiedersehen irgendwohin verschwun-den wäre? Aber wie groß hätte diese Summe sein müssen? 300 Gulden? Vielleicht. Doch dann wäre er sicher wieder zurückgekommen. Wenn so einer Geld roch, dann hielt ihn nichts mehr davor zurück, noch mehr zu verlangen.

Er kannte diese Sorte von Menschen nur zu gut. Vielleicht, weil sie ihm so ähnlich waren. Doch er war ja auf der oberen Seite. Und da wollte er auch bleiben. Vielleicht konnte er ja seinen Mittelsmann hinterherschicken, der dann dafür sorgen würde, dass Grete im Herbst von der Stadt fern bleiben würde. Es gab doch noch so viele andere schöne Städte hier in der Gegend. Warum sollte sie nach Tangermünde wollen? Der Bürgermeister trat zu ihm und fragte „Wohin blickt ihr so versonnen?" Heinrich zeigte auf die Spitze des Turmes, der neben dem Neustädter Tor stand. Er konnte ja schlecht sagen, dass er in Gedanken seiner Nichte hinterher sah. Zum Glück war die nicht mehr zu sehen. Ein Wagen kam gerade von dort zum Rathaus. Sicher mit Waren beladen, die dann am Fluss umgeladen wurden. Ein Trupp bewaffneter Reiter begleitete ihn.

„Es ist gut, dass wir die eine Bande von Räubern gefangen haben. Aber dieser Begleitschutz kostet uns sehr viel Geld!", erklärte Heinrich, um von seinen Gedanken abzulenken. Der Bürgermeister nickte zustimmend. „Wir müssen auch die Reste dieser Wegelagergruppen zerschlagen", setzte Heinrich entschlossen fort. „Nur wovon bezahlen?", entgegnete der Bürgermeister. Beide dachte eine Weile nach, dann fragte Heinrich den Bürgermeister „Und wenn wir eine Art von Räuberabgabe erheben? Damit lassen sich Männer anwerben, die den Wald von diesem Gesindel säubern. Da hätten doch alle etwas davon?" „Und wir Kaufleute am meisten", ergänzte der Bürgermeister. Beide verstanden sich und wendeten sich dem Rat zu.

Viele der Ratsmitglieder waren Kaufleute und so war es kein Wunder, dass die Abgabe schon bald beschlossen war. Nur die jeweilige Höhe der Abgabe musste noch gemeinsam festgelegt werden. Wie viel Geld würde man für die Gruppe von Männern brauchen und wie viele Menschen zahlten dafür. Danach richtete sich der Wert. Jetzt wurde gerechnet und geschätzt. Schließlich legte man fest, dass die Abgabe pro Kopf in derselben Höhe zu zahlen war. Damit waren die reichen Männer des Rates fein heraus. Hätte man die Höhe an den Nutzen gekoppelt, wie es ein andere der Ratsmitglieder gefordert hatte, dann hätten die Kaufleute wesentlich mehr zahlen müssen. Denn sie zogen ja den größten Gewinn aus den dann sicheren Wegen.

Am nächsten Markttag würde der Schreiber vor dem Rathaus auf dem Marktplatz den Beschluss verlesen und danach konnte die Abgabe eingefordert werden. Dann stand der Säuberung der Wälder rund um die Stadt nichts mehr im Wege. „Aber nehmen wir damit nicht eigentlich schmutziges Geld zum Säubern der Wälder?", fragte das andere Ratsmitglied, das überstimmt worden war. Heinrich tat den Einwand mit einer Handbewegung ab und er hatte die meisten der anderen Männer auf seiner Seite.

41. Kapitel

Osterfreuden

Kaum war Grete weg, da fehlte sie der Freundin auch schon wieder. Minna hatte lange an der Tür gestanden und den Dreien hinterher gesehen, wie sie durch das Tor in die Stadt hinein gegangen waren. Grete war schwer bepackt gewesen, mit zwei Taschen und dem Kind. Tonnis ging fröhlich pfeifend neben ihr her. Nur mit Schwert und Pistole. Es hätte wohl nicht viel gefehlt, dass er ihr die beiden Dinge auch noch gegeben hätte und sie wie ein Knappe dem hohen Herrn das Schwert hinterhertragen musste. Der Anblick hatte Minna geschmerzt, aber noch schlimmer wäre es gewesen, wenn die Drei noch länger in der Hütte geblieben wären. Die letzten Tage waren die Hölle auf Erden gewesen, trotz Osterfest.

Dann hatte Minna die Reste des Osterbratens, den ihr wieder der Förster beschert hatte, in ein Tuch gewickelt und sich auf den Weg zu Gustav gemacht. Wie immer saß der alte Mann auf der Bank in seiner Werkstatt und Minna begrüßte ihn schnell, dann wickelte sie den restlichen Braten aus und rief auch Jacob zu sich. Gemeinsam verspeisten sie die Reste mit etwas Brot, dann sagte Gustav „Ich glaube, nun ist es Zeit, dass du Meister werden kannst." Dabei sah er Jacob fragend an und der blickte zu Minna.

„Aber da gibt es ja noch so viel zu tun", entgegnete ihr Mann und Minna dachte daran, dass sie ja dann nicht mehr in der Hütte bleiben könnten. Wie sollten sie mit den paar Münzen ein Haus kaufen? Fragend und zweifelnd sah sie ihren Mann an, als Gustav sie fragte „Was meinst du?". Ehrlich antworte sie „Wir können uns das im Moment gar nicht leisten." Schmunzelnd griff Gustav in den Beutel an seinem Gürtel und zählte fünf silberne Gulden auf den Tisch „Und nun?", fragte er, „Danke dir. Aber dafür bekommen wir leider kein Haus", entgegnete Minna dankbar, aber zweifelnd. Sie sah die silbernen Geldstücke an. „Ihr könnt bei mir wohnen. Mein Haus ist für mich alleine viel zu groß", antwortete Gustav und Minna wäre ihm fast um den Hals gefallen. Ein eigenes Haus? Na ja, fast eine eigenes, aber nur mit Gustav geteilt, den sie gut leiden konnte. Keine Hütte mehr, wo der Wind hindurch pfiff.

„Gern", sagte Minna und sah ihren Mann an. Der nickte zur Bestätigung. „Na dann auf ans Werk. Du musst noch ein Meisterstück machen, dass die anderen Meister begutachten können", forderte Gustav Jacob auf und schob die fünf Münzen zu Minna „Und du musst dafür anständige Kleidung für ihn und dich kaufen und behalte etwas für den Meisterschmaus zurück. Dann steht dem Ganzen nichts mehr im Wege", erklärte der alte Mann, während Minna die Münzen vorsichtig in den Beutel an ihrem Gürtel schob. Sorgfältig verschloss sie die Kordel. Solch einen Schatz hatte sie noch nie besessen und im Moment war sie froh, dass der Dolch immer noch auf der anderen Seite hing. Diesen Reichtum würde sie zu schützen wissen, denn es war im Moment ihre und ihres Mannes Zukunft. Damit konnte er Meister werden! Nach dem letzten Bissen kalten Bratens eilte sie davon. Es gab noch so viel zu tun.

Ein paar Stunden später war Minna wieder zurück. Sie hatte neue Kleidung gekauft und sie hatte gut gehandelt, sodass der Preis auch in ihren Augen gerechtfertigt war. So waren noch ein paar Münzen übrig geblieben. Doch nun kam noch das Haus. Sollte sie Gustav fragen, ob er sie gleich dorthin mitnehmen konnte? Bisher hatte sie es nur von außen gesehen. Es befand sich in der Nähe des Rathauses und sah, von der Straße aus betrachtet, sehr schön aus. Die schwarz angemalten Balken und die weiß gestrichene Wand aus Ziegeln dazwischen sahen prachtvoll aus. Eine geschnitzte Tür verschloss das Haus von der Straße aus. Nicht so breit war es und hatte auch keinen großen Eingang. Schließlich war es ja das Haus eines Handwerkers, nicht das eines Kaufmannes, wie das von Heinrich von Minden, der auch noch ein Lager in seinem Hause beherbergt hatte und durch dessen Vordertor man mit einem Wagen hineinfahren konnte. Dann sagte Gustav, noch bevor sie ihn fragen konnte, „Hole eure Sachen. Ich bringe dich in euer neues Heim." Minna nickte und machte sich auf den Weg. Was sie in ihrer Hütte hatte, das war nicht sehr viel. Schnell löschte sie das Herdfeuer, packte ihre Sachen ein und eilte zurück zur Werkstatt, wo Gustav schon auf sie wartete.

Während Jacob weiter an einem Balken arbeitete, gingen die beiden den Weg zum Haus des Meisters, das ja nun auch ihres sein würde. Dort angekommen sagte Gustav „Es ist das Haus meines Vaters und seines Vaters zuvor. Ich will es euch gern überlassen." Das war zumindest so etwas wie ein Eingeständnis seiner Vaterschaft von Jacob, doch Minna nahm es nur nickend hin. Sie war viel zu aufgeregt, wie es wohl hinter diesem prachtvollen Tor aussah. Der Mann zog einen großen Schlüssel aus einer Tasche am Gürtel und schloss die Tür auf, die daraufhin knarrend aufschwang. Er ließ Minna den Vortritt, die vorsichtig in den Flur trat. Vom hinteren Bereich waren Geräusche zu hören. Dort lag sicher die Küche und da war die Magd beschäftigt. Gustav schloss die Tür so laut, das Minna zusammenzuckte. Die Magd erschien am anderen Ende. Eine alte Frau, fast in Gustavs Alter, stand in der offenen Tür und sah Minna fragend an, die nur drei Schritte vor ihr in der Dunkelheit des Ganges stand.

Gustav sagte „Minna, das ist Hedwig, meine Magd. Hedwig, das ist Minna, deine neue Herrin." Alles war gesagt mit ein paar Worten. Die beiden unterschiedlichen Frauen nickten sich zu und

Minna ging die paar Schritte bis zur Küche. Alles war sauber und aufgeräumt. Der Raum war fast größer als die ganze Hütte, in der Minna bisher gelebt hatte. Es duftete nach einer leckeren Suppe, die sicher am Abend auf den Tisch kommen sollte. Dann zog sie Gustav am Arm wieder aus dem Raum. Er zeigte ihr noch den Rest des Hauses.

Im Erdgeschoss, zur Straße zu, lag die Stube, in der er auch schlief, denn dort gab es ein einzelnes Bett. Im Obergeschoss war das Zimmer der Magd und es gab ein weiteres Zimmer, das offensichtlich schon lange nicht mehr genutzt wurde. Dieses lag ebenfalls zur Straße zu und Gustav sagte, dort in der offenen Tür stehend, „Das wird von nun an euer Raum sein. Gefällt er dir?" Minna nickte überwältigt. „Ihr Reich!". Sie war den Tränen nah und hätte den alten Mann fast umarmt. Doch er schien es zu merken und verschwand schnell nach unten.

Nun stand Minna alleine in dem Zimmer. Die hohe Holzdecke war dunkel vom Ruß der Kerzen. Dieser Raum war sehr hübsch und hatte sogar Glas vor den Fenstern. Hier drin fehlte nur etwas Ordnung. Schnell machte sie sich an die Arbeit und säuberte den Raum.

42. Kapitel

Ein Meisterstück

Das Angebot von seinem Meister war ziemlich überraschend gekommen. Nun saß er hier, während Minna schon unterwegs war und das Geld des Meisters mitgenommen hatte. Natürlich wusste Jacob, dass es irgendwann soweit sein würde, doch dann hatte es ihn doch überrascht. Die Zunftordnung kannte er gut. Schon oft hatte ihm der Meister gesagt, was auf ihn zukam. In Gedanken fasste er es noch einmal zusammen „Der Bewerber musste als Geselle am Ort gearbeitet haben. Er muss ein Meisterstück auf eigene Kosten anfertigen. Dieses musste von den anderen Meistern geprüft werden. Gefundene Mängel daran wurden mit einer Anzahl von Münzen gesühnt. Ein Aufnahmegeld musste der neuen Meister bezahlen. Und dann war auch noch der Besitz eines Hauses nötig." Bis auf das Meisterstück erfüllte er nun, dank des Angebotes für das Haus, alle Kriterien. Als Nächstes dachte er daran, dass die Aufnahme auch noch mit einem Mahl von mehreren Gängen für alle Meister der Zunft verbunden war. Das konnte er mit den Silbergulden auch noch bezahlen.

Blieb nur die Frage, was er für ein Meisterstück erschaffen sollte. Ein Fass? Einen Tisch? Einen Schrank? Zumindest irgendetwas aus Holz. Schließlich war er ja Zimmermann. Und während Minna mit dem Meister gegangen war, um das Haus anzusehen, saß er grübelnd weiter an der Werkbank und zerbrach sich den Kopf, was wohl die Meister überzeugen würde. Es musste etwas sein, was sie nicht abtun konnten und was auch keine Mängel haben würde. Er kannte die Meister schon gut. Sie würden sicher sehr gründlich nach einem Mangel suchen. Und er würde dafür bezahlen müssen. Im schlimmsten Falle konnten sie seine Aufnahme in den Kreis der Meister auch verhindern.

Was konnte er also erschaffen, was ihren Ansprüchen genügen konnte und auch noch hinterher einen Nutzen haben würde. Etwas von bleibenden Wert? Jacob sah zur Tür der Werkstatt, wo Minna gerade hinausgegangen war. Vielleicht etwas, was auch seine Frau benutzen konnte? Nur was? Was wollte Minna schon immer haben? In Gedanken ging er durch sein ganzes Leben zurück, bis zu dem Tage, an dem sie sich kennengelernt hatten. Mehr als zehn Jahre war das schon her. Damals hatten sie als Kinder an der Elbe gespielt und er dachte an die fliegenden Haare von Minna, die lachend am Ufer entlang gerannt war. Nach dem Baden hatte sie ihre Mähne nur schwer wieder bändigen können und hatte geklagt, dass sie keine Bürste und keinen Kamm dabei hatte.

Vielleicht war das genau das, was er machen sollte! Eine Bürste, einen Kamm und eine schöne Kiste, in der beides verwahrt war. Für die Meister, aber vor allem für seine Minna! Nun stand er auf und ging zu dem Stapel von Hölzern in der Ecke der Werkstatt. Dort suchte er sich ein besonders schönes Stück Holz aus. Es war mal ein Kirchbaum gewesen und die Maserung des Holzes war sehr fein. Dies schien das perfekte Holz sein. Zuerst musste er die Bürste und den Kamm fertigen. Der Kamm aus Holz war nicht schwer, aber eine Haarbürste hatte er noch nie gemacht. Doch er durfte ja auch keine kaufen, schließlich sollte es sein Meisterstück werden. Woraus macht man eine Bürste? Aus Borsten und Holz. Und die Borsten bekam man von irgendeinem Tier. Dieses wiederum bekam man vom Förster. Und wenn er ihn fragen ging, dann konnte er es vielleicht sogar selbst schießen. Von Anfang bis Ende sein Werk. Von der Borste bis zum fertigen Meisterstück! Das war es doch!

Schon war er unterwegs. Wie es der Zufall so wollte, traf er auf den Förster, der gerade in die Stadt kam. „So viele Zufälle kann es doch gar nicht geben", dachte sich Jacob. Schnell fragte er, welches Tier wohl infrage kam. „Ein Dachs!", entgegnete der Förster und dachte nun anscheinend gerade nach, wo ein solches Tier zu finden war. „Komme in einer Stunde zum Neustädter Tor. Ich bringe noch eine Büchse mit. In der Dämmerung sind zwei Kugeln besser als eine!", entgegnete der Förster und verabschiedet sich mit einem Handschlag von Jacob. Dann eilte er davon und Jacob sah ihm noch eine Weile nach.

In der Abendstunde hallten dann zwei Schüsse durch den nahen Wald und der Förster hielt das schwarz-weiß-graue Tier hoch. „Da hast du Borsten für zehn Bürsten!", scherzte er, während Jacob sich das Tier um die Schultern hängte. Gemeinsam gingen sie zur Stadt zurück. In dieser Nacht konnte Jacob nicht schlafen. Das neue Zimmer, das neue Bett und die neue Aufgabe hielten ihn wach, während sich Minna schlafend an ihn ankuschelte. Daher war er am nächsten Morgen auch schon früh in der Werkstatt. Zuerst der Kamm, der aus einem Stück Holz geschnitten wurde, dann die Bürste, die schon etwas schwieriger war, aber am Abend war beides fertig.

Am folgenden Tag begann er mit dem Kästchen. Es war gar nicht so einfach, aber es sollte ja ein Meisterstück werden. Bretter hobeln, zurecht sägen, zusammensetzen und verbinden. Als es wie eine Kiste aussah, begann er es zu polieren und überlegte sich dann, dass ein geschnitztes Muster auch nicht schlecht sei. Ein Muster in Blumenform, das sich bei Kamm und Bürste wiederholen konnte. Sodass jeder sofort sah, dass alle drei Dinge zusammen gehörten. Das dauerte noch einmal drei Tage. Dann hatte Jacob etwas geschaffen, das nach seiner Meinung sehr schön aussah, doch er brauchte noch zwei andere Meinungen. Sein Meister sagte kein Wort, sondern schlug ihm nur anerkennend auf die Schulter. Dann ging Jacob damit zu Minna.

Er hielt ihr das Kästchen hin und sagte „Mein Meisterstück!". Er sah ihre großen, staunenden Augen. Dann klappte sie es auf und er erklärte ihr „Erinnerst du dich an unseren ersten Sommer? Du hast geschimpft, dass du weder Kamm noch Bürste hast." „Daran kannst du dich noch erinnern?", fragte sie mit Tränen in der Stimme „Das ist so wunderschön", flüsterte Minna und fuhr mit den Fingern über den geschnitzten Griff der Bürste.

Jacob hatte so seine rechte Mühe gehabt, ihr die Kiste zur Begutachtung durch die Meister wieder kurz abzunehmen. Natürlich fanden die Männer keinen Makel daran. Nach einem fürstlichen Mahl und der Zahlung der Gebühr wurde Jacob als jüngster Meister in der Zunft begrüßt und Karl war der Erste, der ihn umarmte. Am Abend fand dann das Kästchen seinen Platz in Minnas Händen und die Bürste zog ihre Spur durch ihre Haare. Glücklich strahlte seine Frau ihn an und gurrte „Da ist dir wirklich ein Meisterstück gelungen." Vorsichtig schloss sie das Kästchen wieder und bedankte sich dafür mit einem langen Kuss.

43. Kapitel

Die Frau des Meisters

ie Kammer war wirklich sehr schön geworden und hier gab es sogar Glas an den Fenstern. Ein Raum, in etwa so groß, wie ihre Hütte früher, aber eben nur zum Schlafen und wohnen. Die Küche war unten und es gab auch einen Raum, in dem man sich waschen konnte. Die Latrine war auch überdacht. Man konnte im Regen hinuntergehen und wurde nicht nass dabei. Das neue Leben gefiel Minna sehr gut. Nun war sie die Frau eines Meisters. Gustav hatte sich aus der Werkstatt zurückgezogen und war jetzt jeden Tag in dem Hause. Meist saß er entweder in seinem Zimmer oder in der Küche bei Hedwig. Mit der Magd kam Minna auch gut zurecht. Sie war fast wie eine Mutter zu ihr und so waren sie meist zu dritt in der Küche. Die junge Frau mochte es, den beiden anderen Gesellschaft zu leisten, zur Hand zu gehen und den Geschichten zu lauschen, die Hedwig oder Gustav von früher erzählten.

Minna erledigte auch alle Besorgungen für das Haus. Es machte ihr nichts aus, über den Markt zu gehen, auch wenn das die Frau eines Meisters nicht unbedingt tun musste und durch die bessere Kleidung war sie ja auch als eine solche zu erkennen. Doch sie machte sich nichts aus den Blicken der Marktweiber. Zu lange hatte sie ja selbst als Magd gearbeitete, um die Blicke und das Tratschen der Frauen zu kennen. Vermutlich erzählten sie gerade so etwas wie „Die ist zu geizig, sich eine Magd zu leisten." Allerdings konnte man es den Frauen sowieso nicht Recht machen. Würde sie Hedwig schicken, dann würden die Frauen sagen „Schau mal, sie schickt die alte Frau!"

Bei einer dieser Einkaufsrunden war sie auf die Frau von Jacobs Freund Karl getroffen. Gertrut war ein paar Jahre älter als Minna und sie verstanden sich beide sofort. So wie sich die beiden Männer befreundet hatten, so waren nun auch die beiden Frauen miteinander befreundet und Minna war froh, dass sie nun mit Gertrut eine Freundin hatte, die ihr noch einiges beibringen konnte. Zum Beispiel, wie man sich als Frau eines Meister in diesen gesellschaftlichen Kreisen bewegte. Das konnte ihr Gustav ja nicht erklären und seine Frau war schon vor vielen Jahren verstorben. Das Haus von Karl und Gertrut lag ein paar Häuser weiter zum Neustädter Tor zu. Sie hatten drei kleine Kinder. Drei, vier und fünf Jahre alt. Da war immer ein Gewimmel im Hause, wenn Minna vom Einkauf auf dem Markt einen kleinen Besuch bei Gertrut vornahm, bevor sie dann wieder zurück in ihr Haus ging.

Dabei schmerzte sie die Rückkehr immer besonders. Dort war das Gewimmel der kleinen Kinder und hier nur die beiden alten Menschen. Zu gern hätte Minna auch ein Kind gehabt. Doch trotz dessen, dass sie es auch weiterhin fast täglich versuchten, wurde Minna eben nicht schwanger. Es lag wie ein Fluch über ihr. Ansonsten war sie mit ihrem neuen Leben sehr zufrieden. An den Tagen, an denen nun Gustav zu Hause blieb, merkte Minna schon, dass der Mann zunehmend schwächer wurde. Manchmal musste sie ihn stützen, wenn er aus dem Stuhl aufstehen wollte. Meist machte er darüber dann einen Scherz, aber es war dennoch unverkennbar, dass ihn langsam seine Kräfte verließen. Offensichtlich hatte er genau so lange mit der Übergabe der Meisterwürde gewartet, wie es nur irgend ging.

Nach dem Fest der Zunft, auf dem neben den Frauen und Kindern der Meister auch die ehemaligen Meister teilnehmen konnten, und bei dem Minna auch all die anderen feinen Frauen kennenlernte, merkte sie immer mehr, dass Gustav wohl nicht mehr lange auf der Erde wandeln würde. An manchen Tagen kam er nun früh schon nicht mehr aus dem Bett und sie musste ihm, zusammen mit Hedwig, dabei helfen, was dem alten Mann sichtbar peinlich war. Offensichtlich wollte er niemanden zur Last fallen und Minna war schon bewusst, dass es der letzte Sommer für Gustav sein würde. Daher versuchte sie ihm das Leben so schön wie nur irgend möglich zu machen. Denn schließlich hatte sie ihm ja auch viel zu verdanken. Ohne ihn wäre sie noch nicht mal verheiratet und würde vielleicht immer noch als Magd bei Heinrich von Minden „arbeiten", wenn man das Arbeit nennen konnte.

Zusammen mit Hedwig machte sie jeden Tag das beste Essen, was sie sich ausdenken konnten, nur um dem Mann damit zu zeigen, wie viel er ihnen beiden bedeutete. Dass dabei so machen Münze zusätzlich über den Tisch der Marktweiber ging, das nahm Minna eben mal so hin. Das beste Fleisch und der beste Wein waren dafür gerade gut genug. Schließlich war es eines Tages dann doch zu Ende. Der schnell gerufene Pfarrer spendete ihm noch die Sterbesakramente und Minna hielt dem Mann die Hand, während sein Leben langsam seinen Körper verließ. So viel Gutes hatte er in ihrem Leben bewirkt, sodass sie damit natürlich auch sehr viele Tränen um den Mann vergoss.

Nach seiner Beerdigung zog eine Einsamkeit in das Haus hinein, die noch dadurch verstärkt wurde, dass Hedwig schon ein paar Tage später krank wurde. Mehr als fünfzig Jahre hatte sie bei dem Mann gearbeitet, der offensichtlich mehr als ein Herr für sie gewesen war. Minna gelang es nicht, die alte Frau wieder etwas aufzumuntern. Zwei Wochen nach Gustav verstarb dann auch Hedwig. Vermutlich am Gram und am gebrochenen Herzen. Damit war nun Minna, nachdem Jacob früh am Morgen das Haus verlassen hatte, alleine in dem Gemäuer. Die Stille drückte auf sie herunter und oft weinte sie, wenn sie an die Scherze von Gustav oder das Lachen von Hedwig dachte. Wenn sie dann der Kummer packte, dann lief sie hinüber zu Gertrut, die sich immer freute, wenn Minna ihr eines der Kinder für eine halbe Stunde abnahm. So hatte Minna zwar ein eigenes Haus, aber dennoch war sie jetzt oft in dem von Karl.

Am Tage war sie bei Gertrut und abends wartete sie dann auf Jacob, wenn der aus der Werkstatt kam. Aber das Zimmer von Gustav ließ sie so, wie es der Mann verlassen hatte. Es würde zu sehr schmerzen, die Sachen von dort fortzuschaffen. Irgendwann würden sie das mal machen müssen, aber sie wollte damit warten, bis der Kummer in ihr etwas weniger geworden war.

44. Kapitel

Staubige Pfade

Mit ihrem Söhnchen und mit Tonnis war Grete bei Minna in der Hütte untergekommen. Wo hätte sie auch sonst bleiben sollen? Die Nachricht vom Brand und von dem Schicksal der Bauersleute hatte schon in der Stadt die Runde gemacht, bevor Grete zurück gewesen war. Niemand wollte sie daraufhin beherbergen. Jeder dachte, dass sie Unglück brachte. Und es schien auch wirklich so zu sein. Jacob und Tonnis bekamen sich fast täglich wegen Kleinigkeiten in die Haare, aber es war nun mal die Behausung von Jacob und Minna! Mit viel Betteln und Reden konnte Grete erreichen, dass sie wenigstens bis Ostern in der kleinen Hütte bleiben konnten. Vermutlich der alten Freundschaft aus Kindertagen geschuldet, stimmte Jacob schließlich zu.

Doch Tonnis hatte damit auch die Gelegenheit, sie jeden freien Augenblick zum Rat zu schicken. Das kleine Kind musste sie dabei unbedingt mitnehmen und so vor ihren Bauch binden, dass es jeder der Männer dort sehen musste. Jeden Tag war sie im Ratssaal und jeden Abend erhielt sie eine Backpfeife dafür, dass sie wieder nur ein „Nein!" erreicht hatte. „Du bist zu nichts nutze!", war noch einer der milden Aussprüche von Tonnis. Mit dem Ostergottesdienst und der Taufe des Kindes war nun auch die Zeit des Abschiedes gekommen. Schweren Herzens brach Grete auf. Ihren Sohn in das Tuch vor der Brust geschlungen. Neben sich ihren Mann, der sie kaum beachtete. Noch einmal zogen sie durch die Stadt, am Rathaus vorbei, doch diesmal verzichtete Tonnis darauf, sie noch einmal hineinzuschicken.

Durch das andere Tor verließen sie die Stadt und gingen in die Wiesen vor der Stadt hinaus. Dann folgten sie dem staubigen Weg in Richtung Westen, auf welchen sie von Dorf zu Dorf zogen. Sie blieben dort, wo Grete etwas zu arbeiten fand. Antonius arbeitete nicht. Wenn überhaupt, dann betrank er sich und schlug sie und das Kind. Aber da es die Zeit der Aussaat war, hatte Grete in fast jeder Siedlung etwas zu tun, bis sie wieder weiterziehen mussten, weil Tonnis mit irgendjemanden aneinander geraten war. Es war ein ziemlich unstetes Leben in diesem Frühsommer. Die Bezeichnung „Fahrendes Volk" traf voll und ganz auf sie zu. Manchmal zogen sie sogar mit einem der bunten Wagen mit, auf denen die Gaukler saßen, die auf Hochzeiten spielten und sangen.

Meist waren da auch andere Frauen dabei und Grete fand es schön, mit ihnen zu reden und mal nicht zu Fuß unterwegs sein zu müssen. Doch die Art ihres Mannes sorgte oft schon nach wenigen Tagen dafür, dass sich die Wege der Gruppe von dem ihrigen trennen mussten. Lieber wäre sie bei der Gruppe geblieben, denn Grete war es eher unheimlich, nachts alleine im Wald zu lagern. Dabei musste sie immer an die Geschichten mit den Räubern und an die getötete Mechthild denken. Nur das Schwert von Tonnis half ihr, in mancher Nacht in den Schlaf zu kommen. Allerdings machte der gewalttätige Mann die Sache nicht besser. Nein! Er verschlechterte sogar ihre Lage täglich und manchmal wäre es ihr fast lieber gewesen, die Räuber würden ihrem Leben ein schnelles Ende bereiten. Zum Glück war das Wetter gut und sie konnten draußen am Feuer übernachten.

Als dann der Hochsommer über das Land kam, war in den Dörfern keine helfende Hand mehr nötig. Daher begannen sie in der Gegend zwischen Gardelegen und Salzwedel umherzustreifen und in den Städten Handel zu treiben oder beim Markttag für ein paar Kupfermünzen zu helfen. Das Helfen blieb dabei an Grete hängen, Antonius „half" meist nur dem Wirt ein paar Becher zu leeren und gab die von Grete sauer verdienten Münzen für sich aus. Doch jeder Widerspruch von ihr wurde nur mit Schlägen vergolten. Wenn man es so wollte, so war ihr Leben nun ziemlich armselig geworden.

Kein Dach über Kopf und ein schreiendes Kind vor der Brust. Der tägliche Hunger sorgte auch noch dafür, dass sie kaum Milch für das Kind hatte und damit auf Milch von den Bauern angewiesen war. Allerdings vertrank Tonnis auch weiterhin die meisten Münzen! Grete war damit auf Betteln angewiesen und auf mildtätige Spenden der Standbetreiber auf den Märkten. Aber Bettler waren da eben nicht so gern gesehen. Manchmal wurde sie auch mit Schlägen oder Tritten davon gejagt.

Dann durchwühlte sie den Abfall, um noch etwas Essbares zu finden, doch auch das wurde nicht so gern gesehen. „Gaunerpack!", schrien ihr die Menschen hinterher, dabei nahm sie doch nur Dinge aus dem Abfall, den die Anderen weggeworfen hatten. Schon lange hatte sie sich nicht mehr satt gegessen. Der Sommer ging weiter über das Land und es wurde Ende August. In Salzwedel, wo sie gerade auf dem Markt aushalf, hörte sie ein Gerücht, dass in der Stadt Gardelegen in einer der folgenden Wochen eine große Hochzeit gefeiert werden sollte. Dazu waren alle Einwohner der Stadt eingeladen und es sollten auch barmherzige Gaben an die Bedürftigen verteilt werden. Es dauerte eine Weile, bis sie Tonnis endlich dazu bewegen konnte, mit ihr dorthin zu gehen.

Es waren zwei Tagesmärsche und nur die Aussicht auf guten Wein brachte den Mann dazu, mit ihr zu ziehen. Aber hatte sie sich zu viel zugetraut? Die Entkräftung hatte ihr schon sehr zugesetzt und trotz des guten Wetters hustete sie ständig. Ihr Kopf fühlte sich heiß an und von Zeit zu Zeit war ihr schwindelig. Doch das brachte den Mann natürlich nicht dazu, langsamer zu gehen, oder gar auf sie Rücksicht zu nehmen. In ihrem Zustand würde sie wohl eher vier Tage brauchen, für das Stück des Weges, wenn sie überhaupt in die Stadt kommen würde. Nur die Aussicht darauf, sich mal endlich wieder so richtig satt essen zu können, hielt die Frau noch auf den Beinen und zog sie vorwärts.

Am ersten Abend machte Antonius ein Feuer am Wegesrand und Grete fiel wie ein Stein daneben zu Boden. Selbst das schreiende Kind konnte sie nicht mehr dazu bringen, auch nur noch eine Hand zu rühren. Das Licht des neuen Morgens zog sie auf die Füße und brachte sie wieder voran. Allerdings kam sie nicht weit. Gegen Mittag brach sie vor einer Hütte im Dorfe Apenburg zusammen.

Wie durch einen Schleier nahm sie wahr, wie ein älterer Mann, vermutlich ein Bauer, sie aufhob und in diese Hütte trug. Antonius stand nur unbeteiligt neben ihr. Als sie auf den Strohsack gebettet war, da verließen sie ihre Sinne.

45. Kapitel

Geschenk des Himmels?

ie war ihm praktisch in die Arme gestolpert und er hatte sie aufgefangen. Ihr Begleiter hatte nur dumm und untätig daneben gestanden. Ein Soldat, wie es sein Aufzug und die Waffen verrieten. Hans hatte die Frau in die Hütte getragen und auf das Bett gelegt. Was konnte er für sie tun? Sie hatte Fieber und war völlig entkräftet. Im Moment war sie mehr tot als lebendig. Daher mischte er schnell einen Trank und flößte diesen der Frau ein. Das Kind schrie, aber in ihrem Zustand würde sie sich nicht darum kümmern können. „Dein Kind?", fragte er den Soldaten, der das stumm bejahte, aber keinen Finger rührte. Also ging Hans etwas Milch von einer Kuh auf der Weide holen.

Als er zurück in seine Behausung kam, stand der Landsknecht immer noch so da, wie er ihn zuvor verlassen hatte. Das Kind schrie vor Hunger und die Frau wälzte sich im Fieber auf dem Strohsack hin und her. Da der Söldner hier ja sowieso nur störte, warf er ihn kurzerhand hinaus und der Mann ging anstandslos. Kopfschüttelnd sah Hans ihm nach. Damit war er nun mit der fremden Frau und dem Kind alleine. Zuerst kümmerte er sich um das Kind. Gierig trank der Junge die Milch. Er schien schon ein paar Tage lang nicht satt geworden zu sein. Nach der zweiten Schale rülpste er und gab endlich Ruhe. Nun konnte sich Hans der Frau zuwenden. Da der Mann verschwunden war, begann er sie vorsichtig zu untersuchen. Die Rippen standen deutlich vor und waren durch das Kleid hindurch zu fühlen. Es fehlte wohl nicht viel und sie würde verhungern.

Daher brauchte auch sie, zusätzlich zur Medizin, etwas zu essen. Aber zum Kauen war sie offensichtlich zu schwach. Folglich nahm er wieder eine Schüssel Milch, die er mit etwas Getreide andickte. Hans half ihr, sich aufzusetzen, dann flößte er ihr diese Nahrung ein. Dies schien ihr zu helfen, denn sie lächelte, ließ sich zurück auf das Lager fallen und danach schlief sie sofort ein. Nun sah er auf die beiden schlafenden Menschen, die der Herrgott in seine Hütte geführt hatte. Er war nur Viehhirte und betreute in den Sommermonaten das Vieh der Bauern hier draußen. Nur eine Kuh und ein Ochse gehörten ihm, die anderen zwanzig Tiere versorgte er nur. Allerdings durfte er sie melken und damit würden die zwei erst mal genug zu essen haben.

Wohin war eigentlich der Mann verschwunden? Hans ging zur Tür, konnte den Soldaten aber nirgendwo sehen. Zweifelnd kratzte er sich am Kopf und setzte sich auf einen Baumstamm, der als Bank vor der Hütte lag. Schon zehn Jahre war er hier und die meiste Zeit davon mit den Tieren alleine. Die zwei in der Hütte schienen ihm ein Geschenk des Himmels zu sein. Nach ihrem Zustand zu urteilen würden sie wohl eine Weile hier bleiben müssen. Hoffentlich lang genug, sodass er endlich jemanden hatte, der auch antworten konnte, wenn er mit ihnen redete und nicht nur „Muh" sagte. Eine seiner Kühe stupste ihn mit der Schnauze an und riss ihn aus den Gedanken heraus. Sie zeigte mit dem Kopf auf ihr Euter und er holte den Eimer. So war das sonst immer bei ihm gewesen. Stummes Verstehen zwischen Mensch und Tier. Ein Zeichen und alles war gesagt. Sicherlich konnte er mit der Frau längere Gespräche führen! Der Soldat war ja wenig gesprächig gewesen.

Gerade als der Eimer von der dritten Kuh voll war, meldete sich in der Hütte ein hungriger Schreihals. Hans musste schmunzeln, als er die nächste Schüssel Milch an das Kind gab. Dann sah er zu der schlafenden Frau. Diese war recht hübsch, aber ziemlich mager. Vorsichtig weckte er sie und gab ihr ebenfalls eine Schüssel Milch, die er aber halten musste, da sie selbst dazu zu schwach war. „Wie heißt du?", fragte er sie und sie antwortete „Grete", dann fiel sie erschöpft zurück auf das Lager. Hans legte ihr die Hand auf die Stirn. Das Fieber war deutlich zu spüren. Dagegen musste er etwas unternehmen! Zuerst Wadenwickel und dann weiter die Kräuter. Konnte er einer fremden Frau einfach so das Kleid hochschlagen? Was würde der Soldat dazu sagen, falls er zurückkam? Doch darüber konnte sich Hans auch später noch Gedanken machen. Die Frau brauchte jetzt seine Hilfe!

Der Bauer lief zum Bach, der auch gleichzeitig Viehtränke war, und holte einen Eimer kaltes Wasser. Mit zwei Tüchern ging er zurück in die Hütte. Sorgfältig legte er die Wickel an, zog das Kleid wieder zurecht und deckte die Frau mit einer Decke zu. Nun hieß es warten, ob sie die nächsten Tage überleben würde. Wieder setzte er sich auf den Stamm und sah zur Weide hinüber. Was würde werden, wenn die Frau es nicht schaffen würde? Würde der Soldat ihn dann bestrafen? Wohl eher nicht, so teilnahmslos wie der in der Hütte gestanden hatte. Vermutlich war der jetzt in der Dorfschänke, während die Frau hier mit dem Tod rang.

Wieder meldete sich das Kind, doch diesmal schaffte der Säugling nur eine halbe Schale Milch, bevor er rülpsend und zufrieden lächelnd einschlief. Damit war es auch wieder Zeit für Medizin und Milch bei der Frau. Anstandslos und fast unbeteiligt schluckte sie beides. Daran sah er, wie schlecht es ihr ging, denn die Medizin schmeckte widerlich. Jeder verzog dabei sein Gesicht. Sie nicht! Dann erneuerte er vorsichtig die Wadenwickel und setzte sich zurück auf die Bank vor der Hütte.

Zum Glück machte sich die Arbeit fast von alleine. Die Kühe kamen zu ihm, wenn sie gemolken werden wollten. Wieder stupste ihn eines der Tiere an. Die Anderen grasten friedlich auf der Wiese oder tranken am Bach. Es lag eine friedvolle Ruhe über der Weide und der Hütte, die plötzlich von einem lauten Stöhnen unterbrochen wurde.

Schnell hörte er mit dem Melken auf und ging hinein. Die Frau wälzte sich unruhig auf dem Lager hin und her. Vermutlich war jetzt gerade der Moment, wo sich entschied, ob sie leben oder sterben würde. Hans nahm ihre Hand und betete laut. Es war komisch, seine eigene Stimme im Gebet zu hören. Eine der Kühe steckte den Kopf in die Hütte und sah ihm zu. Immer und immer wieder wiederholte Hans das Gebet, bis die Frau ruhiger wurde. Was war los? Ging es aufwärts mit ihr? Oder sollte er nun schon eine Grube neben der Hütte ausheben? War es schon Zeit für die Sterbesakramente? Der Weg bis zum Pfarrer war weit und wenn er zu spät loslief, dann kam der wirklich zu spät. Doch die Frau schlief lächelnd ein. Ein gutes Zeichen!

Hans ging nach draußen und setzte seine Arbeit fort. Eine Kuh nach der anderen kam zu ihm. Langsam setzte die Abenddämmerung ein und ein Vogel begann ein Lied zu singen. So setzte sich Hans an den Baum neben der Hütte, wie jeden Abend. Doch diesmal wurde das Abendlied des kleinen Sängers durch das Gegröle eines Mannes unterbrochen, der schwankend vom Dorf aus zur Hütte lief. Der Soldat kam zurück! Hans seufzte und kratzte sich am Kopf. „Der hat euch zwei gar nicht verdient!", sagte er und stand auf. „Lebt sie noch?", fragte der Soldat lallend und war überrascht, als Hans mit „Ja." antwortete. Dann torkelte der Mann in die Hütte und fiel in das Bett, in dem die Frau lag.

„Der hätte auch draußen schlafen können!", dachte Hans, als er sah, dass der Landsknecht die Frau fast aus dem Bett schob. Wenig später schnarchte der Mann und Hans trat vorsichtig an das Bett heran. Kopfschüttelnd wechselte er noch einmal die Wadenwickel der Frau. Das Fieber schien schon etwas gesunken zu sein, wie er mit der Hand auf der Stirn der Frau feststellte, und hoffentlich würde der Schlaf etwas Linderung für sie bringen.

Danach verließ er seine Behausung, setzte er sich wieder draußen auf den Stamm und lauschte dem zuvor unterbrochenen Lied des kleinen gefiederten Sängers in dem Baum neben der Hütte. Das alles war ein Geschenk des Himmels. Alles, bis auf den betrunkenen Landsknecht.

46. Kapitel

Ein gütiger Hirte

s hatte ein paar Tage gedauert, bis Grete wieder durch den Schleier erkennen konnte, dass der alte Mann ihr eine Suppe einflößte, die noch dazu ziemlich gut war. Sie bekam ebenfalls mit, dass der Mann auch ihr Kind mit Milch versorgte, aber sie war noch zu schwach, um irgendetwas zu sagen oder zu machen. Die Entbehrungen des Sommers forderten nun ihren Tribut und es schien so, als wolle Grete die Mutter im Himmel besuchen. Nur das Kind, das in einer Kiste neben dem Bett auf etwas Stroh lag und nach ihr schrie, hielt sie noch am Leben. Und die Mühe, die der alte Mann sich gab. Tonnis tat in all der Zeit nichts. Zumindest nicht in den wachen Momenten, die sie hatte. Er stand einfach nur dort und schien zu warten, dass sie nun endlich dieses Leben beendete oder mit ihm weiter zog, dorthin, wo es den süßen Wein geben sollte.

Als sie aber nach einer Woche immer noch nicht das Lager verlassen konnte, schlug er sie und auch das Kind, was ja gar nichts dafür konnte. Doch in seiner Wut machte Tonnis da wohl keine Ausnahmen. Nur das Eingreifen des kräftigen Bauern sorgte dafür, dass Antonius von ihr und dem schreienden Säugling abließ. Wutschnaubend machte der Mann sich auf den Weg und Grete hielt sich die schmerzende Wange. Der Bauer kam mit einem feuchten Lappen zu ihr und drückte ihr das kühlende Stoffstück auf die schmerzende Stelle. „Danke dir", sagte Grete mühsam. „Ich bin Hans. Der Viehhirte", sagte der Alte freundlich. Durch die Gewalt der Schläge löste sich langsam der Schleier des Fiebers vor Gretes Augen.

Der Mann, von dem sie bisher nur „der Alte" gedacht hatte, war in etwa doppelt so alt, wie sie. Die Arbeit mit den Tieren, jeden Tag draußen an der Sonne, hatte seine Haut frühzeitig altern lassen. Doch seine wachen Augen verrieten die Jugend. Sicher war er noch keine zehn Jahre älter als Tonnis. „Was ist mit dem Kind?", fragte Grete schwach und der Mann beugte sich über die Kiste zu dem schreienden Säugling. „Nur ein paar blaue Flecken", sagte er schließlich und Grete war darüber erst einmal erleichtert. Wieder brachte ihr der Mann eine Schüssel mit einer dampfenden Brühe, die sie im Sitzen mit kleinen Schlucken trank. Dann sah sie, wie er ein paar Kräuter und Blätter von einer Leine nahm und zerrieb. Diese übergoss er mit etwas heißem Wasser und brachte ihr dann diesen Becher.

„Gegen das Fieber", erklärte er, während Grete etwas unschlüssig in den Becher mit der schillernden Flüssigkeit sah. Zweifelnd sah sie den Mann an, doch hatte er sie nicht gerade vor den Schlägen gerettet? Was hätte er davon, wenn er sie nun vergiften würde? Vorsichtig setzte Grete den Becher an und nippte an der heißen Flüssigkeit. Sie schmeckte widerlich und Grete versuchte sie auszuspucken, doch davon hielt sie der Mann zurück. „Du musst das trinken!", forderte er sie auf und schließlich schluckte sie das Gebräu runter. Dann fiel sie wieder auf den Strohsack zurück. Sie schämte sich dafür, dass sie hier so untätig herumliegen musste. Sicherlich konnte der Mann eine helfende Hand gut gebrauchen. Durch die offen stehende Hüttentür konnte Grete ein paar Ochsen sehen und da es auch Milch gab, war sicher auch mindestens eine Kuh dabei.

Außerdem war es ihr peinlich, dass sie dem fremden Mann so hilflos ausgeliefert war. Tonnis weinte sie keine Träne nach. Der Mann war sicher der Meinung gewesen, dass sie die Woche kaum überleben würde. Vielleicht hatte ihre Zähigkeit seine Wut heraufbeschworen. Denn wenn sie und das Kind unter der Erde waren, dann konnte er sich eine bessere Partie zum Heiraten suchen. Eine Frau, die auch wirklich Geld hatte und nicht nur einen unbestätigten Anspruch.

Doch Hans sorgte dafür, dass sie am Leben blieb. Schon nach ein paar weiteren Tagen war das Fieber fort. Allerdings war sie weiter an das Lager gefesselt. Sie hatte keine Kraft, den Strohsack zu verlassen. Nur kurz aufsetzen und den Nachttopf benutzen, während der Hirte nicht in der Hütte war, das ging gerade so. Dass er den Topf dann draußen entleeren musste, das war ihr ebenfalls peinlich. Aber es ging eben nicht anders.

Durch seine kräftigende Brühe war sie dann nach ein paar Tagen auch wieder in der Lage gewesen, das Kind zu stillen. Die Kiste hatte sie näher zu sich gezogen, sodass sie sich das Kind selbst herausnehmen konnte und nicht Hans darum bitten musste, ihr das Kind an die Brust zu legen. Schließlich war er ja ein fremder Mann. Auch wenn er in den paar Tagen schon mehr für sie und das Kind getan hatte, als Tonnis in ihrer gesamten bisherigen Ehe.

In den Momenten, in denen Hans bei ihr war, erklärte er ihr ein paar der Kräuter, die er ihr immer gab. Der Hirte hatte sich bei den Tieren viel abgeschaut. Was fraß diese Kuh, wenn es ihr schlecht ging? Was jene, wenn sie ein anderes Gebrechen hatte? In den Jahren hatte er damit einen großen Schatz an Wissen angesammelt und offensichtlich war er froh, diesen nun mit Grete teilen zu können. Nach seinen Worten war nun endlich mal jemand da, der mit ihm redete und zuhören konnte. Für Grete schien diese kleine Hütte, auf halbem Wege zwischen Salzwedel und Gardelegen, der einzige Ort auf der Welt zu sein und noch immer war nicht sicher, ob sie diesen wohl jemals wieder auf eigenen Füßen verlassen konnte.

Und wo war eigentlich ihr Mann Tonnis? Er hatte sie hier einfach zurückgelassen und war verschwunden. Da lag sie nun, auf dem Strohsack eines fremden Mannes, auf dem sie ihr eigener Mann hatte liegen lassen.

Bisher hatte Hans in den Nächten immer draußen bei den Tieren geschlafen, als es nun aber September wurde, und damit draußen schon etwas kühler, zog es den Mann in die Hütte und damit an das wärmende Herdfeuer. Und dort stand ja auch sein Bett, in welchem sie die ganze Zeit gelegen hatte. Sollte sie es mit ihm teilen? Wer war sie denn, dass sie ihm vorschreiben konnte, wo er zu schlafen hatte? Da sie jedoch das Lager immer noch nicht verlassen konnte, rückte sie einfach zur Seite und gab für ihn einen Teil des Strohsackes frei. Damit lagen sie von da an unter derselben Decke, in der Kälte der Nacht aneinander gekuschelt. Es war ein komisches Gefühl und gleichzeitig auch ein Zeichen von Nähe.

Manchmal redeten sie noch lange in der Dunkelheit über Kräuter, bevor der Schlaf sie dann ereilte. Dann hörte sie auf die Schlafgeräusche von Hans.

47. Kapitel

Glück auf Zeit

Als der Mann die Frau und das Kind geschlagen hatte, da hatte ihn Hans einfach aus der Hütte geworfen. Obwohl der Soldat bewaffnet war und es ein leichtes für ihn gewesen wäre, den Hirten zu töten, war er einfach fortgezogen und hatte sich nicht mehr sehen lassen. Nun hatte Hans also jemanden zum Reden. Das hatte er sich immer gewünscht und der Himmel hatte ihm diesen Wunsch erfüllt. Da sie immer noch zu schwach zum Aufstehen war, musste sie liegen bleiben und ihm zuhören. Es schien so, als ob sie auch dieselben Interessen hatten: Kräuter und Blumen. Jetzt, da sie langsam wieder zu Kräften kam, kam auch ihre Schönheit zurück. Die lockigen, langen, schwarzen Haare, die dunklen Augen und das sonnige Gemüt überstrahlten seine Hütte. Ihr Lachen ließ die Sonne aufgehen. Immer mehr fühlte sich Hans zu ihr hingezogen, doch sie war die Frau eines anderen Mannes. Er hatte den Trauschein gesehen, den sie in einer Tasche am Gürtel verwahrt hatte.

Wenn dies ein Glück war, das sie sich getroffen hatten, dann war es ein Glück auf Zeit. So lange, bis der Soldat zurückkam und sein Recht einfordern würde. Das war Hans schon bewusst und gerade deshalb musste er jeden Augenblick nutzen, den sie miteinander verbringen konnten. Endlich hatte er jemanden, der antworten konnte und mit dem Essen kamen auch langsam die Rundungen bei der Frau zurück. Dann sah er die Dankbarkeit in ihren Augen und auch er war dankbar.

Als es dann in den Nächten immer kälter wurde, die ersten Herbstwinde um die Hütte bliesen und die meisten Bauern ihre Tiere wieder in den eigenen Stall geholt hatten, da konnte er nicht mehr draußen ruhen. Wie selbstverständlich machte sie im Bett Platz und ließ ihn dort mit schlafen.

Sie redeten viel und er spürte auch die Wärme ihres Körpers unter der Decke neben sich. Es war ein schönes Gefühl. Viel zu lange war er nun schon hier alleine gewesen und nun teilte er sein Lager mit einer sehr schönen Frau. Manche Nacht kam er darüber nicht in den Schlaf. Da war ein Gefühl tief in ihm drin, das er noch nicht kannte. Aber durfte dies geschehen? Schließlich war sie doch die Frau eines anderen! Auch, wenn sie sich manchmal in der Nacht im Schlaf an ihm rieb. Hans wollte sie doch nicht in Gefahr bringen. Allerdings hatte der Landsknecht sie wohl einfach hier zum Sterben zurückgelassen, so wie er es offensichtlich oft im Krieg mit Freunden gemacht hatte. Welches Recht hatte dann ein solcher Mann noch?

Trotzdem hielt er sich zurück. Zuerst musste Grete wieder vollständig genesen sein. Was dann werden würde, das lag nicht in seiner Macht. Täglich kümmerte er sich um sie und das Kind, dass sie jetzt schon wieder Stillen konnte, wie er durch die offenen Hüttentür von draußen sehen konnte. Da lag solch eine Liebe zwischen Mutter und Kind, die diese Hütte zum Erstrahlen brachte. Nachdem sie das Kind in die Kiste zurückgelegt hatte, betrat er die Hütte und sah sie an, wie sie schnell ihr Kleid richtete und dabei eine verlegene Gesichtsfarbe bekam.

Dann setzte sie sich im Bett zurecht und sagte zu ihm „Schade, dass ich dich nicht schon zwei Jahre vorher in Tangermünde getroffen habe." Dabei zeigte sie auf die Tasche, in der ja der Trauschein verwahrt war. Hans wiegte den Kopf hin und her, dann entgegnete er „Ich hätte dich nicht heiraten können. Wie sollte ich denn eine Familie ernähren?" „Machst du das denn jetzt nicht auch?", fragte sie ihn und sah ihn mit großen Augen an. Irgendwie hatte sie recht mit ihrer Aussage und er hatte sich darüber wirklich noch nicht viele Gedanken gemacht. Schließlich hatte er ja sein Auskommen und die Tiere. Plötzlich durchzuckte ihn eine Eingebung. Dabei sah er zu ihr hinüber, wie sie in dem Bett saß. Die Frau war so schutzlos hier in dieser Hütte.

Zögerlich trat er näher an sie heran und griff nach einer kleinen Schatulle, die auf einem Sims an der Wand der Hütte stand und in der er seinen wertvollsten Schatz verwahrt hatte. Langsam öffnete er das Kästchen und sah hinein. Hans nahm aus diesem Behältnis das kleine, silberne Kreuz und reichte es Grete „Solange du dieses Kreuz trägst, wird dir nichts geschehen. Ein Eremit hat es mir einst geschenkt. Damit stehst du unter Gottes Schutz", sagte er und legte es ihr mit einem Band um den Hals. Der Viehhirte sah, wie sie das Kreuz betrachtete. „So etwas Schönes hat mir noch nie jemand geschenkt", sagte sie leise und strich mit den Fingern über das kleine Stück Silber. Hans stellte das Kästchen zurück auf den Sims und setzte sich auf die Kante des Bettes zu ihr. Dankbar lächelte sie ihn an. Dann küsste sie ihn.

In diesem Kuss lag eine Kraft, der er sich nicht entziehen konnte. Selbst, wenn er es gewollt hätte. Grete ließ sich zurückfallen und zog ihn einfach hinter sich her, denn sie hatte die Arme um seinen Hals geschlungen und nicht wieder gelöst. Was passierte hier? Ein Gefühl übernahm seinen Körper und das Denken setzte aus. Er löste sich aus dem Kuss und aus ihren Armen. Nun hätte er zurückweichen können, doch der Blick in ihren Augen hielt ihn weiter gefangen.

So oft hatte er ihr das Kleid bis zu den Knien zurückgeschlagen, um ihr die Wadenwickel anzulegen. Jetzt tasteten sich seine

Finger langsam zum Saum des Kleides vor und nun war der letzte Moment, um sein Tun noch einmal zu überdenken, doch es ging nicht.

Diesmal schlug er ihr das leinene Unterkleid weiter zurück, bis er die kleinen Locken ihrer schwarzen Scham sehen konnte. Dann übernahm die viel erfahrenere Frau, schließlich hatte sie ja schon ein Kind. Grete zog ihn wieder zu sich und als er sich wenig später in ihr verströmte, stöhnte sie leise auf. Traurig flüsterte sie in sein Ohr „Ich hätte so gern dein Kind für dich ausgetragen, doch mein Mann schlägt mich tot!". Schwer atmend antwortete er ihr „Ich gebe dir morgen einen Trank, sodass es nicht soweit kommt." Dann schlief er glücklich neben ihr ein.

Hans erwachte mit dem Bild der Frau neben sich. Sie schlief noch und war wunderschön. Die Sonne fiel in die Hütte und tauchte ihr Gesicht in einen Glanz, den wohl selbst ein Engel nicht überstrahlen konnte. Für einen Moment krallte sich sein Herz zusammen, weil er wusste, dass dieses Glück nur von einem anderen Mann geliehen war. Es war eine Liebe auf Zeit, ein nur begrenztes Glück. Wenn Grete in ein paar Tagen oder Wochen gesund war, dann würde sie weiterziehen.

Das Kind wurde wach und Hans beugte sich über die Frau, um nach dem Jungen zu sehen. Dabei berührte er sie und sie erwachte. Das Strahlen in ihrem Gesicht war geblieben, aber darin war auch ein trauriger Zug zu sehen. Vermutlich wusste auch sie um die Vergänglichkeit ihrer gemeinsamen Zeit.

48. Kapitel

In Todesangst

Es war September geworden und immer noch zeigte der Spätsommer, dass er auch noch schöne Tage hatte. Bald schon würde aber wieder das schlechte Wetter des Herbstes mit seinem Regen über die Stadt kommen. Allerdings war es jetzt noch so warm, das Minna keinen Mantel brauchte, selbst wenn sie abends noch mal kurz hinüber zu Gertrut und deren Kindern ging. An diesem Sonnabend war Minna schon den ganzen Tag bei der Freundin gewesen. Wie immer oder besser, wie jeden Tag außer sonntags, arbeitete Jacob in seiner Werkstatt. Da hatte sie Zeit, bis der Mann am Abend wieder zurückkam und was sollte sie da in dem großen, leeren Haus? Manchmal war ihr das richtig unheimlich. Der Wind pfiff schaurig durch den Kamin zur Küche hinunter. Sie wusste zwar, dass es nur der Wind war, aber die Gänsehaut hatte sie trotzdem.

Mit Gertruts jüngstem Mädchen auf dem Schoß saß Minna in der Stube bei der Freundin. Beide unterhielten sich, als plötzlich die Glocken von Sankt Stephan zu läuten begannen. Zuerst dachten sich die beiden Frauen nicht viel dabei. Glocken läuteten immer mal. Doch es hörte nicht auf und die Kirchenglocken der anderen Gotteshäuser stimmten mit ein. Ein Sturmläuten wurde daraus! Wild dröhnten die Glocken, sodass die beiden Frauen nach draußen liefen. „Angriff oder Feuer?", fragte sich Minna und sah sich um. Am Neustädter Tor stieg eine Rauchfahne auf und ein paar Männer liefen an den beiden Frauen vorbei. Es brannte! Vermutlich war der Lärm nur, weil auch der Pulverturm dort in der Nähe stand. Denn wenn das Pulverlager von dem Brand betroffen sein würde, dann wären viele Menschen in Gefahr. Immer mehr Männer liefen an Minna vorbei und dann schrie einer auf und zeigte zur Elbe hinunter. Auch dort zeigte sich eine Rauchsäule. Dorthin konnte das Feuer doch noch gar nicht gelangt sein. Dazwischen lagen viele Häuser und auch das Tor.

Was war hier los? Als dann auch noch in der Nähe der Kirche eine weitere dunkle Rauchsäule aufstieg, da ging der Ruf „Brandstifter sind in der Stadt!" durch die Straßen. Bewaffnete Soldaten eilten durcheinander und versuchten die Mordbrenner zu fassen. Ein unvergleichlicher Tumult brach in der Stadt aus. Männer liefen zum Löschen, andere Männer liefen, um die Brandstifter zu fangen und das Feuer sprang von Dach zu Dach. Immer größer wurden die Rauchsäulen und es kam ein starker Wind auf, der die Flammen nur noch mehr anfachte. Ein Gluthauch wehte durch die Straßen und Minna zog sich ein Tuch vor den Mund, um besser Luft zu bekommen. Auch das Dach des Rathauses stand in Flammen, obwohl dieses alleine auf dem Marktplatz stand. Und auch einer der beiden Kirchtürme der Kirche Sankt Stephan hatte eine Wolke aus Rauch über sich, während die Glocken nur wenige Schritte darunter immer noch Sturm läuteten.

Dann sah Minna, wie der Bürgermeister vom Rathaus zu seinem Haus lief. Anstatt die Löscharbeiten zu leiten und zu beaufsichtigen, versuchte der Mann aus seinem Besitz zu retten, was er noch retten konnte. „Wohin nur?", fragte Gertrut in Panik. Ringsum waren Flammen. Nur der Weg zum Hünerdorfer Tor schien noch passierbar zu sein. „Dorthin!", sagte Minna und zeigte die Richtung. Da sah sich Gertrut um und rief „Mein Jüngster fehlt!", er war sicher noch im Hause. „Hole ihn!", sagte Minna und nahm die anderen beiden Kinder bei der Hand. Die Freundin rannte in das Haus zurück. Voller Angst sah Minna zu der Flammenwand, die sich langsam die Straße entlang auf sie zu schob. Nur wenige Häuser waren aus Stein. Die meisten aus Holz und Ziegeln. Nach der Trockenheit des Sommers brannte das Holz der Dächer und Fassaden wie Zunder.

Jacob lief an ihr vorbei und rief „Ich gehe löschen!", dann war er vorbei und ihr „Sei vorsichtig!" verhallte ungehört hinter ihm in dem Brüllen der Flammen. Kurz darauf kam Gertrut zurück und nahm ihre drei Kinder. „Mein Haus!", rief Minna und sah sich um. Das Feuer näherte sich langsam ihrem Haus. Die Freundin versuchte Minna am Ärmel festzuhalten, doch diese riss sich los und lief hin. Was wollte sie dort überhaupt? Was gab es wichtigeres als das Leben?

Im Moment konnte sie keinen klaren Gedanken fassen, sie musste dort hin. Aber was wollte sie retten? Nur noch drei Häuser trennten das Feuer von ihr. „Das Kästchen!", fiel es Minna ein. Es stand oben und war ihr wertvollster Besitz. Mit fahrigen Fingern zog sie den Schlüssel aus der Tasche und sperrte das Tor auf. Sie lief durch den Flur und kletterte die steile Stiege nach oben. Dort im Zimmer stand die kleine Kiste auf dem Tisch. Ein Beutel mit Münzen lag daneben. Schnell warf sie den Beutel hinein, sah sich um, aber sie fand nichts Wertvolles mehr.

Als sie zur Stiege zurückkam, da stand unter ihr schon der Qualm im Haus und zog zu ihr herauf. Minna musste husten und zog sich das Tuch dichter vor den Mund. Diese Leiter war steil und nun war der untere Teil auch nicht mehr zu sehen. Sie würde blind hinabklettern müssen oder hier oben sterben. Beißend stieg der Rauch ihr in die Augen. Ein Geräusch über ihr zeigte ihr an, dass das Feuer auf das Dach übergegriffen hatte. Es knallte und knisterte. In Todesangst sprang Minna mehr die Leiter hinab, als dass sie sie hinunterkletterte. Dann kniete sie im verqualmten Flur und hustete immer weiter.

Ein Windstoß riss die hintere Tür auf und Minna fuhr erschrocken herum. Vorn und hinten waren nun die Türen offen und ein erneuter Windstoß trieb den Qualm kurz aus dem Hause. Die Sicht war wieder klar. Minna sprang auf und folgte eilends dem Wind. Nachdem sie auf die Straße gestürzt war, schlug hinter ihr die Tür zu und ein Balken fiel vom Dach herab. Unmittelbar hinter ihr versperrte der brennende Holzstamm den Eingang des Hauses.

Immer weiter hustete Minna. Zwar hatte sie das Kästchen gerettet, aber war es die Todesangst wert gewesen? Vor ihr tauchte Gertrut aus dem Qualm auf und zog sie vom Hause weg. Minna sah die weinenden Kinder und das schwarze Gesicht der Freundin. „Wir müssen hier weg!", schrie Minna und nahm eines der Kinder auf den Arm. Zu fünft rannten sie die Straße entlang. Neben ihnen stürzten Teile der Dächer brennend herab. Der Feuersturm sorgte dafür, dass in der Mitte der Straße ein freier Bereich blieb, durch den sie laufen konnten. Links und rechts davon waren Wände aus Feuer, wo vorher die Wände der Häuser gewesen waren. Nach einer unendlichen Zeit des Rennens und Hustens hatten sie das Hünerdorfer Tor endlich erreicht.

Von dort liefen sie auf das Feld hinaus, wo sie sich mit Schaudern zurückwendeten und auf das Feuer sahen, dass nun schon wie ein Wand aussah. Würden ihre Männer da wieder herauskommen?

Gertruts Tränen wuschen eine Spur durch den Ruß auf ihrem Angesicht und ihre sicher durch ihr Eigenes.

49. Kapitel

Gottesgericht oder Höllenfeuer

Seit Stunden stand Jacob nun schon hier an dieser Stelle und versuchte das Feuer vom Pulverturm fernzuhalten. An seiner Seite half ihm Karl. Löschwasser gab es fast keines mehr. Sie versuchten mit Äxten und Schaufeln das Feuer in Schach zu halten und dafür zu sorgen, dass es hier keine Nahrung mehr bekam. Der Ruf, dass es Brandstifter gewesen waren, hatte auch sie hier erreicht. Aber das konnte die Wache alleine klären. Wichtiger war, die Flammen auf Abstand vom Pulver zu halten. Wenn nur ein Funke in dieses Gemäuer kam, so würden sicher hunderte Menschen sterben. Es würde den Turm und alles um ihn herum einfach zerreißen. Und dabei hatte dieser 13. September so schön begonnen. Nach dem Aufwachen waren sie noch im Bett geblieben und hatten über die Zukunft nachgedacht. Was würde werden? Und nun sank alles um ihn herum in Asche. Er hatte sie gesehen, als er von der Werkstatt aus an ihr vorbei hierher gelaufen war. Daher wusste er, dass es Minna und Gertrut gut ging.

Jetzt kämpften die beiden Männer, zusammen mit anderen, hier gemeinsam um ihr Leben. Vor ihnen war die Stadtmauer und hinter ihnen eine Wand aus Feuer und rauchenden Trümmern. Der Lärm der Sturmglocken riss nicht ab und es schien zu schneien, aber es war nur die weiße Asche, die von oben auf sie herunterfiel. Einer der herbei gelaufenen Helfer hatte ihnen gesagt, dass auch aus der Umgebung Menschen hierher zum Helfen gekommen waren. Sogar aus Stendal waren Männer hierher geeilt. Allerdings hatte er auch gesagt, dass der Bürgermeister Asseburg wie ein Hase gerannt sei, als sein Haus von dem Feuer bedroht gewesen war. Ihm war es offensichtlich wichtiger, seine eigene Habe zu retten, anstatt die Löscharbeiten zu führen. Und viele waren seinem Beispiel gefolgt. Während aus anderen Städten Helfer gekommen waren, waren die hier ansässigen Bürger aus der Stadt geflohen.

Dann sank der Abend über die Stadt. Nicht nur die untergehende Sonne färbte den Himmel rot. Auch der noch nicht vollständig gelöschte Brand strahlte an die Wolken über der Stadt. Doch der Pulverturm war außer Gefahr. Erschöpft setzten sich Jacob und Karl auf einen großen Stein. Der Ruß hatte ihrer beiden Gesichter geschwärzt. Nur das Weiß der Augen strahlte dort heraus. „Wo wohl unsere Frauen sind?", fragte Karl und Jacob sah in die Richtung, in die ihrer beiden Häuser standen. Oder vermutlich gestanden hatten. „Die waren sicher schlau genug. Bestimmt ist Minna zu meiner Mutter gelaufen und hat deine Frau mitgenommen", erklärte er. Karl stand auf und wollte los. Da der Brand ja bei ihnen gelöscht war, schloss sich Jacob ihm an. Ihr erster Weg führte sie die Straße entlang, an der sie bis zum Morgen noch gewohnt hatten.

Die Häuser hatten sich in rauchende Trümmer verwandelt. Angekohlte Balken und Ziegelhaufen lagen überall herum. An manchem der Balken glimmte noch die Glut, bereit, um jederzeit wieder aufzuflammen. Jedoch gab es hier nichts mehr, was brennen konnte. Es war ein Bild wie aus der Hölle. Menschen mit schwarzen Gesichtern liefen verstört umher. Auch das Dach des Rathauses hatte es schwer getroffen und wenig später sahen sie, dass auch der eine Kirchturm von St. Stephan kein Dach mehr hatte. Selbst Gott hatte sein Haus nicht schützen können. Das Dach des Kirchenschiffes war aber wenigstens noch intakt. Anscheinend waren auch die Häuser zwischen dem Markt und der Neustadt verschont geblieben. Und hoffentlich auch die Hütten am Hünerdorfer Tor, wo die beiden Frauen mit Karls Kindern bestimmt Zuflucht gefunden hatten.

Doch als sie das Tor passiert hatten, bot sich ihnen ein dramatisches Bild. Da mussten hunderte, wenn nicht sogar tausende von Menschen auf dem abgeernteten Feld sein. Alle, die geflüchtet waren, die hatten sich bis hierher gekämpft. Frauen, Alte, weinende Kinder und Männer standen, lagen und saßen durcheinander. In der beginnenden Dunkelheit war niemand wirklich zu erkennen. Verrußte Gesichter, versengte Haare und aschebedeckte Kleider sahen sie überall. Die Menschen sahen wie aus einem fremden Land aus.

Karl lief durch die Reihen, aber sein Rufen ging in dem Stimmengewirr der Menschen unter. Jacob drehte sich zur Hütte seiner Mutter, die im Schatten der Stadtmauer offensichtlich nicht beschädigt war. Wie viele der anderen ärmlichen Hütten auch. Bis hierher waren die Flammen nicht gekommen. Neben der Hütte sah er die Frau und die Kinder von Karl stehen. „Dein Mann sucht euch", sagte Jacob und zeigte ihr die Richtung, in die Karl gelaufen war. Die Frau nickte dankbar und lief ihm mit den Kindern hinterher.

„Wo ist Minna?", fragte sich Jacob laut, als er den Kopf seiner Frau hinter der Hütte sah. Sie blickte zur Stadt und drehte sich um, als sie ihren Namen hörte. Dann lief sie auf ihn zu und umarmte ihn. Die Frau hatte etwas in der Hand, dass in ein Tuch eingewickelt war und Jacob am Rücken traf. „Was ist das?", fragte er, nahm ihr das Päckchen ab und sah hinein. Es war das Kästchen!

„Du bist noch mal in das Haus gelaufen?", fragte er sie entsetzt, denn er hatte sie ja ohne das Kästchen auf der Straße gesehen. Sie nickte und schlug ihren Blick nieder „Warum hast du dich in eine solche Gefahr gebracht? Für eine Bürste! Ich hätte dich für schlauer gehalten!", schimpfte er, war aber trotzdem froh, dass sie

210

überlebt hatte. Weinend fiel sie ihm wieder um den Hals. „Es ist doch mein wertvollster Besitz. Und jetzt auch mein Einziger", schluchzte sie.

„Mein wertvollster Besitz bist du!", sagte Jacob und küsste sie „Mache so etwas nicht wieder! So eine Kiste kann ich jederzeit neu machen!", beendete er seine Ansprache, als Karl mit Frau und Kindern neben ihm auftauchte. „Wo bleiben wir in der Nacht? Auf dem Feld?", fragte er und Jacob sah seine Frau an „Ist die Hütte noch frei?" „Sicherlich!", gab Minna zu wissen und ging hinüber. Die Hütte stand immer noch leer. Niemand hatte sie nach ihrem Umzug haben wollen. Schnell waren die Kinder im Bett, aber die vier Erwachsenen fanden lange keine Ruhe. Zu tief steckte noch die Angst des Tages in ihnen.

Minna entzündete ein Talglicht was mit seinem Schein die Hütte beleuchtete. Jetzt erst sahen sich die vier Menschen an. Dunkel waren ihre Gesichter. Schnell holte seine Frau Wasser von draußen zum Waschen. Da sie keine Kappe mehr trug, sah Jacob nun im Lichtschein, dass die Haare der Frau angesengt waren. Die Flammen musste ihr ziemlich nahe gekommen sein. Während Minna sich das Gesicht abwusch, strich er vorsichtig durch ihr Haar.

Nachdem sich dann alle gewaschen hatten, legte sich Gertrut zu den Kindern und die anderen drei redeten leise. „War das ein Gottesgericht?", fragte Minna, doch Jacob schüttelte den Kopf. „Das waren Brandstifter. Mögen sie dafür in der Hölle schmoren. Im selben Feuer, dass sie uns zugedacht hatten!"

Nachdem sich auch Karl hingelegt hatte, setzte sich Jacob zu Minna und umarmte sie. Aneinander gelehnt sahen sie durch die offene Tür nach draußen, wo auf dem Feld einige kleine Feuer angemacht wurden. Es würde sicher eine kühle Nacht werden, da tat ein bisschen Wärme gut. Doch von den Beiden wollte keiner aufstehen, um den Herd anzufachen. Sie wärmten sich gegenseitig. Später zog Jacob eine Decke über ihre beiden Schultern. Keiner von ihnen konnte in dieser Nacht schlafen.

50. Kapitel

Schutt und Asche

---

s war Sonntag geworden. Erst im Licht des neuen Tages konnte Minna, von der Latrine kommend, das ganze Ausmaß des Grauens sehen. Die Menschen lagen auf dem Feld und auf der anderen Seite der Mauer war ein großer, qualmender Haufen, der gestern noch die Stadt gewesen war. Auch ihr Haus hatte es zerstört. Nicht mal ein halbes Jahr hatten sie dort gewohnt und nun waren sie wieder in der Hütte. Sie betrat den Raum und weckte Gertrut. Zusammen fachten sie den Herd an und versuchten mit ein paar Vorräten, die sie von Jacobs Mutter erhalten hatten, ein Essen für alle in der Hütte zu machen. Als sie alle zum Mahl am Tisch saßen, hörten sie eine Glocke, deren helles Geräusch von Bersten und Donnern abgelöst wurde. Minna, die am nächsten zur Tür saß, lief hinaus und sah eine große Staubfahne neben der Kirche St. Stephan aufsteigen. „Der Kirchturm ist eingestürzt!", rief sie nach drinnen und alle kamen zu ihr heraus.

Vermutlich hatte das Feuer den Turm beschädigt und der sonntägliche Glockenruf zur Andacht hatte den Turm zu Boden gezwungen. Wie ein abgebrochener Baumstumpf zeigte der Mauerrest, neben dem noch intakten zweiten Turm, nach oben. Aber das Dach des Kirchenschiffes war heil geblieben. Die Glocken waren neben die Kirche gefallen. Nun strömten die Menschen vom Feld in das nahe Gotteshaus und jeder sah die Kirchenglocken neben dem Eingang liegen. Der Pfarrer begann mit einer Predigt, in der sie alle für die Seelen der Getöteten beteten. Es konnten Dutzende oder Hunderte sein, noch wusste niemand etwas Genaues. Viele waren ja geflohen und erst in ein paar Tagen, nach dem Aufräumen, würde man Gewissheit haben.

Nach dem Gottesdienst gingen die Menschen durch die Trümmer der Stadt. Wie ein Mahnmal ragte das unbedachte Rathaus mit dem Türmchen aus den Ruinen der verkohlten Häuser hervor. Auch Minnas Haus war nicht mehr zu sehen. Ein hüfthoher Haufen schwarzer Balken lag noch dort. Karls Haus sah genauso aus. Vermutlich hatten es wohl nur hundert Häuser überstanden. Schon bald begannen die Menschen, die Haufen zu beräumen. Ein Gerücht machte später die Runde, dass von den 570 Häusern, die am Morgen des Sonnabends noch innerhalb der Stadtmauern gestanden hatten, 486 Häuser sowie 52 Scheunen in Schutt und Asche versunken waren.

Irgendwann gab Minna es auf, aus dem Haufen noch etwas retten zu wollen. Nur ein paar metallene Töpfe hatten, verbrannt und verformt, das Feuer überdauert. Auch bei Gertrut war es so. Da war nichts mehr zu gebrauchen. Die Häuser würden vollständig neu gebaut werden müssen. Karls Werkstatt war ebenfalls zerstört, aber die von Jacob war fast unbeschädigt geblieben. Also trafen sich alle in dieser Arbeitsstätte. Minna sah zum Himmel hinauf. Noch war der Herbst nicht gekommen, aber bald würde es Winter sein. Was machten dann die tausenden Menschen, die ihr Dach über dem Kopf verloren hatten? Jacob sagte in diesem Moment „Zuerst werden die beschädigten Häuser repariert und dann die Anderen neu gebaut!". Offensichtlich hatte er gerade denselben Gedanken gehabt, wie Minna auch.

Der Stadtschreiber erschien und sagte zu Jacob „Du musst Holz für das Dach des Rathauses liefern und das Dach machen!" dann warf er ihm einen Beutel Münzen zu und war verschwunden. „Hilfst du mir?", fragte er Karl und beide nahmen ihr Werkzeug, dann folgten sie dem Schreiber zum Markt. Minna, Gertrut und die Kinder gingen daraufhin zur Hütte zurück. Auch diese musste winterfest gemacht werden und das war nun ihre Aufgabe. Inklusive Brennholz zu machen.

Sicher konnte der Förster ihnen in diesem Jahr keinen Baum geben. Das würde wohl alles zu Bauholz werden. Aber die trockenen Äste durften sie sicherlich sammeln. Zuerst kam aber eine Arbeit, die auch den Kindern Spaß machte. Mit Schlamm und Lehm mussten alle Ritzen in der Außenwand der Hütte verschmiert werden. Dann kam noch etwas Stroh dazu, sodass kein Wind mehr durch die Hütte pfiff. Im Sommer war das noch sehr angenehm gewesen, aber im Winter war das schlecht. Am Abend hatten sie schließlich die Fugen zwischen den Balken verschmiert.

Immer wieder war dabei Minnas Blick zur Stadt gegangen. Etwas kam ihr seltsam vor: weder die Schänke noch das Haus von Heinrich war vom Feuer angegriffen worden. Als Gertrut die Kinder nach drinnen brachte, ging Minna zum Tor hinüber. So wie es sich zeigte, war keine der Scheunen des Kaufmannes betroffen worden. Nur eine Wand war etwas angesengt. Ein paar Schritte vor seinem Eigentum war der Brand gelöscht worden. Hatte der Mann solch eine gute Verbindung zu Gott? Oder hatte da wohl eher der Teufel seine Hand im Spiel? Als Herr des Feuers? Laut würde sie dies allerdings nicht äußern dürfen. Da war man schneller im noch erhaltenen Kerker unter dem Rathaus, als man denken konnte.

Langsam ging sie zurück zur Hütte. Vorräte würden sie auch noch brauchen. Dabei dachte sie an den Beutel mit Münzen, den sie gerettet hatte und an den, welchen Jacob vom Schreiber bekommen hatte. Geld hatten sie ja erst mal und Jacobs Werkstatt würde auch noch etwas einbringen. Schließlich gab es ja nun nicht mehr so viele Werkstätten in der Stadt. Alle, die neue Häuser bauen wollen, würden bei ihrem Mann Balken holen müssen. Erst spät am Abend kamen Jacob und Karl zur Hütte zurück, da schliefen die Kinder aber schon lange im Bett. Nun mussten auch die Plätze für die Nacht verteilt werden. In dem einen Bett würden Minna und Jacob schlafen und im Zwischenraum zum nächsten Bett würde am nächsten Tag ein Platz für die drei Kinder entstehen. In diesem Winter würde es eng und kuschlig in der Hütte werden.

Das Holz würde dann draußen bleiben müssen. Die eine Hälfte der Hütte würde dann das große Bett einnehmen, aber zumindest hatten sie noch ein Dach über sich. Viele Menschen würden vielleicht in ihren Kellern den Winter überleben müssen. Nach der letzten Nacht, in der sie ja nicht geschlafen hatte, holte sie in dieser der Schlaf schnell. Aber ein Albtraum riss an ihr. Wieder sah sie sich in dem Hausflur. Doch diesmal waren rund um sie Flammen. Wohin sollte sie laufen? Ringsum waren Wände aus Feuer. Alles verbrannte zu Asche, dann sprang Jacob zu ihr und rettete sie. In seinen Armen erwachte sie schließlich am Montagmorgen wieder in der Hütte. Es roch nach kalter Asche. Das würde sicher noch eine Weile so bleiben, denn drei Viertel der Stadt bestanden ja jetzt nur noch aus Schutt und Asche.

51. Kapitel

Heilung und Befreiung

Tonnis blieb verschwunden und es hatte fast zehn Wochen gedauert, bis Grete wieder die Kraft gehabt hatte, das schützende Häuschen zu verlassen. Damit hatte sie aber auch zehn Wochen das Lager mit Hans geteilt. Eine Art von Vertrautheit hatte sich eingestellt, die sie von Tonnis nie erfahren hatte. Bei ihm hatte es nur Schläge gegeben, bei Hans gab es auch mal eine streichelnde Berührung an der Wange. Die ersten Male war sie erschrocken weg gezuckt. Sie war doch verheiratet! Auch hatte es einige Tage gedauert, bis sie die Kappe in der Hütte nicht mehr aufgesetzt hatte. Aber diese störte nur in der Nacht!

Zehn Wochen, siebzig Nächte! Die Angst vor Tonnis war ständig in ihrem Kopf gewesen. Was würde der Mann wohl sagen, wenn er sie schlafend im Bett eines anderen Mannes vorfand? Aber hatte Antonius sie nicht genau dort liegen gelassen? Praktisch hatte er sie doch, durch sein Verschwinden, in die Arme von Hans getrieben. Die Kräuterkenntnisse, die sie sich bei Hans angeeignet hatte, sorgten dann auch dafür, dass das beisammen Liegen in der Nacht keine unliebsamen Folgen haben würde. Ihr Mann konnte sie ja für einen erwiesenen Ehebruch stäupen oder steinigen lassen und wäre damit auch noch von ihr befreit. War es vielleicht seine Absicht gewesen, sie nach einem Jahr schwanger vorzufinden?

November war es nun geworden und Grete hatte von dem Stadtbrand in ihrer Heimatstadt erfahren. Hans hatte es ihr eines Tages erzählt. Ein Händler, der ihm seinen Ochsen abgekauft hatte, war aus Tangermünde gewesen. Offensichtlich waren große Teile der Gebäude zerstört worden. Nichts war wohl noch so, wie

217

sie es in der Erinnerung hatte. Aber was kümmerte sie die fremde Stadt? Eigentlich hoffte sie nur, dass es Jacob und Minna gut ging und die beiden das Feuer unbeschadet überlebt hatten. Für sie blieb eine viel wichtigere Frage offen: es wurde Winter und was sollte sie nun tun, um diese kalte Jahreszeit zu überleben? Da bot Hans ihr an, diese Zeit weiter in seiner Hütte zu bleiben. Doch womit verdiente sie dann ihren Lebensunterhalt? Schließlich wollte sie doch nicht von dem Manne ausgehalten werden! Wieder fiel ihr Ursula ein! Das ging nicht. Doch das Wissen, was sie sich bei ihm angeeignet hatte, das ließ sich sicherlich irgendwie in klingende Münze verwandeln. Nur wie?

Wieder war es der Hirte, der ihr die rettende Idee gab. An seine Hütte grenzte ein kleiner Schuppen, in welchen er das ganze Jahr über seine Kräuter zum Trocknen gebracht hatte. Es waren so viele, dass sie sicher noch Jahre reichen würden. Oder eben dafür, dass Grete damit, mit einer Kiepe auf dem Rücken, zu den Märkten zog und diese Kräuter dort an die Frau brachte. Gerade jetzt im Winter war die beste Zeit, um die Wehwehchen des Jahres wieder auszukurieren. Dazu hatte sie auch bei den Frauen des fahrenden Volkes das „aus der Hand lesen" gelernt, womit sich bestimmt auch noch ein paar kleine Münzen verdienen ließen.

Um ihren Sohn würde sich Hans in der Zwischenzeit kümmern. Ohne groß weiter darüber nachzudenken, brach Grete einfach auf, als es in der nächsten Stadt wieder mal Zeit für den Markt war. Die Kiepe war nicht sehr schwer und sie hatte sich gut erholt in der Zeit der Ruhe. Zusätzlich kam ihr entgegen, dass die Hütte von Hans sehr günstig lag. In jede größere Stadt der Umgebung brauchte man nicht viel länger als einen halben Tag. So würde sie immer wieder schnell zur Hütte und zu ihrem Kind zurückkommen können. Geschwind schritt sie durch die schneebedeckten

Wiesen. Den Mantel gegen den schon kalten Wind tief in ihr Gesicht gezogen.

Was würde wohl passieren, wenn Tonnis sie auf einem dieser Märkte traf? Suchte sie noch nach ihm? Und er? Manchmal hatte sie sich in den letzten Wochen gewünscht, dass er tot war und sie dann vielleicht Hans heiraten konnte. Der Hirte war so viel anders, als der Landsknecht. Zärtlichkeit gegen Gewalt! Wie hätte sie entscheiden können? Hans wäre die bessere Wahl gewesen! Aber der Trauschein, nah bei ihrem Herzen, besagte nun mal etwas anders! Sie gehörte Antonius! Mit Haut und Haar. Jedoch nicht mit ihrer Seele!

Doch diese kleine Hütte hatte ihr nicht nur die Heilung von ihrer Krankheit gebracht, sondern sie hatte auch zur Befreiung geführt. Zur Befreiung von der Gewalt ihres Mannes! Von dem sie nicht wusste, ob sie ihm nicht am nächsten Tag wieder in die gewalttätigen Arme lief! Trotzdem war sie aufgebrochen. Der frisch gefallene Schnee auf den Wegen knirschte unter ihren Schuhen und Grete wusste nicht, ob es nun solch eine gute Entscheidung gewesen war, diesen schützenden Ort wieder zu verlassen. Würde sie Hans und ihren Sohn wiedersehen?

Schließlich hatte sie nichts, bis auf die Kräuter im Korb, und vor Räubern brauchte sie sich im Winter auch nicht zu fürchten. Die saßen sicher am warmen Ofen. Was würde aber in der Stadt geschehen? Konnte sie dort auch wieder auf Tonnis treffen? Vielleicht! Zweifelnd schob sie sich immer weiter über die verschneite Fläche, bis sie in der Stadt Gardelegen angekommen war.

Für ein Lager in der Nacht hatte sie jedoch keine Münzen übrig. Daher blieben die Herbergen für sie geschlossen. Ein Stall an einem dieser Gasthäuser wurde ihre Schlafstatt für diese kalte Winternacht, die Grete in ihren Mantel eingewickelt auf dem Stroh zubrachte. Das würde dann sicher auch das Lager für den nächsten Abend werden und danach konnte sie wieder zurück. Es war die erste Nacht ohne ihren Sohn. Und auch die erste ohne Hans! Wer von den Beiden fehlte ihr mehr? Die Wärme unter der Decke sowieso!

Der Vollmond schien durch die Ritzen des Stalles und ließ sie nicht schlafen. Sie sah ihren eigenen Atem in dieser Nacht. Er leuchtete im Licht der kreisrunden Scheibe. Ebenfalls hörte sie die Geräusche der Tiere unter sich und die lärmenden Zecher in der Herberge nebenan. So lange war sie fern der Menschen gewesen und doch nahe an dem einen Menschen, der sich in ihr Herz geschlichen hatte, obwohl er da nicht hin durfte!

Grete war schon bewusst, dass sie Hans sofort wieder verlassen musste, wenn sie auf Tonnis traf, aber das konnte ja noch eine Weile dauern. In Gedanken bat sie Gott, diese Zeit noch etwas zu dehnen und merkte im selben Atemzug, dass dieser Wunsch eigentlich Sünde war. Würde Gott ihr den Wunsch trotzdem erfüllen? In der Hoffnung auf ein göttliches „Ja!" schlief sie schließlich im Stroh ein. Im Traum war sie in der kleinen Hütte. Der Körper war in der Stadt, ihr Geist war im Dorf geblieben. Bei Hans in Apenburg.

52. Kapitel

Fahrendes Volk

s ging auf den zweiten Winter zu, den die meisten der Bürger wiederum in den Kellern ihrer zerstörten Häuser verbringen mussten. Minna lebte immer noch in der Hütte mit ihrem Mann und der Familie von Karl zusammen. Eng war es. Schon im letzten Winter hatten die Menschen in Kellern oder mit mehr als fünf Familien in einem der vom Feuer verschonten Häuser gelebt. Eigentlich sollte der Aufbau schnell vorwärtsgehen, jedoch war kaum einer mit großer Zuversicht bei der Arbeit gewesen. Immer wieder war es zu Bränden gekommen. Wer waren wohl diese Brandstifter? Jeder sah jeden so seltsam an. Das Vertrauen in der Stadt war verloren gegangen. Vielleicht auch deshalb hatten weder Karl noch Jacob bisher die Zeit gefunden, ihre eigenen Häuser wieder aufzubauen. Und somit lebten sie immer noch zu fünft in der Hütte und da Gertrut wieder schwanger war, sicherlich bald zu sechst.

Der Schreck des Brandes saß bei Minna immer noch tief. Aber anscheinend nicht nur bei ihr. Selbst jetzt noch, mehr als ein Jahr nach dem Brand, kamen die Einwohner Tangermündes jeden Sonnabendnachmittag in der Kirche Sankt Stephan zusammen. Es läuteten die Glocken wie damals am Brandtag und eine Brandpredigt wurde im Gedenken an jenen, an diesem 13. September getöteten, gehalten. Noch hatte der eine Kirchturm kein Dach. Das würde sicherlich noch etwas dauern.

Bei einem Markttag hatte Minna Grete wieder getroffen. Die Freundin hatte mit ihrem Sohn vor dem Rathaus gesessen und Kräuter verkauft. Nach der langen Zeit waren sie sich um den Hals gefallen. Antonius war fort und Grete lebte jetzt bei einem Viehhirten auf einem Dorf. Die Freundin strahlte und schien ihr Glück gefunden zu haben. Auch der Sohn war groß geworden. Als Grete gegangen war, da hatte sie das Kind noch im Tuch vor der Brust getragen. Nun rannte er schon durch die Gegend auf seinen wackligen Beinen. Er redete schon vor sich hin und Grete musste ihn immer im Blick haben. Es schien nicht leicht für sie zu sein, aber das Kind war ihr ganzer Stolz. Da blieb zu hoffen, dass er nicht nach dem Vater kam und kein Taugenichts, so wie dieser, wurde.

Zwar hätte Minna die Freundin gern bei sich gehabt, so vieles hatte Grete in der vergangenen Zeit erlebt, aber der Platz ließ es einfach nicht zu. Noch zwei Menschen in die enge Hütte? Das ging nicht, ganz davon abgesehen, dass Grete offensichtlich auch gern bei dem Viehhirten war. Somit trafen sie sich jede Woche auf dem Markt und redeten lange. Grete hatte viele Kräuter dabei und gab Ratschläge. Sie konnte auch aus der Hand lesen. Das hatte sie beim fahrenden Volk gelernt, mit dem sie durch das Land gezogen war. Bei einem Markttag traf sie auf ein paar der Frauen, die auch gerade in Tangermünde waren. Es war eine so herzliche Begrüßung, die Minna fast neidisch machte. Obwohl Grete nur wenige Wochen bei den Frauen gewesen war, Tonnis hatte sich auch ihnen gegenüber unmöglich verhalten, war da eine Herzlichkeit zu spüren, als wären sie jahrelang gemeinsam durch die Wälder gezogen.

Das gleiche Los verband die Frauen. Da war etwas, was Minna in der Stadt noch nicht erlebt hatte. Selbst mit Gertrut war da eine kühle Distanz geblieben, obwohl sie Freundinnen waren und nun schon ewig auch auf der Latrine nebeneinander saßen. Bei Grete und den anderen Frauen schien das ganz anders zu sein. Und genau das ließ vielleicht auch das Misstrauen der Stadtbevölkerung wachsen. Man verdächtigte ja sowieso schon jeden und dann waren da welche in der Stadt, die sich so ganz anders gaben, als man es gewohnt war. Sie übernachteten mit ihren Wagen auch auf dem

Feld vor dem Hünerdorfer Tor und somit hatte Minna Grete und den Jungen für eine Nacht bei sich.

Es wurde ein Feuer gemacht, gelacht, gesungen und getrunken. Einige aus der Stadt kamen zu ihnen, aber nicht sehr viele. Vermutlich hatte sie Angst. Das, was die Frauen machten, war nahe am Hexenwerk und sicher hätte sich niemand gewundert, wenn sich der Teufel aus dem Feuer heraus zu ihnen gesellt hätte, um einen Becher Wein zusammen mit ihnen zu trinken. Die Männer und Frauen hatten vor, vor dem Winter nach Süden zu gehen und in einer der größeren Städte den Frühling abzuwarten. Eine der Frauen schlug Grete vor, mit ihnen zu kommen, doch diese lehnte nur dankend ab. Vermutlich war das Band, das sie an den Viehhirten gefesselt hatte, fester als es Grete annahm und jemals zugeben würde. Doch Minna konnte diese Ablehnung nur so deuten.

Als sich dann die Dunkelheit über die Stadt legte, erschien auch Jacob. Er umarmte die gemeinsame Freundin und auch das war eine Geste, die in der Öffentlichkeit eher unüblich, wenn nicht sogar verboten, war. Schließlich waren Jacob und Grete ja verheiratet, und zwar nicht miteinander. Allerdings hatte die gesellige Stimmung am Lagerfeuer wohl auch ihn angesteckt. Nachdem es ganz dunkel geworden war und nur noch das Feuer die Gesichter in dieser kühlen Herbstnacht beleuchtet hatte, hörten sie aus der Stadt das Feuerhorn des Wachmannes, der von dem Turm des Neustädter Tores auf die Stadt herabschaute. Wieder brannte es irgendwo, doch selbst wenn sie hätten helfen wollen, die Tore waren zu und sie saßen außerhalb der Stadtmauern.

Grete brachte das schlafende Kind auf einen der bunten Wagen, die neben dem Lagerplatz standen. Dort würde sie dann später auch schlafen. Trotz der Kühle der Nacht blieben sie lange am

Feuer. Es wurden Geschichten erzählt und ein Schlauch mit Wein kreiste. Dabei wurde weiter gesungen und gelacht, bis die ersten langsam zur Nacht in ihre Betten gingen. Auch Jacob und Minna gingen zu ihrer Hütte, die ja keine hundert Schritte entfernt war. Doch der Schlaf stellte sich bei Minna, als sie dann im Bett lag, lange nicht ein. Wieder kam der Zweifel in ihr hoch. Hätte sie Grete damals von der Hochzeit abraten sollen? Im Nachhinein sprach immer mehr dafür. Doch das war vergangen. Nichts konnte sie mehr damit ändern, höchstens ihr Gewissen beruhigen.

Der nächste Morgen kam schnell. Draußen wurden die Pferde angeschirrt, denn die Menschen auf den Wagen wollten in Richtung Süden aufbrechen. Minna verabschiedete sich von Grete, die dann, mit dem Kind auf ihrem Arm, zum Hünerdorfer Tor in die Stadt hinein ging. Dort würde sie, am Rathaus vorbei, zum Neustädter Tor laufen, von wo aus sie ihr Weg zurück zu ihrem Viehhirten führen würde. Am Tor sah Grete noch einmal zu Minna zurück und die beiden Freundinnen winkten sich zu.

Als die Wagen losfahren wollten, kamen Wachen aus der Stadt und stellten sich davor auf. In der Nacht war ein Haus abgebrannt und jemand hatte das fahrende Volk beschuldigt, das Feuer gelegt zu haben. Doch sie waren ja zum Zeitpunkt des Feuers alle außerhalb der Stadt gewesen. Das konnten viele bestätigen, die am Abend mit ihnen am Feuer gesessen hatten. Jacob und Minna setzten sich ebenfalls für die Freiheit der Männer und Frauen ein. Schließlich ließen die Wachen die bunten Wagen ziehen und Minna sah ihnen noch eine Weile nach. Sie fragte sich nur, warum in der Stadt solch eine Missgunst war. Wo war die Stadt ihrer Jugend geblieben?

53. Kapitel

Schicksalshafte Begegnungen

*E*in Jahr hatte Gott ihr gewährt, dann traf Grete auf einem Markt wieder mit ihrem Mann Antonius zusammen. Es war der Januar des Jahres 1619, als Tonnis sie mit einer schallenden Ohrfeige aus ihrem mittlerweile vertrauten Leben heraus riss.

In den letzten paar Monaten hatte sie, jetzt immer mit ihrem Sohn, wieder die Märkte der Städte rund herum mit Kräutern versorgt. Natürlich musste sie sich vorsehen, denn das Verkaufen der Kräuter und das Lesen aus der Hand waren den meisten Geistlichen eher verdächtig. Von da bis zu einer Beschuldigung wegen Hexerei war es nur ein kleiner Schritt. Sorgsam wählte sie daher ihre Worte, wenn sie mit den Frauen sprach. Doch die meisten ihre Kundinnen vertrauten ihr. Der Winter und der Herbst waren die besten Jahreszeiten zum Kräuter verkaufen. Im Sommer hatte sie zusammen mit Hans diese Kräuter auf den Wiesen rund um die kleine Hütte geerntet und in der Scheune getrocknet.

Sogar bis nach Tangermünde war sie im vergangenen Herbst gekommen und hatte dort die neuen Häuser und auch das neu bedachte Rathaus gesehen. Es war zwar etwas weiter bis dorthin, sie brauchte fast zwei Tage von der Hütte, aber Grete richtete es sich meist so ein, dass sie zuvor in einer anderen Stadt bei einem Markt war, oder sie mit den bunten Wagen des fahrenden Volkes fahren konnte. Auch Minna hatte sie auf dem Markt getroffen und wie alte Freundinnen waren sie sich um den Hals gefallen. Danach war sie fast jede Woche in der Heimatstadt gewesen. Der Tratsch und Klatsch der Marktweiber war dabei nie zu überhören gewesen.

Viele der Bewohner der Stadt lebten immer noch in den Kellern ihrer abgebrannten Häuser. Nur die Gebäude ihres Onkels waren, wie durch ein Wunder, nicht von dem Brand betroffen gewesen. Jetzt noch, fast anderthalb Jahre nach dem Brand, suchte man in der Stadt fieberhaft nach den Brandstiftern. Denn das es Brandstiftung gewesen war, das hatten Zettel offenbart, die man danach gefunden hatte. Jemand hatte sie über die Mauer geworfen und darin war der Stadtknecht Stolle, ein Marktmeister und der Wirt des ihr immer noch gut bekannten Wirtshauses vor dem Hünerdorfer Tor, welches auch von dem Feuer verschont geblieben war, beschuldigt worden.

Doch anstatt den Beschuldigungen nachzugehen, suchte man den Schreiber der Zettel. Alle des Schreibens kundigen Einwohner, so auch Grete, obwohl sie ja da krank auf dem Lager gelegen hatte, mussten eine Schriftprobe abgeben. Trotzdem fand man weder den Schreiber noch den Schuldigen an dem Brand. So saß sie nun also immer wieder mit ihrer Kiepe vor dem Rathaus und verkaufte die Kräuter. Bei einem dieser Markttage hörte sie, dass die Stadt einen neuen Stadtknecht suchte. Und genau in der Woche darauf traf sie in Gardelegen wieder auf Tonnis. Oder besser: er traf sie. Die Wange brannte noch Stunden später von dem Schlag.

Es dauerte einen ganzen Tag, bis sie Tonnis von der Idee begeistert hatte. Schließlich wollte sie endlich mal sesshaft werden. Dieses Herumziehen war nichts mehr für sie und die Kräuter konnte sie ja auch in den Wiesen rund um Tangermünde finden. Das Gehalt, welches Tonnis von der Stadt erhalten würde, das würde sicher nicht das verpasste Erbe ausgleichen, aber es würde für ein Leben in einem kleinen Wohlstand reichen. Zumal auch ein Haus an der Stadtmauer mit dieser Anstellung verbunden war. Endlich ein Heim für ihre kleine Familie! Dass sie dafür Hans verlassen hatte und der nun noch nicht mal wusste, wo sie war, das musste sie eben dafür in Kauf nehmen. Doch der Mann hatte ja von Anfang an gewusst, dass sie noch verheiratet war. In mancher Nacht sehnte sie sich trotzdem zu ihm und seiner Zärtlichkeit zurück.

So zogen sie also zu dritt von Gardelegen nach Tangermünde. Wie sie es befürchtet hatte, brachte Tonnis sie wieder in der Spelunke am Hünerdorfer Tor unter. Bereits am nächsten Tag ging sie auf den altbekannten Weg, um beim Rat vorzusprechen. Als sie die Treppe nach oben stieg, stöhnte einer der Stadtknechte „Nicht du schon wieder. Lass das Erbe doch einfach mal ruhen!", doch diesmal wollte sie ja nicht um das Erbe bitte, so erwiderte sie nur „Heute geht es mal nicht um mich." Erstaunt ließ der Wachposten sie sofort vor den Rat. Auch die darin versammelten Herren wollten sie sofort wieder nach draußen schicken. Wie viele Male war sie wohl schon in diesem Raum gewesen, um nach ihrem Erbe zu fragen? Hundert Mal? Zweihundert Mal? Doch diesmal sagte sie „Ich habe gehört, ihr hohen Herren habt eine Stelle für einen Stadtknecht zu vergeben?"

Die Ratsherren, die sich schon von ihren Stühlen erheben wollten, setzten sich zurück und der Bürgermeister antwortete ihr „Da hast du etwas Wahres gehört. Willst du diese Stelle haben?". Die anderen Männer lachten über den Vorschlag, doch Grete schüttelte den Kopf „Nein mein Herr. Ich nicht! Aber mein Mann Antonius. Er ist ein erfahrener Soldat. Ein Landsknecht, wie ihr ihn nicht besser finden könnt. Gebt ihm diese Stelle." „Wenn das wahr ist, so soll er sich morgen bei uns zur Prüfung vorstellen und wir werden mit Wohlwollen über dein Ansinnen nachdenken", entgegnete der Bürgermeister und war sichtlich überrascht, dass Grete mit einer Verbeugung den Raum sofort wieder verließ, ohne um das Erbe gebettelt zu haben.

Nun eilte sie zurück in die Herberge, um ihrem Manne die freudige Botschaft zu überbringen. Zusätzlich würde sie in der Nacht noch sein Wams ausbessern, damit er am nächsten Tag ein noch besseres Bild vor dem hohen Rat abgeben würde. Wie nicht anders zu erwarten war, fand sie ihn in der Schankstube bei einem Becher Wein. „Wo ist mein Kind?", fragte sie zuerst, dann antwortete er „Bei Minna." Erleichtert begann sie zu erzählen, was sie beim Rat erreicht hatte. Dann eilte sie weiter zur Freundin, um dort ihr Kind wieder in Empfang zu nehmen. „Passt du morgen wieder auf ihn auf, wenn ich mit Tonnis zum Rat gehe?", fragte sie schließlich Minna und die Freundin sagte ihr dies gern zu.

Der nächste Morgen sah eine übermüdete Grete, die bis zum Morgengrauen an der Kleidung ihres Mannes genäht hatte. Aber es hatte sich gelohnt. Er sah wie der perfekte Landsknecht aus und der Rat musste ihrem Mann einfach diese Stelle geben. Dann brachte sie ihren Sohn zu Minna und brach mit Tonnis auf. Es waren nur ein paar hundert Schritte bis zur Rathaustreppe. Für ein paar Momente des Glücks war sie richtig stolz auf ihren schönen Mann. Nun würde alles gut werden! Sie blieb unten an der Treppe stehen und Tonnis stieg langsam hinauf. Als er auf der Hälfte nach oben war, schrie plötzlich eine Frau auf dem Markt „Haltet den Dieb! Das ist der Mann, der mich im letzten Jahr auf dem Weg nach Gardelegen überfallen, geschändet und beraubt hat."

Grete schaute sich um, aber die Frau zeigte auf Tonnis, der gerade wieder die Treppe herunterlief. Fast rannte er sie um. Die beiden Stadtknechte liefen ihm hinterher und brachten ihn nach wenigen Schritten auf dem Marktplatz zu Fall. Entsetzt und erstarrt sah Grete zu. Was war hier los?

54. Kapitel

Schuldlos in Haft

ntonius war wieder da! Minna hätte fast der Schlag getroffen, als ihr Grete davon erzählt hatte. Sie waren zurück und hatten im Gasthof Quartier bezogen, denn die Hütte war ja immer noch voll und Tonnis wollte weder Jacob noch sie in der Behausung haben. Für die Freundin alleine wären sie vielleicht etwas zusammen gerückt. Grete hatte ihr von der Idee erzählt, Tonnis auf die frei gewordene Stelle als Stadtknecht zu bringen. Damit könnte die Freundin zwar in der Stadt bleiben, aber ein Räuber und Tunichtgut als Stadtknecht? Minna hatte da ihre Zweifel, behielt diese aber für sich.

„Was ist eigentlich mit deinem Viehhirten?", fragte Minna die Freundin und sah den traurigen Zug um den Mund der anderen Frau. „Das war schön, aber Tonnis ist mein Mann. Wir sind vor Gott getraut. Für immer!", erklärte Grete und tat Minnas Einwände mit einer Handbewegung ab. „Kannst du morgen auf meinen Sohn aufpassen?", fragte Grete und Minna sagte ihr das gern zu. Sie mochte den kleinen Jungen, er war ein goldiges Kerlchen. Dann verabschiedeten sie sich schnell, da Grete noch die Kleidung ihres Mannes vorzubereiten hatte. Am folgenden Tag brachte die Freundin ihr ihren Sohn und sagte „Wünsch mir Glück. Sonst muss ich wieder auf der Straße leben." Minna nickte ihr zu und spielte danach mit dem Kind. Die Kinder von Gertrut saßen auch mit in der Hütte, sodass die beiden Frauen nun vier Kinder beschäftigten.

Es wurde immer später und Minna sah nun öfters nach draußen, doch Grete kam nicht wieder. Dafür kam eine Nachbarin, die erzählte, dass ein Räuber und seine Kumpanin vor dem Rathaus gefasst worden war. Konnte es wirklich sein, dass damit Grete und

Antonius gemeint waren? Bei Tonnis konnte sie sich das vorstellen, aber bei Grete? Die hatte noch nie in ihrem Leben etwas Unrechtes getan. Oder doch? Der Hunger trieb manche Menschen dazu, zu stehlen. Minna ging in die Hütte und fragte Gertrut „Kannst du jetzt auf alle Kinder aufpassen?" die Freundin nickte, Minna nahm sich ihren Mantel und eilte zum Rathaus. Dort lief sie die Treppe hinauf bis zum Wachmann vor dem Saal. „Ist Grete verhaftet worden?", fragte sie ihn und er nickte. „Ich muss zum Rat!", sagte Minna und wurde nach längerem betteln endlich durchgelassen.

Drin fragte sie „Ihr hohen Herren des Rates, warum wurde Grete festgenommen?" Sie sah auch Heinrich dort sitzen, fragte aber den Bürgermeister Asseburg danach. Er erhob sich und sagte „Sie war ganz sicher in der Bande von Tonnis. Wir können sie doch nicht einfach so laufen lassen!" „Herr Bürgermeister, ich glaube nicht, dass Grete etwas Unrechtes gemacht hat." „Würdest du dafür mit deinem Leben bürgen?", fragte der Mann drohend, doch das konnte wohl keiner. Also schüttelte sie nur den Kopf. „Darf sie wenigstens ihr Kind stillen?", fragte Minna leise und die Männer berieten sich kurz. Dann nickte der Bürgermeister und sagte zu Minna „Solange noch kein Urteil gefallen ist, solange darf sie das Kind zwei Mal am Tage sehen und es stillen!" „Danke euch, ihr hohen Herren", erwiderte Minna, machte eine Verbeugung und verließ den Saal wieder. Tausend Gedanken jagten durch ihren Kopf. Was würde nun werden? Sicherlich würde sich schon bald Gretes Unschuld beweisen.

Minna dachte an die Wochen, die sie selbst bei den Räubern gewesen war. Wäre sie da gefasst worden, so wäre sie sicher auch im Kerker gewesen. Wer weiß schon, ob ihre Unschuld dann so schnell festgestellt worden wäre. Daher würde es bei Grete sicher auch ein paar Tage dauern, bis die Unschuld der Freundin festgestellt worden wäre. Schnell lief Minna zur Hütte zurück und holte das Kind. Mit dem Jungen im Arm betrat sie das Rathaus erneut, doch diesmal stieg sie nicht hinauf, sondern in den Keller hinab. Dorthin, wo sich der Kerker befand. Es war ein schauriger Ort. Hier hatte sie auch die Räuber damals gesehen, kurz vor deren Hinrichtung. Ein Mann mit einer Fackel wies ihr den Weg und begleitete Minna durch den Gang. Dann stand sie in der Zelle. „Das muss alles ein Missverständnis sein!", murmelte Grete und sah vor sich hin.

Eine ganze Weile brauchte Minna, bis Grete auf sie reagierte und dann das Kind an die Brust legen konnte. Der Wachmann verbot ihnen, miteinander zu sprechen. So hockte Minna stumm neben der Freundin und sah deren Tränen. Dann war das Kind satt, Minna nahm den Jungen und sagte kurz „Ich darf zweimal jeden Tag mit ihm zu dir." danach war die Gittertür zu und Minna wieder auf dem Weg nach oben. Auf dem Rathausplatz tuschelten die Leute. Minna hörte so etwas wie „Hexe", „Räuber" und „Diebsgesindel". Dass sie das Kind der Frau trug, wussten die Marktweiber noch nicht, aber sie würden es bald wissen. Langsam schritt sie zurück. In Gedanken ging sie noch einmal den Tag durch. Würde Tonnis wirklich so dumm sein, sich für den Stadtknecht zu bewerben, wenn er wegen des Raubes gesucht wurde? Das konnte sich Minna nicht wirklich vorstellen, außer wenn er schon seinen Verstand versoffen hatte.

Und Grete? Hatte sie von der Vergangenheit ihres Mannes gewusst? Sicherlich nicht, sonst wäre sie dieses Risiko nicht eingegangen. Vielleicht war alles wirklich nur ein Missverständnis und würde sich bald aufklären. Eine Verwechselung! Mit wem konnte sie reden? Eigentlich nur mit Jacob. Daher bog sie von der Straße ab und ging zu seiner Werkstatt hinunter. Es war warm darin. Karl verbrannte gerade die Holzspäne, als Minna in den Raum trat.

„Grete ist im Kerker!", sagte sie laut und hielt das Kind ganz fest, das herunterwollte. Jacob legte den Hobel weg und sah von der Arbeit auf. „Warum das denn?" „Jemand hat Tonnis beschuldigt, ein Räuber zu sein", entgegnete Minna und musste mit dem Kind kämpfen, dass nun die vielen Holzreste gesehen hatte und damit spielen wollte. „Aber warum dann Grete?", fragte Jacob und kratzte sich am Kopf. „Mitgefangen, mitgehangen!", sagte Karl aus der Ecke und bekam dafür ein paar wütende Blicke.

Natürlich hatte er damit recht, aber wer nichts getan hatte, der war doch unschuldig. Und unschuldige Menschen durften nicht im Kerker sein! Nachdenklich verließ Minna die Werkstatt und ging zur Hütte zurück. Sie würde wohl nun etwas länger auf das Kind aufpassen müssen, bis dessen Mutter endlich wieder frei sein würde.

Wie lange konnte das schon dauern? Eine Woche oder zwei?

55. Kapitel

Glückliche Fügung

esser hätte es für Heinrich gar nicht laufen können. Es war nicht so geplant gewesen und doch war, durch eine glückliche Fügung, alles perfekt eingetroffen. Zwar hatte er nicht gewusst, dass Gretes Ehemann der gesuchte Antonius Meilahn war, aber es hatte sich so gefügt, dass er, mit Schwert und Pistole bewaffnet, auf der Rathaustreppe erkannt und überwältigt worden war. Damit war es für Heinrich ein Leichtes gewesen, ihn des geplanten Mordes am Rat zu beschuldigen und ihn und seine Helfershelferin in den Kerker werfen zu lassen. Dadurch hatte er auch den Rat hinter sich, denn es hätte ja jeden von ihnen treffen können. Die Gewissheit des gerade noch einmal entgangenen Todes machte die Patrizier entschlossen, die Übeltäter im Kerker zu lassen und ein Exempel an ihnen zu statuieren.

Als dann auch noch der Mann, kaum hatte ihn der Scharfrichter auf die Leiter gezogen, ausgesagt hatte, dass an dem Brand nur Grete Schuld gewesen war, da hätte er vor Freude tanzen können. Alle seine Probleme lösten sich gerade in Luft auf, ohne dass er etwas dazu tun musste. Nur sich in seinem Sessel zurücklehnen und zusehen, was passierte. Gleichzeitig war er immer dabei und konnte jederzeit lenkend eingreifen. Und da er offiziell nicht in den Fall verwickelt war, konnte er auch nicht von der Ermittlung und Beobachtung ausgeschlossen werden. Die häufigen Vorsprechen der Nichte waren da eigentlich nur eine Bestätigung dafür, dass der Mann recht hatte. Vielleicht hatten sie das nicht ausgezahlte Erbe und der Streit zur Rache gegen die Stadt und den Stadtrat getrieben. Wer wusste das schon so genau?

Dass seine ehemalige Magd die Betreuung des Kindes und der Nichte übernommen hatte, das nahm er einfach so hin. Vielleicht konnte sich daraus auch noch ein Druckmittel gegen Grete aufbauen. Wenn die Befragung zu keinem Ergebnis führen würde, so hätte er das Kind in der Nähe und konnte gegen die Frau vielleicht auf anderem Wege eine Aussage erzwingen. Bei all dem dachte er natürlich nicht an die Frau, sondern nur an sein eigenes Wohlergehen. Schon viel zu oft hatte er versucht, sie loszuwerden und nun gab es eine Möglichkeit, dass sein Wunsch in Erfüllung ging. Den dritten im Bunde hatten sie nun auch in Haft. Martin Emmert saß im Keller und wusste vermutlich gar nicht, wie ihm geschah. Aber an dem hatte Heinrich kein Interesse. Der war eben nur ein kleiner Fisch und vermutlich einfach nur zum falschen Zeitpunkt am falschen Ort gewesen.

Antonius hatte unter der Folter so manches berichtet, was nun seinen beiden Kumpanen zum Verhängnis werden konnte und dabei hatten sie das gar nicht wissen wollen. Der Scharfrichter hatte nur den Auftrag gehabt, herauszubekommen, warum Antonius, trotz Verbannung, bewaffnet innerhalb der Stadtmauern gewesen war. Da diese Verbannung offiziell vom Rat ausgesprochen worden war, hatten sie die Befragung auch sofort, und nicht erst nach der Genehmigung durch das Gericht, durchführen können. Nun blieb zu prüfen, ob der Mann die Wahrheit gesagt hatte, aber warum sollte er lügen? Der Galgen war ihm ja auch so schon mal sicher. Raub, Diebstahl, Wegelagerei und Mord hatte er auf seinem Gewissen. Und nun fehlte eigentlich nur noch Gretes Geständnis. Aber das würden sie auch schon bald haben.

Zu gern hätte er sich an dem Anblick der im Kerker sitzenden Frau geweidet, doch das hätte vielleicht den Zweifel der anderen Ratsmitglieder an seiner Aufrichtigkeit gemehrt. Daher blieb er einfach hier und wartete darauf, ihr Gesicht zu sehen, wenn man sie mit den gegen sie erhobenen Beschuldigungen konfrontieren würde. Alles, was er nun noch tun musste, war Geduld zu haben. Jedes voreilige Eingreifen seinerseits würde vielleicht das Ergebnis des Planes verderben. Schließlich kannte er die anderen Männer im Rat schon lang genug und jeder kannte Grete. Mit ihren Auftritten hier im Saal hatte sie sich keine Freunde gemacht.

Heinrichs Blick ging von einem zum anderen. Gerade mit dem Bürgermeister Asseburg hatte es sich Grete durch ihr freches Auftreten gründlich verdorben. Vor ein paar Jahren wäre sie dafür vielleicht auf dem Marktplatz ausgepeitscht worden. Doch nun hatte sie dem Bürgermeister in die Hände gespielt und dieser konnte sich vielleicht bei ihr rächen. Zu oft hatten die Männer gehört, wie sie ihn indirekt beleidigt hatte. Sie war zu schlau gewesen, es direkt zu tun, denn dann hätte er sie wegen Beleidigung vor ein Gericht bringen können. Jedoch ihre indirekten Anschuldigungen hatten nun ein Maß erreicht, das zum Strang um Gretes Hals werden konnte. Jede andere hätte vielleicht Gnade erwarten können. Grete sicher nicht. Da kannte er den Bürgermeister zu gut.

Er sah zu dem Mann hinüber und ihre Augen trafen sich. Sie waren sich ähnlicher als jeder andere vielleicht denken konnte. Stumm nickten sie sich zu. Mit einer Geste war alles gesagt. Heinrich hatte einen Gönner gewonnen. Der Schreiber brachte auf einen Wink des Bürgermeisters die Akte und Heinrich ging zu ihm hinüber. Nur einen kurzen Blick wollte er hineinwerfen, doch der Bürgermeister zeigte auf einen leeren Sessel an seiner Seite. Nun sahen sie gemeinsam die Blätter durch, die schon in dieser Akte lagen. Dann sagte der Bürgermeister etwas, was er eigentlich nicht sagen durfte „Ich glaube, sie ist schuldig!", denn dies durfte ja nur das Gericht festlegen. Der Rat hatte in diesem Falle nicht über Recht und Unrecht zu entscheiden, doch diese fünf Worte des Bürgermeisters, laut im Saal gesagt, hatten eine ganz besondere

Wirkung. Jeder im Rat, der bisher vielleicht noch Mitgefühl mit ihr gehabt haben sollte, der war nun mit einem Male gegen den Bürgermeister, falls er für Grete Partei ergreifen würde.

Wie Verschwörer nickten sie sich wieder zu. Der Bürgermeister blickte nun auf seine Ratsherren und unter seinem Blick hörten sie das zustimmende Gemurmel. „Dann bringt uns nun die Hexe!", sagte der Bürgermeister und einer der Wachleute machte sich auf, um Grete aus dem Keller in den Saal zu bringen. Nach der Aussage des Bürgermeisters war es eigentlich nur noch eine Formsache. Heinrich lehnte sich zurück, lächelte und wartete auf die Nichte, die man sicher gleich in Ketten in den Saal bringen würde.

56. Kapitel

Unschuldig und doch verloren

eit Tagen saß Grete nun schon in diesem Keller. Sie wusste nicht, was geschehen war und warum sie hier in der nassen Zelle saß. Hier unten dehnten sich die Stunden zu Jahren. Täglich kam Minna mit ihrem Sohn in diesen Raum, damit sie das Kind stillen konnte. Wenigstens dieses Recht hatte man ihr eingeräumt. Aber es stand immer ein Wachposten dabei und so konnte sie mit Minna auch nicht reden. Ein bisschen war es ihr auch peinlich, das Kind zu stillen, während der Mann anwesend war. Noch immer hatte sie das Bild im Kopf, wie die beiden Wachmänner ihren Mann auf dem Rathausplatz zu Fall gebracht hatten. Was hatte das aber mit ihr zu tun? Warum saß sie hier in dem kalten Loch? Sie hatte doch nichts gemacht!

Als Minna gerade gegangen war, kam der Posten zurück, legte ihr Ketten an den Armen und Füßen an und brachte sie einmal um das ganze Haus herum, wo sie dann die wohlbekannte Treppe zum Ratssaal nach oben steigen durfte. Bei jedem Schritt klirrte die Kette und es ging sich sehr seltsam damit. Dazu kam nun auch noch, dass man jemanden, der unschuldig war, ja auch keine Ketten anlegte. Praktisch war sie damit schon verurteilt. Zumindest in den Augen der Einwohner, die mit Fingern auf sie zeigten. Vielleicht hatte der Posten sie gerade deswegen einmal um das ganze Haus geführt, wo doch die beiden Eingänge, zum Keller und zum Saal, an derselben Hauswand, direkt nebeneinander, lagen.

Mit einem Stoß in den Rücken schob der breitschultrige Mann sie ziemlich unsanft in den Saal, in welchem der Rat schon versammelt war. Würde sie nun endlich erfahren, was man ihr zur Last legte? Dann stand der Bürgermeister aus seinem Sessel auf und begann „Wir haben am Montag, dem 21. Januar, deinen Mann durch den Scharfrichter Winsel befragen lassen, weshalb er sich, als der Stadt verwiesener Räuber und Dieb, innerhalb der Mauern unserer Stadt aufhält."

In Gretes Ohren hallten die Worte „Räuber und Dieb" wieder. Was war hier los? Was hatte sie getan und warum hatte ihr Tonnis nichts davon gesagt? Der Bürgermeister machte eine größere Pause, dann setzte er fort „Bei der peinlichen Befragung durch den Scharfrichter hat er seine Räubereien gestanden. Mehr noch! Er hat uns berichtet, dass du ihn nur geheiratet hast, damit er deine Rache wegen der vorenthaltenen Erbschaft am Rat vollstrecken sollte." Ungläubig hörte sie zu und war zu keiner Regung fähig. Wie von fern hörte sie die Worte des Mannes.

„Dein Mann hat uns euren Plan bis ins kleinste Detail beschrieben. Wie du mit ihm und euren Kumpanen das Feuer gelegt hast. Wie er uns mit dem Schwert töten sollte, nachdem du uns arglistig getäuscht hast. Hätte die andere Frau ihn nicht auf der Treppe erkannt, so hätte er uns alle getötet!". Ein Murren der anderen Ratsmitglieder gab ihr einen Moment der Ruhe, um die gesagten Worte zu verstehen „Aber ich war doch krank. Ich lag zur Zeit des Brandes in Apenburg auf dem Krankenlager. Da können die hohen Herren den Viehtreiber Hans fragen, der mich dort betreut hat. Ich bin unschuldig!", stieß sie hervor, doch der Bürgermeister schnitt ihr das Wort ab.

„Er hat uns den Brand und den Mordversuch in allen Einzelheiten geschildert. Auch eure Kumpane hat er benannt. Die Brüder Horneburg, Hans Hännekemacher und Martin Emmert waren deine Helfershelfer. Gestehe endlich deine Schuld ein!", fuhr er sie an, doch wiederum beteuerte Grete ihre Unschuld. Allerdings hatte der Bürgermeister alles gesagt, was er ihr sagen wollte. Er schnitt ihr einfach das Wort ab, setzte sich und auf ein Handzeichen von ihm zerrte der Posten die Frau einfach hinter sich her aus dem Raum. Fast wäre sie die Treppe hinuntergefallen und wenig später saß sie im Keller in ihrer Zelle. Die Ketten waren immer noch an Handgelenken und Knöcheln geschlossen. Sie war unschuldig und doch verloren. Grete hatte den Blick der Männer gesehen, da würde sie nur mit viel Glück lebend davonkommen.

„Was habe ich gemacht?", fragte sie und schlug sich die Hände vor ihr Gesicht. Durch den Wunsch, Tonnis als Stadtknecht zu etablieren, hatte sie ihn dem Richter ausgeliefert. Und sich gleich mit. Die Tränen schossen ihr aus den Augen und liefen über die eisernen Handringe. Doch es würde Jahre dauern, bis ihre Tränen dieses Eisen durchgerostet hätten. Ihre einzige Möglichkeit, hier noch lebend aus dem Keller zu kommen, war Hans und seine Aussage, dass sie zum Zeitpunkt des Stadtbrandes in der Hütte, zwei Tagesmärsche von Tangermünde entfernt, mit dem Tode gerungen hatte. Da konnte sie unmöglich eine Fackel auf die Stadt geworfen haben. Würde man diesen wichtigen Zeugen aber überhaupt anhören?

Hatte sie sich, durch ihrer ständigen Anträge an den Rat, nicht schon zu viele Feinde unter den Männern gemacht? Und es schien auch noch alles so gut zusammenzupassen. Nur das es eben nicht ihr Plan war, sondern vielleicht der von Tonnis. Woher sonst konnte er denn um die Details des Stadtbrandes wissen? Da saß sie nun und es dröhnte in ihrem Kopf. Wenn dieses Urteil zu ihren Ungunsten ausfiel, dann war ihr der Tod sicher. Zu viele Menschen waren bei diesem Brand gestorben und einer musste die Schuld daran haben. Oder eine! Nun blieb nur abzuwarten, was geschah. Reichten die Beschuldigungen von Antonius schon aus, um beim Gericht die peinliche Befragung zu erwirken? Eigentlich nicht!

Wenn Hans bestätigte, dass sie am Brandtag in der Hütte gelegen hatte, dann war sie frei! Sollte sie jedoch in die Hände des Scharfrichters fallen, dann würde sie vermutlich schon die Befragung nicht überleben. Sie hatte Gerüchte über den Scharfrichter Moritz Winsel gehört und diese waren zum Fürchten. Dieser Mann war eine Bestie in Menschengestalt und wer erst einmal in seiner Hand war, der war verloren. Selbst die Herren des Rates fürchteten sich vor ihm. Es klapperte vor der Tür und ein Posten brachte ihr Wasser und Brot. Und obwohl sie hungrig war, bekam sie keinen Bissen davon herunter. Die Angst vor dem Scharfrichter hatte ihr die Kehle zugeschnürt. Jedes Geräusch im Gang vor der Zelle konnte von einem Posten stammen, der Grete zu ihm holen würde.

57. Kapitel

Gedankenflügel

Mehr als ein Jahr hatten sie zusammen verbracht. Für Hans war es ein kleines Wunder gewesen. Dann war sie von einem Tag auf den anderen verschwunden. Er hatte gewartet, aber sie war nicht zurückgekommen. Nun saß er in seiner Hütte am Herd und sah auf das leere Bett hinüber. Es war Winter und er hatte gewusst, dass dieser Moment irgendwann mal kommen musste. Vermutlich hatte Grete ihren Mann wiedergetroffen und der hatte nun mal das Vorrecht. Auch, wenn sie mit ihm sicher gestorben wäre. In seinen Gedanken ging Hans zurück in den Sommer, als sie hinter der Hütte Gräser und Kräuter gesammelt hatten. Ihm fehlte ihr Lachen, ihr Strahlen.

Immer wieder war sie von den Märkten hierher zurückgekommen. Um Kräuter zu holen, sich auszuruhen, so manche Nacht mit ihm zu verbringen und am Sonntag in den Gottesdienst zu gehen. Ihre Geschäfte gingen gut und auch ihr Sohn entwickelte sich prächtig. Das einst schwache und fast verhungerte Kind lief nun tapsend auf der Wiese herum. Wenn jemand sie so gesehen hätte, er hätte gedacht „Eine kleine Familie!", aber das waren sie ja nur auf Zeit gewesen. Und nun war er eben wieder alleine. Die Kuh musste gemolken werden und er ging mit dem Eimer zum Stall. Im Winter hatte er ja nur dieses eine Tier. Den Ochsen hatte er verkauft, um etwas Geld für Grete und den Jungen zu haben.

Also war nicht viel los. Langsam stapfte er durch den Schnee, als eine alte Frau aus dem Dorf den Weg entlang kam. Da er ja sowieso Zeit hatte, ging er auf sie zu. „Guten Morgen Trude. Was gibt es neues im Dorf?", begrüßte er sie „Bei uns nichts Hans", entgegnete sie, setzte aber fort „Denk dir nur, die Brandstifter in

Tangermünde sind gefasst worden. Ein Antonius Minde, seine Kumpane und seine Frau sollen es gewesen sein. Die sitzen jetzt in Tangermünde im Kerker!" „Die Frau, heißt die Grete?", fragte er und Trude nickte. Hans zuckte zusammen und ließ den Eimer fallen. Seine Grete? Im Kerker? „Kannst du dich um meine Kuh kümmern?", fragte er die Frau und als diese nickte, lief er zur Hütte. Schnell hatte er den Mantel um und rannte los.

Grete konnte es nicht gewesen sein. Die hatte ja zu der Zeit krank in seinem Bett gelegen. Hans rannte wie um sein Leben. Die Wege waren verschneit und glatt. Mehr als einmal rutschte er aus und flog der Länge nach über den Weg. Aber über die blauen Flecke konnte er sich später Gedanken machen. Es war ein weiter Weg und er musste so schnell wie möglich dorthin! Schnaufend und schwitzend rannte er durch den Wald. Die Nacht verbrachte er in einer Scheune am Wegesrand und mit den ersten Sonnenstrahlen lief er weiter.

Gegen Mittag erreichte er das Stadttor, wo er erst mal zu Luft kommen musste, um zu fragen, wo sich das Rathaus befand. Der Wachmann zeigte die Richtung und sagte „Du kannst es nicht verfehlen. Es ist der rote Steinbau zwischen den Ruinen." Hans folge der Straße. Der Mann hatte recht. Nur wenige Häuser waren schon wieder aufgebaut. Die Meisten waren noch Ruinen oder Baustellen. Dann stand er vor dem protzigen Bau und ging hinein. Im Ratssaal trat er vor den Rat und sagte „Ich habe eine Aussage zu Grete Minde zu machen!" „Du bist der Viehhirte aus Apenburg?", fragte einer der Männer und rief nach dem Schreiber. Dann gab Hans zu Papier, dass Grete von August an zehn Wochen wegen ihrer schweren Krankheit das Lager nicht verlassen hatte.

„Und du bist dir ganz sicher, dass sie im September, als unsere Stadt brannte, bei dir in der Hütte war?", fragte einer der Männer. „Ja! Sie hat in diesem September keinen Fuß vor die Schwelle meiner Hütte gesetzt. Das schwöre ich bei Gott!", sagte Hans. Der Schreiber hielt ihm die Feder hin, doch er konnte nicht schreiben, darum machte er ein Kreuz, welches der Schreiber dann beglaubigte und auch einer der Ratsherren setzte sein Zeichen darunter. „Kann ich sie sehen?", fragte Hans noch, doch der Rat lehnte das ab. Traurig ging er nach draußen, wo er auf dem Platz vor dem Rathaus eine Frau traf, die Gretes Kind auf dem Arm hatte. Er ging auf sie zu und fragte „Wie geht es Grete?", die andere Frau war von seiner Frage überrascht und sah ihn an „Ich bin Hans!", sagte er und sah die Erleichterung im Blick der Frau.

„Ich bin Minna. Nach ihr zu fragen ist gefährlich. Jeder hält sie für eine Hexe und Mordbrennerin." „Aber sie ist unschuldig. Sie war krank in meiner Hütte an diesem Tag. Das habe ich auch gerade vor dem Rat bezeugt." „Ich danke dir. Ich war gerade bei ihr. Nur ich darf hin, weil sie das Kind noch stillt. Doch es geht ihr gut", erwiderte Minna und beide sahen zum Rathaus, in dessen Keller die gemeinsame Freundin saß. „Grüße sie von mir. Ich werde auf sie warten. Sie weiß ja, wo sie mich findet!", sagte Hans und beide nickten sich zu, dann gingen sie in unterschiedliche Richtungen auseinander. Wenig später hatte er das Tor passiert und folgte dem Weg, den er zuvor in die Stadt gerannt war. Nun lief er aber langsamer. Die Schmerzen der Stürze des Hinwegs meldeten sich, allerdings hatte er nun alles getan, was in seiner Macht stand. Gretes Leben lag jetzt in der Hand Gottes.

Seine Gedanken flogen zu der Grete, die in dem Keller saß, und zu jener, die bei ihm in der Hütte gewesen war. Dabei versuchte er sich die guten Bilder in seinen Kopf zu holen. Nicht die Grete, die in Ketten in der Dunkelheit saß, sondern die, die immer im Sommer heimlich früh aus der Hütte geschlichen war, um sich im kalten Bach zu waschen. An ihr Lachen, als er sie dort erwischt hatte, daran versuchte er sich zu erinnern. Der nächste Sommer würde kommen und vielleicht würde sie dann wieder bei ihm sein? Vielleicht gab Gott ihnen eine zweite Chance. Noch ein bisschen gemeinsames Glück. Er hoffte es so sehr und betete für sie.

Am Abend des folgenden Tages erreichte er seine Hütte wieder und löste damit Trude bei seiner Kuh ab. Die alte Frau nickte ihm freundlich zu, aber er erzählte ihr nicht, wo er gewesen war. Sicherlich hatte es Trude auch so gewusst, denn das Grete den letzten Sommer hier gewesen war, das war vermutlich auch Trude nicht entgangen. Hans schürte das Herdfeuer und legte sich auf sein Bett. Auf das Lager, dass er so oft mit Grete geteilt hatte und wieder flogen seine Gedanken auf Flügeln zu ihr.

Lächelnd schlief er ein, mit ihrem Bild in seinem Kopf.

58. Kapitel

Falsches Zeugnis

Kaum war der Hirte gegangen, da nahm sich Heinrich das Blatt, das der Bürgermeister gerade beglaubigt hatte. Damit war Grete praktisch frei. Sie konnte bei dem Brand nicht in Tangermünde gewesen sein. Hatte Antonius, ihr Mann, also gelogen? Dieses Blatt konnte die Frau retten, aber wollte er das? Heinrich sah von dem Blatt zum Bürgermeister. Wenn sie Grete jetzt wieder aus dem Kerker entlassen würden, dann würde dieser unselige Streit um das Erbe wieder beginnen. Dann würde die Frau sie wieder beschuldigen, dunkle Machenschaften in der Stadt zu unterstützen. Sie würde weiter ihren Klüngel anprangern und bald wären sie nicht mehr im Rat. Dabei war die Lösung doch so einfach. Nach der peinlichen Befragung würde sie gestehen. Das hatte noch jeder! Doch diese musste bei Gericht in Brandenburg beantragt und dann auch zur Beweisfindung zugelassen werden.

Das ging nur, wenn der oder die Beschuldigte ein Motiv hatte und am Tatort gewesen sein konnte. Mit diesem Blatt blieb nur das Motiv. Damit gab es keinen Grund für das Gericht eine Befragung anzuordnen. Folglich musste dieses Blatt verschwinden oder lächerlich gemacht werden. Zweites zuerst! „Ein Viehhirte. Was weiß der schon, welcher Monat gerade ist?", sagte Heinrich laut und einige der Männer lachten. Dann setzte er fort „Vermutlich hat er sich auch noch im Jahr geirrt und hat den letzten September gemeint und nicht den davor.", wieder lachten einige und Heinrich gab das Schriftstück zurück. Der Anfang war gemacht. Der Reiter für die Akten stand schon bereit und würde diese zum Gericht bringen. Antonius hatte schon gestanden. Martin Emmert hatte in der Holzwerkstatt neben dem Pulverturm gearbeitet, wo der erste

Brand ausgebrochen war. Da war die Befragung eigentlich nur noch Formsache. Und Grete? Sie würde in ein paar Tagen Witwe sein, neu heiraten und das ganze Spiel ging wieder von vorn los!

„Was nun?", fragte Heinrich den Bürgermeister. Der sah auf das Blatt und sagte „Ich glaube auch, dass der Hirte sich geirrt hat!", dann gab er das Blatt nicht an den Schreiber zurück, sondern erklärte „Ich selbst habe Grete Minde am Montag nach dem Brand in Tangermünde gesehen!", dann nahm er die Feder des Schreibers und schrieb es auf ein Blatt, das er unterschrieb und welches der Schreiber, unbeglaubigt, zur Akte legte. Der Mann wartete noch auf das andere Blatt, das der Bürgermeister aber nicht herausgab. „Holt den Boten!", rief Heinrich.

Der Mann erschien im Saal und der Schreiber drückte ihm die Akten von Grete und Martin in die Hand. Ohne die Aussage des Hirten. Der Reiter verwahrte die Papiere in seiner Tasche, verbeugte sich vor dem Rat und eilte davon. „Das können wir ja später wieder dazutun!", sagte der Bürgermeister und gab nun erst das letzte Blatt an den Schreiber zurück. Neue Bittsteller erschienen und fragten nach Bauholz oder anderen Dingen. Der Tag lief wie immer.

Dann begann sich der Saal zu leeren. Alle gingen zu kaltem Bier und süßen Wein, bis nur noch Heinrich und der Bürgermeister im Raum waren. „Habt ihr aber mit eurer Aussage nicht ein falsches Zeugnis abgelegt?", fragte Heinrich, obwohl er froh war, dass durch das Eingreifen des Bürgermeisters der Fall eine neue Wendung erhalten hatte. „Wisst ihr Heinrich, ich habe meine Bemerkung weder beglaubigen noch beeiden lassen. Ich habe nur geschrieben, dass ich sie gesehen habe. Wenn sich der Hirte geirrt haben kann, warum nicht auch ich? Nach dem Brand sahen alle gleich aus. Grau, müde und von Asche bedeckt. Wer könnte es mir verdenken, wenn ich da einen Fehler gemacht habe.", beide wussten nun, dass sie sich aufeinander verlassen konnten und folgten den anderen Männern lachend.

„Wieso hat der Bote ihn eigentlich nicht erreicht?", fragte der Bürgermeister, „Wen?", fragte Heinrich nach, „Na den Hirten, wegen der Aussage?", entgegnete der Bürgermeister, doch Heinrich zuckte mit den Schultern. Dass er die Suche etwas verzögert hatte, das sagte er nicht. Vielleicht war es ja auch gut so gewesen. Wenn der Hirte morgen gekommen wäre, dann hätten sie die Befragung noch einmal neu beantragen müssen. Heinrich lächelte stumm und setzte sich an den Tisch. Die Akten waren erst mal auf dem Weg zum Gericht. So, wie es aussah, würde das Gericht und die Schöffen gar keine andere Wahl haben, als für Martin Emmert und Grete die Befragung anzuordnen. Heinrich prostete den anderen Männern zu. Nun konnte er sich zurücklehnen. Einzig das Kind störte noch, aber der Junge war gerade erst mal zwei Jahre alt. Was würde er schon ohne Mutter und Vater machen? Betteln oder in ein Kloster gehen.

Die Erinnerung kam zurück. Hatte er das nicht auch von seiner Nichte erwartet? Einige Jahre war das nun schon her, aber es hatte sich nicht erfüllt. Wie würde es dann in einigen Jahren sein? Doch zuerst musste er sich um Grete kümmern. Er sah in den Wein und dachte wieder daran, dass ja mit dem Wein alles begonnen hatte. Würde es auch damit enden? Wenn es Grete gelang, freizukommen, dann waren sie auch noch wegen der unterschlagenen Aussage in Bedrängnis. Und wenn er den Sitz im Rat und den Schutz des Bürgermeisters verlor, dann würde er vielleicht schon bald im Keller sitzen und auf den Scharfrichter warten. Seine Nackenhaare stellten sich auf. Moritz Winsel wollte er nicht ausgeliefert sein. Dann lieber tot sein!

Hatte er Mitleid mit Grete? Vielleicht. Aber es hätte nie so weit kommen brauchen. Warum war der Mann nicht einfach fortgeblieben? Und dann auch noch die Zeugin, die ihn erkannt hatte. Mit seinem neuen Namen hätte er irgendwo neu anfangen können und damit Grete von Tangermünde fernhalten können.

Wenn einer Schuld an Gretes Schicksal hatte, dann war es ihr Mann. Nicht er!

Die Männer feierten und im Keller saßen die drei Gefangenen. Als die Sonne unterging, ging Heinrich nach Hause. Dabei musste er an der Kerkerzelle von Grete vorbei, doch er ging nicht zu ihr. Er hatte schon mit ihr abgeschlossen.

59. Kapitel

Sommerträume

Seit mehr als drei Wochen saß Grete nun schon in dem Keller und jeden Tag war Minna zwei Mal mit dem Kind nach unten zu ihr gestiegen. Sie hatte ihr auch gesagt, dass Hans seine Aussage gemacht hatte. Bei der Nennung des Namens war ein Strahlen in Gretes Augen gekommen, welches aber, in Anbetracht der Bedingungen im Kerker, fast sofort wieder erlosch. Mittlerweile wusste jeder in der Stadt, dass Minna das Kind von Grete betreute und jeden Tag zu ihr ging. Daher wurde sie von den anderen Frauen gemieden und manche hatten sie sogar bespuckt. Der Hass auf die Brandstifter saß tief und jeder, der ihnen half, wurde von den anderen Menschen gehasst. Aber Grete war ja keine der Brandstifterinnen! Die Freundin war zum Zeitpunkt des Brandes krank gewesen, das hatte Hans schließlich ausgesagt. Allerdings machten die Gerüchte in der Stadt die Runde und jeder dichtete etwas hinzu. Wie Grete mit glühenden Augen die Stadt verflucht hatte. Wie sie mit Hexenwerk den Brand geschürt hatte und wie der Höllenwind von ihr beschworen worden war. Gegen den Hass der Menschen konnte man nichts tun.

Nun konnten sie im Kerker aber auch manchmal ein paar Worte wechseln. Der Posten hörte weg und sah zur Wand. Am Anfang hatte er noch jedes Gespräch unterbunden, aber nun hockte sich Minna neben die Freundin, während diese das Kind stillte. So konnten sie sich kurz austauschen. Nicht viel, aber Grete schien es gutzutun, mal mit jemanden reden zu können. Immer noch glaubte sie, dass das Missverständnis schnell aufgeklärt werden würde, doch Minna kamen da Zweifel. Wollte der Rat wirklich diesen Irrtum aufklären? Oder suchten sie einfach nur jemanden, dem man die Schuld am Feuer zuschieben konnte? Schließlich waren die wirklichen Schuldigen noch immer nicht gefasst und da kam es genau richtig, dass im Kerker jemand saß, der es hätte sein können.

Es war kalt in diesem Kellerloch, aber Grete schien es nicht zu spüren. Täglich erzählte sie vom vergangenen Sommer, den sie mit Hans in den Kräuterwiesen hinter dessen Hütte verbracht hatte. „In ein paar Monaten ist wieder Sommer. Dann werde ich wieder auf der Wiese liegen, mit meinem Sohn spielen und Kräuter sammeln", sagte sie fast jeden Tag und das Strahlen der Sonne kam bei diesen Worten in ihr Gesicht. Dabei strich sie dem Kind über den Kopf, während der fast Zweijährige schmatzend an ihrer Brust hing. Minna wünschte sich, dass die Freundin Recht behalten würde. Allerdings hatte sie auch den Ausdruck in Heinrichs Gesicht gesehen, als sie im Rat gewesen war. Da lag etwas Kaltes darin und sie kannte ihn ja. Vermutlich war es ihm ganz Recht, dass Grete nicht im Rat erscheinen konnte, um ihn auf seine Schuld zu verweisen. Jedoch wollte sie damit die Freundin in dem kalten Kellerloch nicht noch zusätzlich belasten. Daher redeten auch sie einfach oft vom Sommer, der kommen würde.

Schließlich machte sich Minna wieder auf dem Weg in das Licht des kühlen Wintertages. Das Kind auf ihrem Arm hatte sie dick eingepackt und Minna liebte dieses Kind. Bei dessen Geburt war sie ja auch dabei gewesen und kannte den Jungen praktisch von seinem ersten Atemzug an. In der Hütte lag er nun in der Nacht zwischen ihr und Jacob. Zum Glück hatte ja Minna auch Zeit, sich um das Kind zu kümmern und auch Gertrut beteiligen sich mit daran, auch wenn Minna ihr ansah, dass sie es nicht gern tat. Gertrut war tief gläubig und irgendwie widerstrebte es ihr, für das Kind einer Hexe zu sorgen. Aber was konnte den der Junge dafür, dass sein Vater ein Lump war? Bald würde Grete wieder mit ihm durch das Land ziehen und schon nach den wenigen Tagen hatte Minna größten Respekt vor dem, was die Freundin da geleistete hatte. Grete hatte das Kind praktisch alleine aufgezogen und hatte sich auch noch selbst irgendwie durchschlagen müssen. Bei ihr, Minna, war es viel einfacher, der Mann arbeitete und sie hatte Zeit für den Jungen.

Der Kleine hatte nun bei ihr eine Art von geregelten Tagesablauf. Früh war er bei der Mutter im Keller, danach spielte Minna mit ihm vor der Hütte oder darin, danach gingen sie wieder zu Grete, bevor er dann am Abend völlig erschöpft einschlief. Es war so schön zu sehen, wie er die Welt mit seinen großen Augen sah, wie er begann einige Dinge zu sagen und auf alles zeigte, was sich da vor ihm bewegte. Doch als er begonnen hatte zu Minna „Mama" zu sagen, da trieb es ihr dann doch die Tränen in die Augen. Wie konnte man so einem kleinen Geschöpf erklären, dass die Mama im Kerker saß? Daher versuchte sie etwas abzuwandeln, sodass er dann irgendwann „Minna" zu ihr sagte. Das klang für ihn fast ähnlich und für sie war es irgendwie besser. Schließlich würde sie ihn ja nur auf Zeit betreuen. Vielleicht wollte Minna auch keine zu enge emotionale Bindung zu ihm aufbauen, denn sie wusste ja, dass sie den Jungen wieder hergeben musste und dann würde das nur noch mehr schmerzen.

Und das, wo sie sich doch schon immer ein Kind gewünscht hatte. Auch das trieb ihr die Tränen in die Augen. Jeden Tag versuchte sie dem Jungen etwas von dem zu vermitteln, was ihm wohl auch Grete mitgegeben hätte. Doch schon beim Schreiben war es für Minna zu schwer. Da dachte sie an Gretes Handschrift und an die Zeichen, die sie auf das Papier brachte. Minna war schweres arbeiten gewohnt und hatte erst spät begonnen zu schreiben. Auch wenn sie als Kind ein paar Jahre in die Schule gegangen war, ihre Buchstaben sahen immer noch so aus, als ob ein Hahn über das Blatt gelaufen wäre. Zu ungelenk war ihre Hand und erst als Jacob

Meister geworden war, da hatte sie die Zeit zum Üben gefunden. Nun saß sie dort, mit dem Kind auf dem Schoß, in der Hütte am Tisch und träumte vom Sommer. Würde Grete vielleicht in diesem Jahr in Tangermünde bleiben? Dann konnte Minna mit dem Kind spielen, aber vermutlich würde es die Freundin zu ihrem Viehhirten ziehen. Zärtlich strich sie dem Jungen über seinen Kopf.

60. Kapitel

Frei von Furcht und Zwang

Man hatte sie eine Weile in dem dunklen Kellerloch warten lassen, bis man sie nach zwei Wochen wieder in den Rat holte. Dort verkündete der Bürgermeister, dass das Schöffengericht in Brandenburg für Grete und Martin Emmert die peinliche Befragung angeordnet hatte. Starr vor Entsetzen hatte die Frau dies vernommen. Also hatte die Zeugenaussage von Hans nicht gereicht, um sie zu schonen. In diesem Moment schloss sie mit ihrem Leben ab. Sie merkte gar nicht mehr, wie der Wachposten sie aus dem Saal zerrte und wenig später in das Verlies warf. Alles aus! Auch für Martin, den kleinen Bruder von Jacob. Denn kein Mensch auf der Welt konnte der Befragung durch Moritz Winsel widerstehen. Noch keiner war nach seiner Befragung als Unschuldig entlassen worden.

Sie selbst hatte oft, wie alle anderen Einwohner der Stadt auch, bei den Hinrichtungen zusehen müssen, die dieser Mann mit Schwert, Rad oder Galgen durchführte. Der Scharfrichter hatte es sich einen Spaß daraus gemacht, die Verurteilten auf dem Weg zum Richtplatz mit glühenden Eisen zu quälen. Wer ihm verfallen war, der war es mit Haut und Haar.

Moritz war der Teufel!

Schon damals, als sie ihn in der Schänke bedient hatte, da hatte sich der Mann damit gebrüstet, dass er noch jeden Mann zur Strecke gebracht hatte. Sicher auch jede Frau! Und diesen Teufel würde sie nun wiedersehen! Es klapperte vor der Zelle und Grete zuckte zusammen, aber es war Minna, die mit ihrem Sohn in die

Zelle wollte. Wieder war es Zeit den Jungen zu stillen und doch konnte sie nicht. Grete war zu keiner Bewegung fähig.

Offensichtlich hatte Minna ihren Zustand bemerkt, denn sie fragte und Grete konnte nur den Namen des Scharfrichters stottern. Erschrocken zog die Freundin das Kind an ihre Brust. „Das ist nicht wahr, oder?", fragte sie entsetzt, doch Grete musste es nickend bestätigen. Dann zog der Posten die Freundin wieder aus dem Keller. Wenig später klapperte wieder der Schlüssel im Gang und diesmal nahm das Verhängnis seinen Lauf. Der Posten zog sie aus der Zelle, obwohl sie sich heftig dagegen wehrte. Doch sie hatte nicht die Kraft, dem großen Manne zu widerstehen. Er zerrte sie einfach hinter sich her durch den Gang im Keller und nach wenigen Schritten standen sie vor einer Tür, die der Mann öffnete. Mit einem Stoß in den Rücken warf er sie in den Raum und verschloss hinter ihr die Tür. Dort drin war sie nun alleine mit dem Scharfrichter, der vor ihr auf einem Stuhl saß.

Dieser Raum hatte keine Fenster. Ein Licht auf dem Tisch und ein großes Feuer in einem Kamin an der Wand beleuchteten den Raum. Grete wollte zurück und dem Scharfrichter entkommen, aber die Tür war geschlossen. Verzweifelt rüttelte sie an der Klinke. „Grete Minde!", sagte der Mann hinter ihr mit dröhnender Stimme. Sie fuhr herum und er stand auf. Langsam kam er auf sie zu. Die Frau hob schützend ihre Arme und seine Faust griff in die Kette, die ihre beiden Hände miteinander verband. Daran zog er sie zu sich. „So eine schöne Frau habe ich selten hier. Zu schade!", sagte er lachend. Dann zerrte er sie zur Mitte des Raumes und hing die Kette in einen Haken, der von der Decke herunter hing. Mit zwei Handgriffen hatte er sie so weit nach oben gezogen, dass Grete auf den Zehenspitzen stehen musste.

Während sie so hing, begann er genüsslich und langsam jedes einzelne Stück Eisen vor ihre Nase zu halten und zu erklären, dass er in dem Raum finden konnte. Und davon gab es eine ganze Menge. Noch waren sie alle kalt und doch machten sie Grete Angst. Nach einer unendliche Zeit löste er ihr die Fesseln an den Füßen. Als Nächstes ging ihr Kleid und das Unterkleid in Fetzen und unmittelbar darauf lag sie nackt und an allen vieren gefesselt auf einer Streckbank. Der Mann zog solange an den Seilen, bis sie über dem Holz schwebte. Grete konnte das Knacken in ihren Gelenken hören, aber sie spürte keinen Schmerz. Die Furcht lähmte sie vollkommen.

Noch hatte der Mann sie kaum berührt und doch zitterte Grete schon vor lauter Furcht. Der Scharfrichter legte eine Reihe von Eisenzangen in den Kamin und kam mit einem Zettel zu ihr an die Bank. „Du wirst beschuldigt, den Brand in der Stadt gelegt zu haben. Da sind dir Feuer und Hitze also nicht fremd. Ich werde mein Bestes geben, um die Wahrheit trotzdem aus dir herauszubekommen", sagte er, dann lachte er höhnisch und setzte sich zurück an den Tisch.

Immer wieder nahm er eine der Zangen aus dem Feuer und prüfte schweigend mit einem Holzspan, ob das Werkzeug schon heiß genug war. Jedes Mal tat er sie wieder zurück. Diese Stille machte ihr nur noch mehr Angst. Hätte er sie angeschrien oder geschlagen, so wäre das vermutlich nicht so gewesen. Mit Furcht in den Augen folgte Grete seiner Hand. Würde er sie vielleicht schonen, wenn sie bereits jetzt alles gestand? Es würde dem Manne sicher nur den Spaß verderben. Als er wieder das Eisen nahm, schrie sie zu ihm hinüber „Ich gestehe alles!", doch der Scharfrichter schüttelte den Kopf „Nicht so schnell. Wir haben doch noch gar nicht angefangen!", entgegnete er, aber anscheinend war er nun soweit, die Befragung vorzunehmen.

Mit der glühenden Zange in der Hand trat er neben die Streckbank. Er fragte nicht, denn sie hatte ja schon alles gestanden. Ohne ein Wort kniff er ihr in das eine Bein. Der Schmerz jagte durch ihren Körper. Sie schrie auf und der Geruch von verbranntem Fleisch zog durch den Raum.

Er wechselte auf die andere Seite und erneut griff die Zange in ihren Oberschenkel. Ein neuer Schrei und wieder kein Wort des Scharfrichters. Die Zange setzte er neben der Hüfte an, so würde ihr Kleid die Spuren der Befragung verbergen, wenn sie diese wirklich überleben würde. Nach dem achten Kniff in ihr Fleisch hätte sie auch gestanden, Jesus an die Römer ausgeliefert zu haben. Nun ließ der Mann kurz von ihr ab, öffnete die Tür und rief „Schreiber!"

Ein kleiner Mann eilte in der Raum. Geduckt lief er an dem Scharfrichter vorbei. Nur kurz sah er zu ihr herüber, dann setzte er sich an den Tisch. „Wiederhole dein Geständnis!", sagte Moritz zu ihr und Grete gab alles zu. Sie erfand sogar Dinge. Der Schreiber kam kaum hinterher. Dann schickte ihn der Scharfrichter aus dem Raum.

Mit seiner Zange trat der Mann zu Grete. Er wedelte ihr mit diesem Werkzeug vor der Nase herum. „Und denke daran, dein Geständnis im Gericht frei von Furcht und Zwang zu bestätigen. Sonst sehen wir uns wieder hier!", sagte er lachend. Dann löste er die Schnüre und legte das Eisen zurück in das Feuer. Alles verschwamm vor ihren Augen.

61. Kapitel

Des Teufels Gehilfe

Minna war zu Tode erschrocken. Schon alleine der Namen reichte, um das Blut in ihren Adern gefrieren zu lassen. Moritz Winsel! Er war der Teufel in Person und jeder in Tangermünde wusste dies. Sein Name wurde nur geflüstert, so als würde man ihn rufen, wenn man den Namen laut aussprach und keiner wollte etwas mit ihm zu tun haben. Warum hatte das Gericht in Brandenburg Grete an diesen Menschen übergeben? Hatte die Aussage von Hans nicht gereicht, die Freundin vor diesem Folterknecht zu bewahren? Das Kind fest an ihre Brust gedrückt ging Minna über den Marktplatz. Immer weiter dachte sie an den Mann. Dabei sah sie weder nach links noch nach rechts. Der Namen kreiste in ihrem Kopf und sie bekam ihn nicht mehr heraus.

Moritz Winsel! Moritz Winsel! Moritz Winsel!

Der Scharfrichter unterstand nur dem Kurfürst. Jeder hatte vor ihm Angst. Selbst der Rat der Stadt! Und wenn er erst einmal den Auftrag bekommen hatte, jemanden zu befragen, dann konnte ihm niemand mehr diesen Auftrag entziehen. Nur der Kurfürst konnte dies eventuell. Aber warum sollte er das tun? Das Gericht hatte entschieden! Weiter kreisten ihre Gedanken um diesen Mann. Viele Geschichten wurden über ihn erzählt. Nur ein paar davon fielen ihr im Moment ein, aber hatte nicht auch Grete schon von ihm erzählt, als sie in dem Gasthof am Hünerdorfer Tor gearbeitet hatte? Sie kannte den Mann also. Vielleicht war die Freundin auch deshalb so apathisch gewesen.

Obwohl sie es nicht wollte, dachte Minna weiter an den Scharfrichter, der auch gleichzeitig als Abdecker in der Stadt arbeitete. Der Tod war sein ständiger Begleiter! Einmal hatte er, betrunken auf dem Schinderkarren stehend, den keuchenden Esel nachts durch die Stadt getrieben. Peitschenknallend und wild mit dem Richtschwert fuchtelnd. „Der Teufel soll Euch alle zusammen holen" hatte er gebrüllt und einige Menschen hatten danach behauptet, dass Funken aus seinen Augen geschossen waren. Ein anderes Mal hatte er sogar unter wüsten Beschimpfungen vor dem Haus eines Ratsherren gehalten und ein anderes Mal war er in einer Schänke, mitten in einem frohen Gelage, mit einem gezogenen Dolch in der Hand herumfuchtelnd, auf andere Menschen losgegangen.

Moritz Winsel war eine Bestie in Menschengestalt! Vielleicht hatte er auch einen Ziegenfuß unter seinem Stiefel versteckt und Hörner unter seinem breitkrempigen Hut.

Und diesem Menschen war die Freundin nun ausgeliefert! Sicherlich würde er mit ihr nicht zimperlich umgehen. Unter der Folter würde sie zweifellos alles gestehen, was Moritz Winsel von ihr wissen wollte. Damit war Grete so gut wie tot, wenn sie die Befragung überlebte, was auch nicht sicher war. Ihre Aussage würde dann dazu führen, dass das Gericht sie schuldig sprechen musste. Plötzlich zuckte Minna zusammen. Eine Furcht durchzuckte sie. Was würde geschehen, wenn der Folterknecht Grete fragen würde, ob ihr jemand geholfen hatte? Würde die Freundin dann sagen, dass Minna mit ihr zusammengearbeitet hatte? Wenn auch nur, um das Kind zu betreuen, aber eine Aussage konnte man ja drehen und wenden, wie man wollte. Dann würde Minna dort unten im Kerker sitzen. Eine Zelle neben der Freundin!

Nur noch ein Gedanke rauschte nun durch Minnas Kopf „Flucht! Nur weg hier!" Voller Panik sah sie zurück zum Rathaus. Wohin sollte sie fliehen? Und würde sie schon verfolgt werden? Sie hörte Schritte hinter sich und zuckte herum. Vor lauter Furcht drückte sie sich gegen die Hauswand eines fast fertig gebauten Hauses. Wenn jetzt nicht Februar gewesen wäre, dann wäre Minna jetzt gelaufen, so schnell sie ihre Füße tragen würden. Doch wohin sollte sie mitten im Winter? In der nächsten Nacht würde sie erfrieren! Aber lieber erfroren, als in die Hände des Scharfrichters fallen! Zitternd, nicht nur wegen der Kälte, ging sie wieder zurück zur Hütte. Dabei musste sie am Tor vorbei und ging betont in der Mitte. Am weitesten entfernt von den beiden Posten, die am Rande standen und die Menschen dort kontrollierten.

In ein paar Stunden müsste sie wieder zurück in den Keller, doch sie beschloss, erst mal ein paar Tage in das Land gehen zu lassen, bevor sie sich freiwillig in den Kerker begab. Gertrut sah offensichtlich, dass mit ihr etwas nicht stimmte, doch Minna schob es nur auf das dunkle Gefängnis der Freundin. Wenig später saß sie, mit dem Kind auf dem Schoß, vor dem Feuer und sah in die Flammen. In der Glut sah sie Bilder des Mannes, wie er sie anlachte. Ein hämisches und teuflisches Lachen war es und jedes Mal zuckte Minna zusammen. Doch sie konnte den Blick auch nicht vom Feuer abwenden. Es war wie ein Zwang! Dann legte Gertrut ihr die Hand auf die Schulter und Minna schrie auf. Nun konnte sie aber auch nicht mehr sagen, das Nichts war. Schließlich hatte sie ja gerade aufgeschrien.

„Was ist mit dir? Du bist schon den ganzen Tag so komisch?", fragte die andere Frau und Minna entgegnete „Es ist wegen Grete. Für sie wurde die peinliche Befragung vom Gericht angeordnet!" „Also ist sie schuldig!", sagte Gertrut, doch Minna schüttelte den Kopf „Das kann ich nicht glauben." „Und warum dann dein

Schrei?", fragte Gertrut, „Was ist, wenn Grete in der Befragung aussagt, dass ich ihr geholfen habe?", dabei zeigte sie auf den Jungen, der immer noch wie gebannt in die Flammen schaute. Gertrut zog sich einen Hocker zum Feuer und setzte sich zu ihr. „Aber wir waren doch die ganze Zeit zusammen. Du kannst mit dem Feuer nichts zu tun haben", versuchte die Freundin Minna zu beruhigen, aber so richtig half das nicht.

Grete hatte, zwei Tagesmärsche entfernt, an diesem Tage krank im Bett gelegen und trotzdem wurde sie beschuldigt, dass Feuer gelegt zu haben. Was wäre, wenn Heinrich auch sie aus dem Weg räumen wollte? Schließlich wusste sie viel von ihm. Ein Fingerzeig und Moritz Winsel würde alles aus ihr herauspressen.

Warum war Jacob nicht hier? In seinen starken Armen hätte sie jetzt Schutz finden können. Gertrut versuchte weiter, sie zu beruhigen, aber es dauerte ein paar Stunden, bevor Minna wieder zuversichtlich war. Trotzdem zuckte sie bei jedem Geräusch vor der Hütte zusammen.

62. Kapitel

Schmerz und Wut

Grete erwachte in der Zelle. Die Schmerzen waren unmenschlich. An der Zellendecke war ein kleiner Lichtstrahl zu sehen. Das Flackern ließ auf eine Fackel schließen, also war es wohl Nacht. Sie lag auf dem Rücken, alle viere von sich gestreckt, so wie die Männer sie sicherlich in die Zelle geworfen hatten. Irgendjemand hatte ihr ein kurzes Leinenkleid angezogen, das bis zu den Knien reichte. Damit bedeckte der Stoff die verbrannten Oberschenkel. Die Frau versuchte sich aufzusetzen, aber der Schmerz zwang sie dazu, einfach liegenzubleiben. Jetzt hatte sie gestanden, damit wartete sie nur noch auf den Tod. Konnte er nicht jetzt schon kommen? Als Erlösung? Die Schmerzen durchzuckten sie erneut. Fast hätte sie geschrien. Dann raubte es ihr die Sinne.

Wieder kam sie zu sich und es war Tag. Immer noch lag sie so da, wie man sie gelegt hatte. Das Kleid schien sich mit den Wunden verbunden zu haben, denn als Grete die Hand zum Kleidersaum führte, da bemerkte sie, dass sie den Stoff nicht bewegen konnte. Mit Kraft riss sie das Kleid nach oben und schrie auf. Sicher hatte man das in der ganzen Stadt gehört. Mühsam versuchte sie sich erneut aufzusetzen, was ihr nach unzähligen, schmerzhaften Versuchen dann endlich gelang. Mit den Händen zog sie sich zur Zellenwand, an der sie sich anlehnte. So wenig wie möglich wollte sie ihre Beine bewegen. Im Licht einer Fackel sah sie auf ihre Schenkel. Der Scharfrichter hatte ihr auf beiden Seiten einen Ring aus rohem Fleisch in die Oberschenkel gebrannt. Von der Hüfte bis zur Scham reichte dieser Streifen, der nun wieder brannte, da sie das Kleid vom sich bildenden Schorf gerissen hatte.

Sie stöhnte auf. In ihrem Korb wären jetzt die Kräuter, die eine Linderung bringen konnten, aber Minna würde die Richtigen nicht finden und der Posten würde es sicher nicht zulassen, dass sie sich einen Trank bereiten würde. So musste sie die Schmerzen eben aushalten. Daher schlug sie sich das Kleid um, sodass der Stoff nicht die Wunden berühren konnte und setzte sich dann so, dass die Wachen nicht ihren, nun unbedeckten, Schoß sehen konnten. „Dieser Teufel!", fluchte Grete mit zusammengebissenen Zähnen. Hatte er sie wirklich so quälen müssen? Hatte sie nicht schon zuvor alles gestanden? Und dann auch noch an dieser Stelle! Im Sitzen versuchte sie zu ruhen, aber der Schmerz ließ das nicht zu. Gerade konnte sie auch nicht sitzen, dann war der Knick in der Hüfte genau über der Wunde. Diese Bestie hatte genau gewusst, wo er die Zange ansetzen musste, wo sie die meisten Schmerzen verursachte.

Wieder dachte sie an die Kräuter und auch an Hans. Ein Lächeln zog über ihr Gesicht. Nicht alles in ihrem Leben war schlecht gewesen. Da gab es den Mann und das Kind. Nur zu Hans flogen ihre Gedanken. Tonnis war schon lange aus ihrem Kopf verschwunden. Der hatte sie geopfert. Aber wofür? Den Tod hätte er auch ohne diese absurde Behauptung erhalten, dass sie den Brand gelegt hatte. Was hatte der Mann nur davon?

Er wollte sie mit sich in den Abgrund ziehen und das ging offensichtlich nur so!

Wenn dann, in ein paar Tagen, das Urteil verkündet werden würde, dann würde sie ihn wiedersehen. Vor Wut ballte sie ihre Fäuste zusammen. Dann legte sie die Hände unbedacht auf den Beinen ab und schrie auf. Nicht einmal das ging! Vorsichtig versuchte sie eine andere Position zu finden und legte die Hände flach auf den Boden neben sich ab.

„Moritz! Dich soll der Teufel holen!", flüsterte sie.

Irgendwann war sie vor Erschöpfung dann doch wieder eingeschlafen und ein neuer Tag weckte sie. Es klapperte wieder im Flur und zwei Posten kamen in die Zelle. Die beiden Männer zogen die schreiende Frau auf die Beine und zerrten sie nach draußen. Schritt für Schritt schob sie ihre Beine vor sich her. Jede Bewegung jagte die schon wohlbekannten Schmerzen durch ihren Körper. Wenig später stand sie unten an der Treppe. Gretes Blick ging nach oben. So viele Stufen! Jede Stufe war ein Schrei! Und sie würde auch wieder heruntermüssen! „Du Teufel!", dachte sie und verfluchte den Scharfrichter erneut.

Dann stand sie in dem Saal, wo der Rat schon versammelt war. Ein Mann stand gebeugt, mit dem Rücken zu ihr, an einem Tisch. Er unterschrieb etwas und als er sich umdrehte, erkannte sie Martin, den Bruder von Jacob. Kurz darauf kam er mit leeren Augen auf sie zu. Auch er lief seltsam breitbeinig und vermutlich hatte auch damit der Scharfrichter etwas zu tun. Dann war er an ihr vorbei und aus dem Saal. „Nun Grete Minde!", sagte einer der Ratsmitglieder und sie sah nach vorn. „Bestätigst du, frei von Zwang und Gewalt, dein Geständnis?", dann las der Schreiber noch einmal vor, was er im Keller aufgeschrieben hatte. Grete antwortete zum Schluss mit „Ja!" „Dann unterschreibe das Pergament!", wies sie der Bürgermeister an und sie trat mühsam die drei Schritte nach vorn, wo der Zettel auf dem Tisch lag.

Der Schreiber hielt ihr die Feder hin und sie ergriff diese. Die Ketten an ihren Handgelenken ließen ein richtiges Schreiben nicht zu. Eher krakelig gelang ihr die Unterschrift, aber die Zeugen würden ja bestätigen, dass sie es eigenhändig und ohne Zwang unterschrieben hatte. Alles nach Recht und Gesetz! Doch was hätte es genutzt, wenn sie ihr Geständnis jetzt widerrufen hätte? Sie wäre wieder bei Moritz im Keller gelandet. Als verstockte Lügnerin und es gab noch so viele Stellen an ihrem Körper, an denen eine Zange Schmerzen hinterlassen konnte. Mit diesen zwei Worten würde ihr Leben enden. Plötzlich durchzuckte sie eine Idee. Schnell machte sie aus dem gerade geschrieben „Grete Minde" ein „Grete von Minden" keiner hatte diesen kleinen Schnörkel zwischen Vor- und Nachnahme gesehen, aber sie fühlte sich gut damit. Damit hatte sie mit einem Federstrich ihrem Onkel eins ausgewischt. Lächelnd legte sie die Feder zurück.

Der Schreiber sah sie etwas irritiert an. Er war offensichtlich der einzige, der das Lächeln in ihrem Gesicht gesehen hatte. Dann dachte sie an die vielen Stufen und es verschwand. „Du kannst nun wieder gehen!", sagte der Bürgermeister und einige Ratsmitglieder kamen nach vorn, um das Geständnis zu beglaubigen. Noch eines wollte sie sagen „Ich bitte euch ihr Herren, lasst Gnade vor Recht ergehen.", danach verbeugte sie sich, so gut wie es ging. Allerdings sah sie schon in den Gesichtern, dass sie ihr wohl kaum Gnade gewähren würden. Noch war das Urteil nicht gefallen.

Langsam ging Grete zurück. Nach unten ging es besser, als sie erwartet hatte. Doch wiederum verfluchte sie bei jeder Stufe den Scharfrichter. Der würde sicher bald in der Hölle schmoren.

63. Kapitel

Tödliche Gerüchte

D ieser Anblick war einfach nur schrecklich gewesen. Zwar sah Minna bei der Freundin keine Wunden, die der Folterknecht sicher auf ihrem Leib hinterlassen hatte, sondern nur eine gequält lächelnde Grete. Doch dieses Lächeln sagte alles. Ein paar Tage hatte Minna die Freundin nicht besuchen können, weil diese, nach Aussage des Postens, ohne Besinnung gewesen war. Die Angst vor dem Scharfrichter hatte sich bei Minna wieder gelegt. Wenn Grete etwas zu ihm gesagt gehabt hätte, so wäre Minna schon lange in der Nachbarzelle gewesen. Jedoch war sie immer noch frei. „Ich habe gestanden", sagte Grete zu Beginn des Besuches, dann legte sie sich ihr Kind an die Brust. „Du bist es wirklich gewesen? Du hast den Brand gelegt?", fragte Minna überrascht.

„Nein! Ich habe es nur gestanden!", entgegnete Grete „Ich hätte alles gesagt, nur damit es endet!", setzte sie hinzu und wechselte ihren Sohn auf die andere Seite. Der Wachmann, der auch wieder mit in der Zelle war, sah verschämt zur Seite und hörte weg. „Dann ist es nun nur noch eine Frage der Zeit, bis das Urteil da ist?", fragte Minna und Grete entgegnete „Ich hoffe auf Gnade wegen meinem Kleinen. Wird das Gericht einem Kind die Mutter wegnehmen?", dabei sah sie liebevoll auf das schmatzende Kind. Minna konnte die Zuversicht der Freundin nicht teilen, sie vermied es aber, deren Hoffnung zu zerstören. Schon eine Weile waren Gerüchte in der Stadt unterwegs, die Grete der Hexerei und Zauberei bezichtigten. Dass sie da auch noch auf dem Markt Kräuter verkauft und aus der Hand gelesen hatte, das machte Grete nicht glaubhafter. Es würde nur zu einer schlimmeren Verurteilung führen. Als Hexe würde sie, selbst wenn das Gericht sie für den Brand für Unschuldig hielt, auf dem Scheiterhaufen landen. Auch, wenn es das in der Stadt schon ein paar Jahrzehnte nicht mehr gegeben hatte.

Minna wusste nur zu gut, wer wohl für die Gerüchte verantwortlich war. Das konnte nur Heinrich von Minden sein, der bestimmt sicher gehen wollte, dass Gretes Sohn nicht sein Erbe einfordern konnte. Auch wenn der dazu noch etwas zu jung war, aber er war ein Mann. Da ließ sich sicherlich nicht so einfach ein „Nein!" begründen. Und der Junge sah Heinrich auch noch ähnlich. Damit war aber eigentlich nicht Grete die Bedrohung für Heinrich, sondern deren Sohn. Und damit auch diejenige, die ihn betreute. Manchmal gruselte es Minna bei dem Gedanken, aber was sollte sie tun? Den Jungen im Wald aussetzen? Zuerst würde Heinrich seine Nichte aus dem Weg räumen und dann vermutlich auch deren „Hexenbalg", wie Minna schon ein paar Mal von den Frauen unterwegs gehört hatte. Fast jede wusste nun, dass Minna auf das Kind von Grete aufpasste und das ließ viele Frauen einen großen Bogen um Minna machen. Wer wollte sich schon mit dem Teufel einlassen?

Immer mehr gelangte Minna zu der Einsicht, dass die Gerüchte mit einer gewissen Absicht gestreut wurden. Selbst wenn das Gericht zugunsten von Grete entscheiden würde, so würden die Menschen in Tangermünde doch immer nur die Hexe in ihr sehen. Und eine Hexe verbrannte man! Mit anderen Worten, selbst wenn Grete vor Gericht Gnade erhalten würde, würde die Bürger sie trotzdem töten. Die Freundin war praktisch schon tot, aber abgeschlossen in ihrem Keller war dies Grete offensichtlich noch nicht bewusst. Noch hatte sie die Hoffnung, den nächsten Sommer mit Hans und ihrem Kind zu verbringen. Allerdings wusste Minna es besser und sie wusste auch, dass sie sich etwas für den Jungen überlegen musste. Selbst wenn Grete geopfert werden würde, die Menge würde auch den Tod des Kindes fordern. Schließlich fühlte sich Minna für seinen Schutz verantwortlich. Zu sehr war er ihr schon an ihr Herz gewachsen. Der Kleine war das Kind, das sie sich immer gewünscht hatte. Nur die Umstände, wie er zu ihr gekommen war, ließen sie erschaudern.

Schließlich gab Grete ihr das Kind zurück in den Arm. Die Freundin vermied es, sich groß zu bewegen. Vermutlich schmerzte ihr jede Bewegung. Dann war Minna wieder aus dem Gefängnis heraus und sah sich auf dem Markt um. Jeder schien sie anzusehen. Sie sah, wie die Frauen tuschelten. Einige zeigten mit Fingern auf sie und das Kind. Aber was konnte der Junge dafür? Schnell ging sie durch die Gassen zum Tor und von dort zur Hütte. Vor der Nachbarhütte stand Mutter Emmert und blickte weinend zum Tor. „Was ist geschehen?", fragte Minna besorgt. „Mein Martin hat gestanden, den Brand gelegt zu haben!", sagte die alte Frau und schnaubte in ein Tuch. Dann sah die alte Frau auf das Kind und zischte „Der ist an allem Schuld und seine Mutter, diese Hure des Teufels!" Minna zuckte zurück. „Nein, das stimmt nicht!", entgegnete Minna „Schuld ist dieser Tonnis!", setzte sie hinzu und beinahe hätte sie in ihrer Wut noch weiter dazu gesetzt „Und du, weil du diesen Landsknecht mit Grete vermählt hast!", doch sie konnte sich gerade noch zurückhalten. Noch fester zog sie den Jungen an ihre Brust. Schnell wendete sie sich ab, um anschließend in ihre Hütte zu laufen.

Dort schlug sie schnell die Tür hinter sich zu. Allerdings sah sie auch Gertrut so seltsam an. Offensichtlich war es nun schon in der Stadt herum, dass Grete die Brandstiftung zugegeben hatte. Darum sagte Minna schnell „Das Kind ist unschuldig!" aber in den Augen der Freundin war so ein seltsamer Zug. Schon wochenlang teilte Gertrut die Hütte mit dem Kind, doch im Moment hätte sie das Kind lieber nicht in der Obhut der Freundin gelassen. Die tödlichen Gerüchte schienen schon ihre Wirkung zu entfalten und es war nur noch eine Frage der Zeit, bis sie Minna und das Kind in einen dunklen Strudel der Gewalt ziehen würden. Dazu brauchte es nur noch einen kleinen Anlass, um sie der Freundin folgen zu lassen. Da würde dann schon ein Fingerzeig des Pfarrers reichen. Was war wohl Heinrichs nächstes Gerücht?

Einzig Jacobs starke Arme konnten sie noch beschützen. Sie raffte das Kind an sich und stürzte wieder aus der Hütte. Kurz dachte sie an den Dolch, der neben ihrem Bett an der Wand hing. Sollte sie ihn mitnehmen? Was würde er ihr helfen? Gegen Tonnis hätte er etwas genützt, gegen die ganze Stadt war er nutzlos. Minna lief durch die Gassen bis zur Werkstatt. Dort sah sie an den Tränen in den Augen ihres Mannes, dass er auch gerade erst vom Schicksal seines Bruders erfahren hatte. Im Gegensatz zu seiner Mutter lag aber in Jacobs Augen die Liebe, als er ihr und dem Kind durch das Haar strich.

64. Kapitel

Gerechtes Urteil?

Und wieder hatte Grete ewig in dem kalten Kellerloch gelegen. Es war immer noch Winter und die Kälte des Marktplatzes war durch die Steine nach drinnen gedrungen. Immer noch hatte sie das kurze Leinenkleid an und geheizt wurde hier drin sowieso nicht. Nur die Fackeln spendeten etwas Wärme, aber die waren von ihr nicht erreichbar. Die Frau fror unsäglich und das hatte selbst die Schmerzen in ihren Beinen abklingen lassen. In den ersten Tagen hatte sie sich nicht bewegen können, doch nun lief sie einfach in der Zelle umher und versuchte warm zu bleiben. Manchmal sah sie ihren Atem als Nebel durch den Raum schweben.

Dabei musste es doch schon Mitte März sein. Wie lange konnte es denn dauern, ein Todesurteil zu fällen? Alle hatten gestanden und alles war klar. Nur, dass eben das Gericht in Brandenburg tagte und das Urteil von dort kommen musste. Zu Pferd, per Melder, im Winter. Doch wenn sich die Herren Schöffen noch mehr Zeit ließen, dann war sie in dieser Gruft erfroren. Grete schlug sich die Arme um die Schultern. Barfuß, auf dem kalten Steinfußboden der Zelle, lief sie die paar Schritte hin und wieder zurück. Nur irgendwie am Leben bleiben, damit man den Tod finden konnte! Das war alles ziemlich makaber und es schien eine andere Art der Qual zu sein. Erst die glühenden Zangen des Scharfrichters und nun die eisige Kälte der Kerkerzelle.

Ein Klappern vor der Zelle ließ sie auf Rettung hoffen, aber es war nur Minna, die sie mit dem Kind besuchen kam. Grete nahm der Freundin ihren Sohn ab, setzte sich auf den kalten Boden und legte das Kind an die Brust. Die Wärme des Kindes tat ihr so gut.

269

Die Freundin löste ihren Mantel und legte ihr diesen um die Schultern. Dabei nickte Grete ihr dankbar zu, der Posten sah angestrengt zur Seite. Sicher hätte er es verhindern müssen, aber was er nicht sah, gegen das konnte er nichts einwenden. Minna kniete sich neben sie und sie unterhielten sich leise, während das Kind schmatzend trank. Er war nun schon zwei Jahre alt, aber seinen dritten Geburtstag würde sie nicht mehr erleben. Manchmal redete er schon, aber immer, wenn er zu Minna „Mama" sagte, dann schmerzte es sie.

„Heute ist Freitag. Da bekommst du sicherlich wieder kein Urteil zu hören", sagte Minna und dem konnte sie nur zustimmen. „Den wievielten haben wir denn überhaupt?" „Der fünfzehnten März!", erwiderte Minna „Ich muss dann noch auf den Markt", sagte sie schließlich, als Grete ihr das Kind zurückgab und den Mantel wieder um die Schultern der Freundin legte. Das Kind quengelte rum und wollte nicht getragen werden. Er wollte laufen, hinaus in die Freiheit. Auch Grete wollte dies, aber die dicke Holztür verhinderte es. „Bis Morgen", sagte Grete und Minna nickte, dann war die Tür zu und sie blieb in der Kälte alleine zurück.

Erneut begann sie ihre Wege zu gehen, doch aus ihren Gedanken riss sie der Posten heraus, der etwas später die Tür öffnete und sie aus der Zelle winkte. „Also doch noch!", dachte Grete fast erleichtert. Wieder ging sie den vertrauten Weg und war schon wenig später in dem warmen Ratsherrensaal. Dort war sie die Letzte der drei Angeklagten, die in den Saal geführt wurde. Tonnis und Martin standen schon dort, aber sie sah stur geradeaus, zu dem Bürgermeister, der ein Schriftstück in den Händen hielt. Er begann „Das Gericht hat am 13. März des Jahres 1619 folgendes Urteil gesprochen." Viele Worte folgten, denen Grete gar nicht folgen konnte. Nicht folgen wollte. Nur das Urteil zählte und das würde sicherlich „Tod" lauten.

Ihr Blick ging zum Fenster hinaus, wo die Sonne über dem Platz schien. Dann hörte sie die Namen der Beschuldigten und sah wieder nach vorn. Tonnis und Martin wurden zum Tode auf dem Scheiterhaufen verurteilt. Danach folgte eine längere Pause. Was war mit ihr? Angespannt hörte sie zu „Und nun zur Anstifterin dieses schändlichen Verbrechens!", sagte der Bürgermeister und Grete zuckte zusammen. Was würde folgen? Sie blickte ihm in die Augen.

Der Mann nahm das Schreiben hoch und las Wort für Wort das Urteil vor. Jede Silbe dröhnte in Gretes Kopf „So mag sie deswegen vor endlicher Tötung auf einem Wagen bis zu der Richtstätte umhergeführt, ihre fünf Finger an der rechten Hand, einer nach dem anderen, mit glühenden Zangen abgezwackt, nachmalen ihr Leib mit vier glühenden Zangen, nämlich in jeder Brust und Arm gegriffen, folglich mit eisernen Ketten auf einem erhabenen Pfahl angeschmiedet, lebendig geschmort, und also vom Leben zum Tode verrichtet werden." Danach wickelte er die Rolle des Urteils zusammen. Das war so grausam! Musste man sie immer noch mehr Quälen? Grete fiel vor ihm auf die Knie „Ihr hohen Herren. Lasst Gnade vor Recht ergehen", sagte sie bettelnd, „Lasst mich nicht so qualvoll sterben! Ich bitte euch, mich durch das Schwert zu richten, wie es meinem adligen Stand gebührt!"

Der Bürgermeister sah auf sie herab. „Nicht wir haben über das Urteil zu werten, sondern die Schöffen. Aber ich verspreche dir, deinen Gnadenantrag dorthin weiterzuleiten. Die Urteile der andern beiden Angeklagten werden noch heute vollstreckt! Bringt sie weg!" Zuerst wurde Grete aus dem Raum geführt und wieder in das Verlies gebracht. Immer noch dröhnte das Urteil durch ihren Kopf. Wer kommt den auf solch eine grausame Strafe? Die Kälte kam nicht mehr an sie heran. Würde ihr Gnadengesuch Gehör finden? Sie hoffte es. Unbewusst schaute sie auf ihre rechte Hand.

Moritz Winsel würde sie sicher liebend gern mit seinen Zangen traktieren. Dieses Urteil war so ganz nach seinem Geschmack. Aber vielleicht konnte wenigstens diesmal das kleine „von" in ihrem Namen zu irgendetwas gut sein, wenn es ihr schon die letzten Jahre nichts genutzt hatte.

Mit diesem Urteil würde sie bestimmt auch Minna und das Kind nicht wiedersehen dürfen. Jetzt war sie schuldig verurteilt! Eine Träne lief ihr über die Wange. Sicherlich hatte es ihr Kind bei Minna gut. Ein lautes Gejohle auf dem Platz vor dem Rathaus riss sie aus ihren Gedanken. Vermutlich wurden Tonnis und Martin gerade zur Richtstatt geführt. In ein paar Tagen würde sie ihnen folgen. Jedoch sicher erst in der nächsten Woche. Das Gericht in Brandenburg musste entscheiden. Allerdings würden die Herren sie bestimmt nicht länger als eine Woche auf die Bestätigung ihrer Gnade warten lassen.

„Lieber Gott! Hilf mir!", flehte sie nach oben.

65. Kapitel

Schwarzer Geselle

Das Urteil über Martin hatte Jacob überrascht und schockiert zugleich. Konnte der Bruder wirklich für den Brand verantwortlich sein? Das schien ihm so abwegig, dass er sich die ganzen Monate zuvor gar keinen Gedanken darüber gemacht hatte. Natürlich hatte er sich gewundert, dass Martin am Brandtag nicht beim Löschen geholfen hatte. Hatte er doch bei Karl in der Werkstatt direkt am Feuerherd gearbeitete. Aber an diesem Tage waren so viele in Panik aus der Stadt geflüchtete. Warum also nicht auch der Bruder? Dann hatte er von der Anklage erfahren und immer noch gehofft, dass sich die Unschuld des jüngeren Bruders erweisen würde. Doch mit seinem Geständnis war alles gesagt. Seit der Inhaftierung hatte er Martin nicht mehr gesehen und nun hatte er auch noch das Holz für die Richtstätte liefern müssen. Der Wagen war entladen und drei Pfähle aufgestellt. Für jeden Verurteilten einen. Auch Reisig wurde gerade von einem Ochsenkarren abgeladen.

Dann ging es auf Mittag und die Verurteilten wurden vom Rathaus zur Richtstätte gebracht. Jacob sah Tonnis, der den Tod sicher verdient hatte, und Martin. Grete sah er aber nicht. Nur die beiden Männer wurden auf den Platz geführt. Der Bürgermeister erschien und verkündete, dass Grete ein Gnadengesuch gestellt hatte, die anderen beiden Verurteilten aber nun ihre Strafe erhielten. Die Nachricht vom Gnadengesuch wurde mit „Buh!" rufen quittiert, das Urteil der anderen beiden mit Jubel. Jacob suchte die Augen seines Bruders, doch dieser sah zu Boden. Tonnis sah mit hocherhobenem Haupt auf die Menschen. Sicherlich hatte er dem Tod schon oft die Hand gegeben. Diesmal war es sein eigener Tod und im Gegensatz zu Martin schien sich der Landsknecht in sein Schicksal zu fügen.

Als die Stadtknechte die Männer zu den Pfählen zogen versuchte sich Martin zu wehren und rief „Ich bin unschuldig!", doch das wurde nur mit „Tötet ihn!" und „Verbrennt sie!" von der Menge übertönt. Offensichtlich war jeder in der Stadt froh, die Brandstifter endlich gefangen zu haben und ihnen nun dasselbe antun zu können, was diese ihnen zugedacht hatten. Mit Seilen wurden die beiden Verurteilten an den Pfählen angebunden. Die Hände nach hinten. Dann wurde das Reisig auch nach vorn gezogen, sodass beide Männer bis zur Hüfte in den Holzhaufen standen. Der Bürgermeister stellte sich nach vorn und schwenkte die Hand in der Luft, damit die Menge ruhig sein würde. Danach sagte er „Das Gericht hat das Urteil gefällt. Aber Gott wird die Strafe übernehmen. So, wie es in der Bibel steht, wird die Strafe ausfallen. Auge um Auge!"

Anschließend trat er zur Seite und winkte zwei der Knechte zu sich, die ihre Fackeln entzündeten. Mit diesen setzten sie nun das Reisig in Brand. Doch das Holz brannte schlecht. Ob das nun absichtlich so gemacht worden war oder nur passiert war, weil man eben kein anderes Holz hatte, das würde niemand wissen. Die Menschenmenge johlte über das Schauspiel und über die beiden vor Schmerzen schreienden Männer. Der Tod, der schwarze Geselle, kam lange nicht, um den Bruder zu erlösen. Es dauerte eine gefühlte Ewigkeit, bis sein Kopf nach vorn fiel und er sich nicht mehr in Schmerzen an dem Pfahl krümmte. Ein paar Schritte neben Jacob stand seine Mutter, die das alles hier mit ansehen musste. Dieser Anblick war jedoch auch für die starke Frau zu viel. Während der Sohn vor ihr verbrannte, brach sie lautlos zusammen und Jacob fing sie auf.

Für die Mutter konnte er aber nichts mehr tun. Der schwarze Geselle hatte nicht nur den Bruder, sondern auch die Mutter mit sich genommen. Während sich nun die johlende Menschenmenge in alle Richtungen zerstreute, trug Jacob die sterbliche Hülle seiner Mutter auf seinen Armen zur Hütte zurück. Neben ihm ging Minna mit Gretes Kind im Arm. Alles in Jacob schien leer zu sein. Da war nichts mehr. Kein Gefühl, kein Schmerz. Nichts! In der Hütte bahrte er die Mutter auf. Minna holte den Pfarrer, der aber auch nichts mehr tun konnte. Dann bereiteten sie die Beisetzung vor. Auch das schien rein mechanisch zu gehen. Keinerlei Gedanken hatte er mehr in seinem Kopf. Zwei geliebte Menschen waren innerhalb einer Stunde gestorben und nun hatte er nur noch Minna. Vermutlich merkte das auch die Frau, denn sie kam ihm in diesem Moment besonders nahe. Daher nahm er sie in den Arm und strich ihr über das Haar. „Das Leben muss weiter gehen!", sagte er leise und vermutlich nur, um sich selbst damit zu beruhigen. Der Schmerz würde sicher noch kommen.

Vielleicht würden Tränen helfen. Doch konnte ein Mann einfach so weinen? Es half, wenn man sich auf den Daumen gehauen hatte. Aber würde es auch einen tiefer sitzenden Schmerz bewältigen können? Minna holte sich einen Stuhl zu ihm und dann saßen sie zu zweit bei der Mutter. „Du musst den Schmerz herauslassen", sagte seine Frau leise. Allerdings konnte er es nicht! Stumm sah er auf die Leiche. Erst am Abend, nachdem die Mutter beerdigt und sie beide in der Hütte alleine waren, überwältigte ihn das Gefühl. Jetzt dauerte es eine ganze Weile, bis er keine Tränen mehr hatte. Es war ihm peinlich, das seine Frau ihn so gesehen hatte, aber sie beruhigte ihn mit einem Kuss. Schließlich hatte sie ihn ja auch dazu aufgefordert. Die Tränen hatten geholfen, trotzdem fühlte es sich seltsam an.

Minna schürte das Feuer im Herd, als er mit einem Blick auf die Flammen wieder an den toten Bruder denken musste. „Ich kann nicht glauben, dass Martin etwas damit zu tun hatte", begann Jacob und Minna setzte sich an seiner Seite auf einen Stuhl. Irgendetwas schien sie zu bedrücken, darum kniete er sich vor sie und fragte „Was ist los?"

Die Frau wich seinem Blick aus. „Ich glaube auch nicht, dass Martin etwas mit dem Brand zu tun hat", antwortete sie leise, „Das klingt nach einem Aber!", stellte Jacob fest und sah, wie die Frau weiter zur Seite blickte. Da war etwas, was sie seinem Blick nicht standhalten ließ. „Was ist los?", fragte er noch einmal eindringlicher und dann begann es aus Minna herauszusprudeln. Sie erzählte ihm von der Gewalt durch den Landsknecht und von der Vergewaltigung durch Martin. So lange hatte sie das in sich verschlossen. Nun konnte sie nicht mehr aufhören. Offensichtlich hatte Martin eine dunkle Seite gehabt. Jacob nahm seine Frau in den Arm und nun weinte sie. Jetzt mussten sie sich gemeinsam trösten.

66. Kapitel

Dem Tode so nah

Sie saß mit dem Rücken gegen die buckelige Wand gelehnt und hatte die Beine weit von sich gestreckt. Noch war es dunkel, sodass sie nicht mal ihre Hand vor Augen sehen konnte. Mühsam versuchte sie sich anders hinzusetzen, doch ein Schmerz durchzuckte sie und sie hörte mitten in der Bewegung auf. Nur so konnte sie einigermaßen schmerzfrei sitzen. Darum rutschte sie wieder zurück in die vorherige Position. Vor vielen Tagen hatte die Folter geendet, doch ihr geschundener Körper hatte noch nicht die Kraft gefunden, sich wieder vollständig davon zu erholen.

Wie lange war sie schon hier unten? Es schien ihr ewig her zu sein, dass sie die Sonne zuletzt gesehen hatte, und doch war es noch keine neun Wochen her, dass sie unbehelligt vor diesem Rathaus Kräuter verkauft hatte. Hätte sie noch Tränen gehabt, dann wären diese nun sicher in ihre Augen getreten, doch Grete hatte keine Tränen mehr. Diese letzten Wochen waren einfach nur furchtbar gewesen und immer noch fragte sie sich, warum sie eigentlich hier unten war, aber das Urteil des Richters war eindeutig gewesen. Vor ein paar Tagen hatte er sie zum Tode auf dem Scheiterhaufen verurteilt und immer noch wartete sie auf die Bestätigung des Gnadenersuchens. Den Tod würde sie so oder so finden. Wie lange konnte das denn Dauern, eine solch kleine Bitte zu gewähren? Es war ein grausames Urteil gewesen. Nur die Gnade konnte es mildern.

Ihr Mann und Martin waren schon diesen Weg gegangen und sie hatte man aufgehoben. Anscheinend für ein besonderes Schauspiel, das der Rat seinen Bürgern bieten wollte, falls sie keine

Gnade finden würde. Die Wache ging vor ihrer Zelle entlang und stellte ihr einen Teller mit trockenem Brot und einen Krug Bier in den Raum. Dann sagte der Mann „Heute wirst du sterben!" Grete nickte und schob sich das Brot in den Mund. Sie spülte es mit dem Bier herunter und kroch zurück in ihre Ecke. Der erste Strahl der Sonne fiel durch das kleine Loch am oberen Zellenrand. Der letzte Tag begann. Es war Freitag und seit einem Tag war Frühling, aber sie würde wohl kaum noch die Blumen des neuen Jahres sehen können.

Eine Rettung konnte es jetzt nicht mehr geben. Entschieden war entschieden und an den Worten der Wache zweifelte sie nicht. Aber damit würden auch die Schmerzen enden, die die Befragungen nach sich gezogen hatten. Alles tat ihr weh und sie versuchte Kraft zu finden, für die letzten paar Schritte, die sie in ihrem Leben noch machen musste. Schließlich wollte sie den Männern nicht die Genugtuung überlassen, sie gebrochen zu sehen. Ihr ganzes Leben war sie eine starke Frau gewesen. Nicht so körperlich stark, mehr in ihrem Willen und vielleicht hatte auch dies sie hierher gebracht. Mit ihrem Leben hatte sie abgeschlossen. Das war schon vor der Befragung vorbei gewesen. Wozu nun noch kämpfen? Das tat nur noch weh!

Nach einer Weile betrat der Pfarrer die Zelle und kniete sich neben sie. Zusammen beteten sie und dann fragte er sie, im Aufstehen, „Hast du noch einen letzten Wunsch?" Grete überlegte „Eigentlich habe ich zwei!", antwortete sie und sah, wie der Mann die Augenbrauen hochzog. Bevor er jedoch etwas sagen und ihr diese Wünsche ablehnen konnte, setzte sie schnell hinzu „Ich würde mich gern waschen und meinen Sohn noch einmal in den Arm nehmen!"

Der Pfarrer nickte und entgegnete „Das lässt sich sicher einrichten.", dann verschloss er die Zelle. Gretes lächelte, als sie an ihr Kind dachte. Seit einer Woche, nach der Verkündung des Urteils, hatte sie ihn nicht mehr gestillt und die Brust tat ihr weh, bei der Erinnerung an das Kind. Wieder klapperte es an der Tür, der Posten holte Krug und Teller, dann brachte er eine Schüssel mit Wasser, Seife und ein Tuch. Der erste Wunsch war schon mal gewährt worden. Grete kniete sich vor die Schüssel, streifte sich das Leinenkleid ab und wusch sich gründlich mit Seife und Wasser. Dann trocknete sie sich ab und zog sich das Kleid wieder über. Gerade als sie fertig war, kam der Posten zurück und nahm die Schüssel mit. Wenig später wurde ihr auch der zweite Wunsch gewährt.

Grete umarmte die Freundin und drückte das Kind an ihre Brust. Während sie den Jungen stillte, bat sie Minna „Kannst du mir einen Zopf flechten? Ich möchte nicht, dass Moritz mit seinem Schwert meinen Hals verfehlt!". Die Freundin musste Schlucken, nickte und begann die Haare kunstvoll zu einem Zopf zu flechten. Mit dem Kamm aus ihrem Gürtel zog sie Gretes Haare glatt. Es tat so gut. Dann fragte Grete „Kannst du mein Kind als deinen Jungen aufziehen?", und Minna nickte mit Tränen in den Augen „Sage ihm aber nicht, wer Mutter und Vater waren. Er ist nun dein Kind! Mir hat mein Name nur Ärger gebracht und ich möchte nicht, dass das Erbe auch ihn in sein Unglück stürzt."

„Das verspreche ich dir", sagte Minna, umarmte die Freundin noch einmal und nahm dann das Kind an die Hand. Der Posten führte schließlich die Freundin nach draußen und Grete sagte laut zu sich selbst „Nun bin ich bereit zu sterben!"

Wieder dauerte es eine Weile, bis der Posten zurückkam. Auch der Scharfrichter trat in die Zelle. Wie beiläufig erwähnte er „Dein Gnadengesuch wurde übrigens abgelehnt." Unmerklich zuckte Grete zusammen. Der Mann lächelte sie an. Dann ergriff der Posten die Kette und zog sie auf den Gang. Von dort schob er sie weiter, die Treppe hinauf, auf den Platz vor dem Rathaus. Sie zuckte zurück. Eine johlende Menge stand schon dort und rief „Verbrennt sie, die Hexe!", „Sie soll in Rauch aufgehen!", und „Auge um Auge!". Direkt vor ihr befand sich ein offener Wagen, der von einem Esel gezogen wurde. Dort hinauf schob sie der Posten. Grete hielt sich am Geländer fest und schon setzte sich das Gefährt langsam in Bewegung. Die letzten Stunden hatten angefangen und sie sah den grinsenden Scharfrichter, der neben ihr herging. Er würde ihr sicher kein schnelles Ende bereiten. Trotzdem spürte sie keine Angst.

Es folgte eine Runde durch die ganzer Stadt. Mit der kalten Frühlingsluft im Gesicht dachte sie an das Urteil, dass Moritz in wenigen hundert Schritten Entfernung an ihr Vollstrecken würde. Die Menge der Menschen lief hinter ihr her. Wie eine Prozession sah das aus. Dann erkannte Grete den aufrecht stehenden Pfahl. Dort würde ihr Leben enden. Der Wagen stoppte, sie schloss die Augen und betete. Ein paar Hände griffen nach ihr und rissen sie nach hinten von dem Fuhrwerk.

67. Kapitel

Getautes Herz

Seit dem Tode von Martin und Antonius hatte man Minna nicht mehr zu Grete gelassen. Die Anweisung des Bürgermeisters war ja gewesen, dass Minna nur bis zur Verkündung des Urteils zu Grete gehen konnte. Das war nun eine Woche her. Danach hatte sie die Freundin nicht mehr gesehen. Doch da die Stadtknechte gerade die Richtstätte aufbauten, war wohl nun heute der Tag, an dem Grete sterben würde. Wenn das Gnadengesuch beim Gericht ein offenes Ohr gefunden hätte, dann bräuchte ja dieser Platz nicht vorbereitet werden. Die Hammerschläge davon drangen jedoch überdeutlich bis zu Minnas Hütte. Würde es ihr vergönnt sein, Grete noch ein letztes Mal sehen zu können? Dann kam ein Mann der Stadtwache und holte Minna ab. Schnell ging sie zu dem Kästchen, nahm Kamm und Bürste heraus und verwahrte sie in einer Tasche am Gürtel. Sie nahm ihren Mantel, hängte ihn sich um die Schultern und hob das Kind auf ihren Arm. Nur ein paar hundert Schritte waren es bis zum Rathaus.

Dieselben, nun schon gut bekannten, Treppen in das Dunkel des Kellers hinab, in das nur spärlich beleuchtete Gewölbe. Schließlich stand Minna im Kerkergang. Der Posten schloss die Tür auf und das Licht einer Fackel fiel in die Zelle hinein. Sie musste schlucken, als sich die Freundin erhob. Schnell traten sie aufeinander zu. Minna umarmte die Freundin und gab ihr das Kind. Danach setzte sich Grete wieder und legte sich den Jungen an ihre Brust. Während sie den Buben stillte, bat sie Minna „Kannst du mir einen Zopf flechten? Ich möchte nicht, dass Moritz mit seinem Schwert meinen Hals verfehlt!" sie musste wieder schlucken, nickte und zog den Kamm, den ihr Jacob geschnitzt hatte, aus ihrem Gürtel. Mit diesem und der Bürste kämmte sie ausgiebig Gretes Haare, als wolle sie damit das unvermeidliche möglichst lange hinauszögern. Nur der schmatzende Säugling unterbrach die bedrückende Stille zwischen den beiden Frauen.

Langsam flocht Minna der Freundin die langen schwarzen Haare zu einem Zopf. Dann sah Grete zu ihr herauf und fragte „Kannst du mein Kind als deinen Jungen aufziehen?" Minna nickte und Tränen schossen ihr in die Augen „Sage ihm aber nicht, wer Mutter und Vater waren. Er ist nun dein Kind! Mir hat mein Name nur Ärger gebracht und ich möchte nicht, dass das Erbe auch ihn in sein Unglück stürzt." Für einen Moment konnte Minna nichts sagen, dann brachte sie, mit brechender Stimme, nur noch heraus „Das verspreche ich dir." Grete stand auf und gab Minna das Kind. Noch ein letzter Kuss der Mutter auf die Stirn des Jungen, dann zog der Posten an Minnas Arm, daher umarmte sie die Freundin noch einmal und nahm dann das Kind an die Hand. Der Mann führte Minna nach draußen. Nur ein letzter Blick auf die Frau in Ketten über die Schulter blieb Minna, dann war sie vor dem Rathaus und zog den Jungen auf den Arm.

Direkt vor dem Eingang stand schon der Schinderkarren, der Grete sicher gleich zur Richtstätte führen sollte. Auch der Scharfrichter stand schon dort. Er grinste Minna an und hatte das breite Richtschwert an seiner Seite. Von überall her kamen nun Menschen auf den Platz und plötzlich schien es Minna, als ob sich alle auf sie stürzen wollten. Auch die Mitglieder des Rates standen dort auf dem Platz und sie konnte Heinrich erkennen. Immer näher kamen die Menschen auf sie zu, bis nur noch ein kleiner Platz direkt am Eingang frei war, sodass eigentlich nur noch der Schinderkarren und der müde Esel dort Platz hatten. Die Enge schien Minna zu erdrücken und sie bekam keine Luft mehr.

Vor lauter Panik bahnte sie sich verzweifelt einen Weg durch die Menschenmenge. Sie lief durch die Gruppe hindurch und wieder hörte sie die Rufe der Menschen „Das ist das Teufelsbalg!", doch nun war es ihr Kind! Ihr Junge! Ihn musste sie beschützen und sie würde es tun! Nur wohin jetzt? Immer weiter lief sie, bis sie am Hünerdorfer Tor war. Von dort lief sie einfach die Straße nach Norden weiter, bis sie an das Waldstück gekommen war. Hoffentlich weit genug weg? Schnaufend drehte sie sich um und hielt sich die schmerzende Seite mit der Hand. Hier war sie alleine. Zum Glück war niemand ihr gefolgt. Nun hatte sie die weite, weiße Fläche zwischen sich und der Stadt, die erst an einigen Stellen ohne Schnee war. So setzte sie sich mit dem Kind auf einen Baumstumpf am Wegesrand und sah zurück.

Es war kalt, aber sie spürte die Kälte nicht. In ihrem Herz war es im Moment viel kälter. Was sie ja schon wusste, das brannte sich tief in ihre Gedanken ein: sie würde die Freundin niemals wiedersehen. Tränen tropften auf den Kopf des Kindes, das sie sich fest an die Brust gezogen und mit dem Mantel umhüllt hatte. Der Schmerz um Grete legte sich wie ein Panzer aus Eis um Minnas Herz herum. Sie bekam keine Luft mehr. Alles schien in ihr zu erfrieren. Zitternd saß sie auf dem Baumstamm und horchte in sich hinein. War das nun auch ihr Ende? Erfroren im Wald? Ihr Blick ging zur Stadt zurück. Dort waren jetzt alle Menschen und sahen zu, wie Grete ihren Kopf verlor.

Was nun? Hier bleiben? Oder zurück in die Stadt gehen?

Minna konnte sich nicht mehr bewegen. Es war doch eigentlich Frühling und schon lange nicht mehr so kalt. Hier konnte keiner mehr erfrieren. Was hielt sie hier auf diesem Baumstumpf? Die Angst um das Kind? Die Angst um sich? Sie schlug den Mantel ein Stück zurück, um in das Gesicht des Kindes zu sehen. Ein Bube mit rosigen Bäckchen lachte sie an. Dieses Lachen drang in Minnas Herz und sprengte das Eis. Für dieses Kind wollte sie stark sein! Schließlich hatte sie es doch Grete versprochen. Die grauen Wolken zogen heute besonders tief über sie hinweg und dann sah Minna den Rauch an der Richtstätte aufsteigen. Wieder stiegen Tränen auf. Die Freundin war tot! Aber das Lachen des Kindes verhinderte, dass sich das Eis wieder um Minnas Herz legen konnte. Seine Liebe hatte ihr Herz getaut. Der Junge sagte plötzlich „Mama" und sah zu ihr herauf. Schluchzend zog sie den Mantel um sich und das Kind.

Unter diesem Mantel waren sie geschützt vor der Welt. Hier konnte ihnen nichts passieren. Aber irgendwann würden sie diesen Schutz verlassen müssen. Und was dann? Was brachte der nächste Tag?

68. Kapitel

Im Feuersturm

Wieder stand Jacob auf diesem Platz, auf welchem er eine Woche zuvor schon beim Tode seines Bruders gestanden hatte. Wieder war es der Zwang, dem er sich nicht entziehen konnte. Die Zunftordnung sah vor, dass jedes Mitglied der Zunft bei allen Hinrichtungen anwesend sein musste. Und er als junger Meister stand da unter der Beobachtung der anderen Meister, die sicher kein Problem damit gehabt hätten, ihm sofort für sein Fehlen die Meisterwürde wieder zu entziehen. So stand er nun neben Karl, dem das Ganze auch nicht wirklich gefiel. Am Morgen hatten sie auch noch das Holz für die etwa hüfthohe Plattform liefern müssen, die nun vor ihnen errichtet war. Nach Auflage des Gerichtes sollte jeder sehen können, was mit Grete passieren würde. Als Abschreckung? Oder zur Belustigung der Massen? Da war sich Jacob nicht sicher. Die Plattform war in etwa drei mal drei Schritte groß und am hinteren Ende war ein Stamm angebracht, an dem dann wohl Grete sterben würde.

Ein paar Knechte der Stadtwache sicherten schon den Platz, aber es waren noch nicht viele Neugierige hier. Allerdings hörte Jacob das Johlen der Menschen vom Rathaus her. Offensichtlich brachte man die Verurteilte gerade zu der Richtstätte. Mit ihr, die in einem weißen Kleid vorn auf dem Karren stand, kamen auch die anderen schaulustigen auf den Richtplatz. Die Stadtknechte schoben die Menge zurück, sodass vor der Plattform ein größerer Freiraum blieb, auf welchem jetzt der Wagen mit der Freundin stand. Dann trat der Scharfrichter neben sie und wartete darauf, dass die Menschen Ruhe gaben. Sodann winkte er zwei Männer zu sich, die Grete nach hinten vom offenen Wagen zerrten und ziemlich unsanft über eine Leiter nach oben auf die Plattform brachten.

Der Bürgermeister folgte ihr und stellte sich neben Grete. Dann entrollte er ein Schriftstück und verkündete noch einmal das Urteil des Gerichtes. Langsam und laut las er vor „So mag sie deswegen vor endlicher Tötung auf einem Wagen bis zu der Richtstätte herumgeführt, ihre fünf Finger an der rechten Hand, einer nach dem anderen mit glühenden Zangen abgezwackt, danach ihr Leib mit vier glühenden Zangen, nämlich in jeder Brust und Arm gegriffen, folgend mit eisernen Ketten auf einem erhabenen Pfahl angeschmiedet, lebendig geschmort und so vom Leben zum Tode verrichtet werden." Er rollte das Schriftstück zusammen und drehte sich zu dem Scharfrichter um, der nur ein paar Schritte hinter ihm an der Leiter stehen geblieben war.

„Scharfrichter. Vollstrecke er das Urteil!", sagte er und ging an dem Mann vorbei die Leiter hinab. Schließlich stellte er sich zu den anderen Ratsmitgliedern. Jacob versuchte nun an Grete vorbeizusehen, doch über die Entfernung von zehn Schritten trafen sich ihre Augen. Da lag eine verständliche Angst in ihrem Blick, aber auch etwas anders, was Jacob nicht verstehen konnte. Eine Art von innerer Stärke. Er kam von diesem Blick nicht los. Dann trat der Scharfrichter an die Frau heran und einer der Henkersknechte ergriff Gretes rechte Hand. Jacob riss sich von dem Blick los und sah zur Seite, wo auch Heinrich von Minden stand. Während Grete schrill aufschrie, sah Jacob, wie der Ratsherr lächelte. Die Menge johlte und klatschte in die Hände. Nun kam Jacob nicht vom lächelnden Gesicht des Ratsherrn los. Wie konnte jemand so kalt sein? Da war seine eigene Nichte vor ihm, der gerade brutal Gewalt angetan wurde und der Mann schien sich darüber zu amüsieren!

Nach dem fünften grellen Schrei der Frau ging Jacobs Blick zurück zur Bühne dieses grausamen Schauspiels. Grete hatte die verstümmelte Hand an ihre Brust gedrückt und der Scharfrichter zeige den Menschen vor sich die glühende Zange, die er zurück in ein Kohlebecken steckte, um das Marterwerkzeug wieder zu erhitzen. Wieder fing ihr bittender Blick den seinen ein. Schmerz, Wut und Zorn lag nun darin. „Töte mich!", flehte ihn die Frau ohne Worte an. Wenn er es vermocht hätte, so hätte er ihr diesen Wunsch sofort erfüllt. Einer der beiden Henkersknechte fetzte ihr das weiße Kleid herunter, sodass Grete nackt vor allen Menschen stehen musste. Mit beiden Händen versuchte sie ihre Blöße zu bedecken, doch die beiden Henkersknechte zogen ihr die Arme zur Seite. Die Menge begann wieder zu johlen.

Getreu des Urteils nahm der Scharfrichter wieder die Zange aus den glühenden Kohlen und kniff der Freundin damit nacheinander in jede Brust. Grete knickte ein und schrie so grell auf, dass Jacob zusammenzuckte. Die Zange landete wieder im Kohlebecken und die beiden Stadtknechte hielten Grete oben. Hätten sie die Arme der Frau losgelassen, so wäre sie sicher vor Schmerzen ohnmächtig zusammengebrochen. Das wusste auch der Scharfrichter, denn er kippte ihr einen Eimer Wasser in ihr Gesicht, während sein Folterinstrument wieder auf Temperaturen kam. Dann zogen die Männer ihr wieder die Arme auseinander und Moritz Winsel verbrannte ihr noch die Oberarme mit seiner Zange. Doch sie schrie nicht mehr. Stumm hatte Grete nur den Mund weit aufgerissen. Danach zogen die Männer die Frau nach hinten, wo sie Grete an den Pfahl stellten und mit einer dicken Kette befestigten. Ohne diese Fessel wäre Grete sicherlich zusammengesunken.

Ihr Blick ging nach oben. Sicher betete sie, dass der Schmerz aufhörte. Dann schichteten sie Holz vor Grete auf, aber der Scharfrichter kippte zwei Eimer Wasser über das Holz. Es sollte ja, nach dem Urteil des Gerichtes, langsam brennen. Dementsprechend brauchte es auch eine ganze Weile, bis Gretes Schreie aufgehört hatten. Endlich war die Freundin von ihren Schmerzen erlöst worden. Nun erst nahm einer der Henkersknechte einen Eimer mit Öl und einen langen Besen. Damit schmierte er Gretes Leichnam ein und kippte das restliche Öl zu ihren Füßen aus. Mit einem Knall, der alle erschrocken zusammenzucken ließ, entzündete sich das Öl. Die Flammen schossen nach oben und hüllten Gretes Leiche ein. Ein Flammensturm begann um die Frau herumzutoben, der schon bald auf die Plattform übergriff. Die Stadtknechte hatten alle Mühe, die panisch auseinander laufenden Menschen zu beruhigen.

Mehr oder weniger geordnet verließ die Gruppe der Menschen schließlich den Richtplatz, bis nur noch Jacob dort stand. Jetzt konnte er seine Tränen loslaufen lassen „Lebe wohl Grete und gute Reise", flüsterte er und sah zu dem Feuer, das nun langsam niederbrannte. Ihre Seele war durch das Feuer gereinigt und würde sicher Einzug in das Paradies erhalten. Das würde den Ratsherren wohl nicht gelingen. Jacob ging vom Richtplatz zum Fluss hinunter, wo er früher immer mit Grete und Minna gespielt hatte. Dort setzte er sich an einem Baum und weinte wie ein Kind.

69. Kapitel

Ein nutzloses Symbol

Zum Frühlingsanfang war Hans aufgebrochen, weil er schon lange nichts mehr von Grete gehört hatte. Bisher war sie doch aber immer spätestens am Freitag wieder bei ihm gewesen. Seine Aussage musste doch gereicht haben, damit man sie aus dem Kerker freilassen würde. Aber warum hatte sie ihn dann nicht schon längst aufgesucht? War es dem Schnee geschuldet? Irgendwann hatte er es dann nicht mehr ausgehalten und war losgegangen. Vielleicht trafen sie ja schon unterwegs aufeinander. Das Wetter war gut und der Weg schon fast vom Schnee befreit. Nur in den Wäldern lag noch etwas davon auf den Straßen. Dort würde er sicher erst später tauen.

Fröhlich pfeifend zog er Richtung Süden. Immer weiter der Stadt zu. Es konnte nicht mehr weit sein und schon hinter dem nächsten Wäldchen musste er die Türme der Kirche sehen können. Dann sah er am Wegesrand eine Gestalt, zusammengekrümmt in einen Mantel gehüllt, sitzen. „Mütterchen. Geht es dir gut?", fragte er besorgt und die Gestalt blickte zu ihm auf. Jetzt erst erkannte er, dass es Minna, die Freundin von Grete, war, die dort am Wegesrand unter einem Baum saß. Mit großen, verweinten Augen sah sie ihn fragend an. „Ich habe dich nicht erkannt!", setzte er hinzu, als er daran dachte, dass er die junge Frau gerade mit Mütterchen angesprochen hatte. Dann sah er Gretes Kind unter dem Mantel der Frau. „Wo ist den Grete, dass du auf ihr Kind aufpasst?", wollte er wissen, doch die Frau schluchzte nur.

Dann erhob sie sich und wischte sich mit dem Handrücken die Tränen ab „Hat dir niemand etwas gesagt?", fragte sie leise, „Was denn?", fragte er nach und Minna zog das Kind dichter an ihre

Brust. Sie schnaubte und begann leise zu erzählen „Deine Aussage hat nicht gereicht. Das Gericht hat Grete zum Tode verurteilt." dann wendete sich die Frau der Stadt zu. Hans zuckte zusammen „Zum Tode?", fragte er ungläubig noch einmal nach, in der Hoffnung, dass er sich verhört hatte. „Ja! Sie ist geköpft worden und dort wird gerade ihre Leiche verbrannt!", erklärte die Frau und zeigte mit der Hand auf eine kleine, kaum noch zu sehende, Rauchfahne über der Stadt.

„Das kann doch nicht wahr sein!", entfuhr es ihm. Er sollte sie niemals wiedersehen? „Ich muss da hin!", rief er und wollte losstürmen. Vielleicht konnte er sie ja noch retten, doch die andere Frau hielt ihn zurück. „Was hoffst du dort zu finden? Behalte sie so in deinem Herzen, wie du sie gekannt hast!", begann Minna schluchzend, doch er musste an diese Stelle, an der sie gestorben war, um sich davon zu überzeugen und um Abschied von der Frau zu nehmen, die er über alles liebte. „Ich muss da hin! Kommst du mit?", fragte er und die Frau nickte zögerlich. Sie warf den Mantel schützend um das Kind und stapfte neben ihm durch den Schnee.

Betretenes Schweigen herrschte auf dem Weg zur Stadt. Nur zu deutlich war jeder Schritt von ihnen im harschen Schnee zu hören. Dann hatten sie den Platz erreicht, an dem ein rauchender Haufen von verkohltem Holz lag. Die anderen Menschen waren schon lange verschwunden. Nur sie beide standen dort und sahen auf die Stelle, an der die Freundin ihr Leben beendet hatte. „Warum nur?", fragte er leise und Minna erklärte zornig „Sie war den Ratsherren im Weg!" Der Schmerz zwang Hans auf die Knie. So betete er für Gretes Seele und blickte vor sich zu Boden. In dem Haufen aus Asche sah er etwas heraus scheinen. War das nur der Blitz des Sonnenlichtes auf etwas metallischen? Oder der Fingerzeig eines Engels?

Hans beugte sich nach vorn, griff in die immer noch heiße Asche und zog etwas heraus, von dem er erst nach ein paar Augenblicken verstand, was es war.

Er hatte das verrußte Kreuz in der Hand, das er damals Grete um den Hals gelegt hatte. Obwohl ihm der Eremit gesagt hatte, dass es den Schutz Gottes brachte, war es doch in Gretes Fall nutzlos gewesen. Seine Faust schloss sich um das heiße Metallstück. „Warum nur?", fragte er wieder, hatte doch aber schon von Minna die Erklärung bekommen. Langsam stand er auf und öffnete die Hand. Das Metall hatte die Form eines Kreuzes in seine Handfläche gebrannt, doch er fühlte keinen Schmerz, nur Zorn. Schließlich ballte er die Faust wieder und drohte damit zum Rathaus hinüber. „Für euer Verbrechen werdet ihr alle in der Hölle schmoren. Dafür wird Gott sorgen!"

Er wendete sich zurück zum Weg, den er gerade gekommen war. Keinen Blick warf er zurück. Die Frau mit dem Kind ließ er einfach dort stehen, ohne sich von ihr verabschiedet zu haben. Seine Tränen in den Augen verschleierten den Weg vor ihm durch den Wald. Hans konnte das Kreuz in seiner Hand spüren. Für Grete war es ein nutzloses Symbol gewesen, für ihn war es nun ein Zeichen seiner Wut und Trauer.

70. Kapitel

Flucht oder Aufbruch?

E s war Montag geworden und Minna hatte das Kind gerade angezogen. Nun war er ihr Sohn. Auch einen neuen Namen hatten sie ihm gegeben. Nichts sollte mehr an Grete erinnern, so wie es der letzte Wunsch der Freundin gewesen war. Doch was würde nun geschehen? Immer noch hatte sie die Blicke der anderen Menschen vor sich. Immer noch hörte sie die Menge „Teufelsbalg!" rufen. Am liebsten wäre sie weggelaufen, aber das konnte sie Jacob nicht antun. Er hatte ja so hart um seinen Meister gekämpft. Ihr Mann hatte, zusammen mit Karl, die Werkstatt und auch immer viel zu tun. Schließlich war der Aufbau der Stadt noch lange nicht abgeschlossen. Da war noch für einige Jahre Arbeit zu verrichten. Und doch wusste Minna instinktiv, dass in dieser Stadt ihr Leben bedroht war. Dieses Gefühl war nicht zu greifen, aber es zog sich immer enger um ihren Hals zusammen und mit dem Schicksal der Freundin vor Augen wollte sie ihr nicht in den Tod folgen.

Nach Martins Tod hatten sie sich beiden geschworen, sich immer alles zu sagen, was sie gerade bewegte. Daher nahm sie das Kind und ging zur Werkstatt hinunter. Auch dabei schienen sie die Blicke zu verfolgen und sicher war es nur eine Frage der Zeit, bis der Pfarrer oder Heinrich mit dem Finger auf sie zeigen würden. Schnellen Schrittes eilte sie dem Tor entgegen und betrat den Raum, in dem Jacob, Karl und ein Geselle gerade an einem Balken hobelten. Minna stellte sich in die Ecke und wartete ab, bis die Männer eine Pause machen würden. Dabei überlegte sie, wie sie es wohl sagen sollte. Dann drehte sich Jacob um und aus ihr platze einfach heraus „Ich will hier weg!". Unüberlegt und spontan war dieser Ausbruch gewesen, aber er traf genau den Punkt.

Jacob legte den Hobel zur Seite und zeigte auf die Bank, wo er sich dann zu Minna setzte und sie ihre Befürchtungen erläuterte. Es wurde ein kurzes Gespräch mit einer langen Pause des gemeinsamen Überlegens. Dann sagte Jacob „Mich hält hier auch nichts mehr. Arbeit finde ich überall." Damit überraschte er Minna, die das Kind an ihre Brust zog. Der Mann stand auf und ging zu Karl. Jetzt folgte ein kurzes Gespräch unter Männern, von dem Minna nichts mitbekam. Danach kam Jacob zurück und nickte ihr zu. „Morgen früh brechen wir auf. Karl übernimmt die Werkstatt und zahlt mich aus", sagte er und sie antwortete ihm leise „Morgen schon?", doch was hielt sie hier noch? War es nicht genau das, worum sie Jacob gebeten hatte? Warum also warten, bis es eventuell zu spät war. „Morgen schon!", rief sie aus und sprang von der Bank. Die Frau umarmte Jacob und lief zur Hütte zurück.

Es musste noch all das eingepackt werden, was sie benötigen würden. Dabei fiel ihr auf, wie wenig es doch war, was sie wirklich besaß. Ein paar Sachen zum Wechseln, zwei Becher, einen Topf, den Dolch und natürlich ihren wertvollsten Besitz: das kleine Kästchen mit dem Kamm und der Bürste. Sie klappte den Deckel auf und dachte daran, wie sie damit das Haar der Freundin gekämmt hatte. Vorsichtig schloss sie es wieder und verstaute es in einem Beutel. Zum Schluss waren alle ihre Habseligkeiten in zwei Beutel verpackt, aber sie würden ja auch alles tragen müssen. Zusätzlich zu dem Kind. Wohin sie ihr Weg führen würde, das hatte Jacob noch nicht gesagt.

War es ein Aufbruch in eine schöne, neue Zukunft? Oder eine Flucht vor den Schrecken der Vergangenheit? Minna wusste es nicht. Sie wusste nur, dass sie hier wegmusste. Dann traf Jacob zusammen mit Karl in die Hütte ein. Der Mann packte einen kleinen Beutel mit Münzen und sein Werkzeug in seinen Beutel, dann setzten sie sich alle an den Tisch. Es blieb noch eine Nacht, dann würden sich ihre Wege für immer trennen. Karl und Gertrut würden die Hütte für sich und ihre Kinder alleine haben.

In dieser Nacht wurde es spät, bevor alle in ihre Betten kamen und der Morgen kam auch viel schneller, als es Minna erwartet hatte. Die Frau richtete ihre Sachen, legte sich den Dolch am Gürtel um, hüllte sich in ihren Mantel und nahm das Kind darunter. Dann hängte sie sich einen der Beutel um und trat aus der Hütte ins Freie hinaus. Jacob folgte ihr und beide nickten sich zu. Sie verabschiedeten sich von ihren Freunden, dann gingen sie zum Hünerdorfer Tor und betraten die Stadt. Das Haus von Heinrich würdigten sie keines Blickes und auch das Rathaus passierten sie. Schließlich verließen sie die Stadt durch das andere Tor.

Nach Süden würde sie ihr Weg führen. Zurück blickte keiner von ihnen. Dort lag nur Gewalt und Hass und davor wollten sie sich in Zukunft schützen. Jacob gab ihr einen Kuss, dann schritten sie schnell aus. Der Weg war noch weit und es war immer noch ein bisschen Winter. Minna zog den Mantel schützend um das Kind. Sein Lachen trieb sie vorwärts.

ENDE

Aus dunkler Zeit...

iese Geschichte hat einen realen Hintergrund. Viele der Gestalten dieser Geschichte haben wirklich gelebt. Grete, Heinrich und Bürgermeister Asseburg sind historisch verbürgt. Auch Moritz Winsel, Antonius Meilahn und Martin Emmert hat es wirklich gegeben. Der namenlose Vierhirte aus Apenburg, bei dem Grete untergekommen war, hat in meiner Geschichte den Namen Hans bekommen. Die Gestalten von Jacob und Minna sind jedoch erfunden, könnten aber so gelebt und gehandelt haben, wie es hier beschrieben ist.

Doch zurück zur Geschichte der Margarete von Minden.

Die von Heinrich von Minden und dem Rat der Stadt Tangermünde gestreuten Gerüchte und Unwahrheiten sorgten dafür, dass noch mehr als zweihundert Jahre später jeder Einwohner von Tangermünde davon überzeugt war, dass Grete Minde den Brand im Jahre 1617 aus Rache gelegt hatte. Erst im Jahr 1883 fand der Jurist Ludolf Parisius Unstimmigkeiten in den Gerichtsakten. Nach seiner Einschätzung war das Urteil gegen Grete ein Justizmord, um die Bevölkerung ruhig zu stellen und gleichzeitig Grete loszuwerden, da diese immer mehr zum Ärgernis für den Rat und die Familie von Minden wurde.

Für uns heute ist besonders die Grausamkeit des Urteils bezeichnend und es schien auch für die damalige Zeit ungewöhnlich hart gewesen zu sein. Erst lange nach ihrem Tod wurde Grete rehabilitiert. Was aus ihrem, bei ihrem Tode zweijährigen, Sohn wurde, das ist nicht überliefert. Er verschwindet einfach in der

Dunkelheit der Geschichte. Aber sollte er die folgenden Grausam-
keiten des dreißigjährigen Krieges überlebt haben, so könnten vielleicht seine Nachfahren heute noch leben. Und eventuell liest einer
oder eine davon diese Geschichte.

Zeitliche Einordnung der Handlung:

5800 Steinzeit

Anfang des Buches „Schicha und der Clan des Bären"

Ende des Buches „Schicha und der Clan des Bären"

5500 Steinzeit

400 –

387 die Kelten fallen in Rom ein

300 –

218 der karthagische Feldherr Hannibal überquert die Alpen

200 –

100 –

73 Flucht von Spartacus aus der Gladiatorenschule in Capua

71 Tod von Spartacus und Ende des Sklavenaufstandes

55 Expedition Caesars nach Britannien

44, 15. März, Kaiser Caesar wird in Rom ermordet

0 –

0 Anfang des Buches „**Die Rache der Barbarin**"

9 Niederlage des Feldherrn Varus gegen die Cherusker unter Arminius

10 Ende des Buches „**Die Rache der Barbarin**"

34 Anfang des Buches „**Das Schwert des Gladiators**"

43 Beginn der Eroberung Südbritanniens

50 Colonia (heute Köln) wird zur Stadt erhoben

54 Nero wird römischer Kaiser

54 Anfang des Buches „**Die römische Münze**"

56 Ende des Buches „**Das Schwert des Gladiators**"

407 die Vandalen und andere germanische Stämme ziehen plündernd durch Gallien

409 Weiterzug der Vandalen und Alanen nach Spanien

410, Ende August, Eroberung Roms durch die Westgoten

429 die Vandalen und Alanen setzen unter Geiserich von Spanien nach Afrika über

439 die Stadt Karthago fällt an die Vandalen

451 Feldzug des Hunnen Attila nach Gallien

452 die Hunnen fallen in Italien ein, ziehen sich aber bald wieder zurück

453 nach Attilas Tod zerbricht das Hunnenreich

455 Plünderung Roms durch die Vandalen unter Geiserich

500 –

700 –

764 Anfang des Buches „**In den finsteren Wäldern Sachsens**"

772, im Sommer, Zerstörung der Irminsul

772 Anfang der Sachsenkriege Karls des Großen

782 Blutgericht von Verden (Aller)

783, im Sommer, Gefechte mit Beteiligung sächsischer Frauen

785 Taufe Widukinds in der Königspfalz Attigny

787 die ersten Überfälle der Nordmänner auf Westeuropa finden statt

790 Überfälle der Nordmänner auf Schottland und Irland

792 letzte größere Erhebungen der Sachsen gegen die Franken

792 Zwangsdeportationen der Sachsen und Neuvergabe von sächsischem Land an fränkische Siedler

793 Überfall und Plünderung des Klosters Lindisfarne durch Nordmänner

795 Überfall von Wikingern auf das Kloster Iona in Irland

799 Beginn der Wikingerüberfälle auf das Frankenreich

796 Karls Belehrung durch seinen Berater Alkuin

797 mit dem Capitulare Saxonicum wurden die Sondergesetze gegen die Sachsen gelockert

800 –

800 Kaiserkrönung Karls des Großen

800 König Godfred von Dänemark gerät im kriegerische Konflikte mit Karl dem Großen

800 erste nordische Siedler treffen auf den Färöern und auf Island ein

800 unzählige Angriffe der Nordmänner auf die sächsischen Küsten

802 das sächsische Volksrecht (Lex Saxonum) wird verabschiedet

802 Ende des Buches „**In den finsteren Wäldern Sachsens**"

804 Ende der Sachsenkriege

805 Anfang des Buches „**Westwärts auf Drachenbooten**"

810 dänische Wikinger greifen wiederholt die friesische Küste an

814 Tod Karls des Großen

825 Ende des Buches „**Westwärts auf Drachenbooten**"

840 erste Überwinterung der Wikinger im Frankenreich

840 norwegische Nordmänner überfallen Irland und gründen Dublin

844 Überfälle der Nordmänner auf Spanien

845 Plünderungen von Hamburg und Paris durch die Wikinger

858 schwedische Wikinger gründen Kiew

889 Wanzleben wird erstmals als Haufendorf erwähnt

900 –

913 Herzog Heinrich von Sachsen stellt ein Ungarisches Heer bei Merseburg

926 Heinrich handelt mit den Ungarn einen zehnjährigen Waffenstillstand für Sachsen aus

937 Otto I. der Große, gründete das St.-Mauritius-Kloster in Magdeburg

938 die Ungarn ziehen erneut gegen die Sachsen

952 Anfang des Buches „**Der Gefolgsmann des Königs**"

955, 10. August, Schlacht gegen die Ungarn auf dem Lechfeld bei Augsburg

955 Otto beginnt einen großen Neubau des Doms zu Magdeburg

962, 2. Februar, Krönung Ottos zum Kaiser

968 Beginn des Baues der Burg Wanzleben

980 Ende des Buches „**Der Gefolgsmann des Königs**"

1000 –

1100 –

1142 Heinrich der Löwe wird Herzog von Sachsen

1143 Gründung Lübecks, der ersten deutschen Ostseestadt

1147 Anfang des Buches „**Im Zeichen des Löwen**"

1147 Wendenkreuzzug, dauert als Kreuzzug drei Monate

1152 Königskrönung von Friedrich Barbarossa in Aachen

1155 Kaiserkrönung Friedrich Barbarossas in Rom

1156 Besiedlungszug in Lommatzsch

1157 Gründung des deutschen Kaufmannsbundes

1159 Wiederaufbau Lübecks

1160 Anfang des Buches „**Kaperfahrt gegen die Hanse**"

1160 der slawische Burgwall Dobin, liegt am Schweriner See, wird zerstört

1160 Lübeck erhält das Soester Stadtrecht

1160 Gründung der Kaufmannshanse

1161 Vermittlung eines Handelsprivilegs an die Stadt Lübeck durch Heinrich den Löwen

1161 Gründung der Gotländischen Genossenschaft, als Vorstufe der Hanse

1162 Kloster Altzella, bei Nossen, wird gegründet

1163 Ende des Buches „**Im Zeichen des Löwen**"

1180 Heinrich verliert das Herzogtum Sachsen

1200 –

1200 Gründung des Petershofes in Novgorod als Außenstelle der Hanse

1200 Ende des Buches „**Kaperfahrt gegen die Hanse**"

1210 Anfang des Buches „**Die Sklavin des Sarazenen**"

1212 Kinderkreuzzug mit Ziel Jerusalem

1212 Friedrich II. wird König

1217 bis 1221 Fünfter Kreuzzug, Kreuzzug von Damiette in Ägypten

1220 Ende des Buches „**Die Sklavin des Sarazenen**"

1250 Anfang der Blütezeit der Städtehanse

1300 –

1307, 13. Oktober, Zerschlagung des Templerordens und Verhaftung aller Templer

1315 Beginn einer Hungersnot, die als „Der große Hunger" in zwei Jahren mit sintflutartigen Regenfällen, sehr kalten Wintern und vielen Überschwemmungen Millionen Menschen in Europa dahinrafft

1321 Anfang des Buches „**Frauenwege und Hexenpfade**"

1337 der hundertjährige Krieg zwischen England und Frankreich beginnt

1337 Ende des Buches „**Frauenwege und Hexenpfade**"

1340 der englische König Eduard III. fällt mit seinem Heer in Frankreich ein

1346 in der Schlacht von Crécy schlagen 8.000 englische Langbogenschützen die verbündeten europäischen und französischen Ritter vernichtend

1347 die Beulenpest erreicht die europäischen Häfen am Mittelmeer und breitete sich schnell überall aus

1356 mit der goldenen Bulle wird erstmalig festgeschrieben, dass der deutsche König durch Mehrheitswahl von sieben Kurfürsten bestimmt wird

1400 –

1431, 30. Mai, Jeanne d'Arc, die Jungfrau von Orléans, stirbt in Rouen auf dem Scheiterhaufen

1440 Johannes Gutenberg erfindet den Buchdruck mit beweglichen Lettern

1452, 15. April, Leonardo da Vinci wird in Anchiano bei Vinci geboren

1479 Anfang des Buches „**Nur ein Hexenleben…**"

1482 Johann Tetzel beginnt sein Theologiestudium in Leipzig

1486 der Dominikaner Heinrich Kramer veröffentlicht sein Traktat „Der Hexenhammer", lateinisch „Malleus Maleficarum"

1487 Ende des Buches „**Nur ein Hexenleben…**"

1492 Christoph Kolumbus erreicht die großen Antillen und entdeckt damit Amerika

1498 Vasco da Gama erreicht an Bord seiner Nau auf dem Seeweg um Afrika herum Indien

1500 –

1504 Johann Tetzel beginnt seine Tätigkeit im Ablasshandel

1517 Anfang des Buches „**Die Bruderschaft des Regenbogens**"

1517, 31. Oktober, Luther verkündet seine Thesen in Wittenberg

1518 Müntzer und Luther sind in Wittenberg

1520 Müntzer predigt in Zwickau

1522 das „Neue Testament" erscheint auf Deutsch

1523, zu Ostern, Katharina von Boras Flucht aus dem Kloster

1524 Bauern- und Handwerkeraufstände in Sachsen

1525, 15. Mai, Schlacht bei Bad Frankenhausen

1525, 27. Mai, Müntzer wird in Mühlhausen enthauptet

1525, 27. Juni, Heirat Luthers mit Katharina von Bora

1525, im Dezember, Kloster Buch wird geschlossen

1526 Niederschlagung der letzten Bauernaufstände

1527 Ende des Buches „**Die Bruderschaft des Regenbogens**"

1530 Reichstag zu Augsburg beschließt die Duldung des Evangelischen Glaubens

1534 die gesamte Bibel ist nun auf Deutsch

1600 –

1612 Anfang des Buches „**Im Feuersturm**"

1617, 13. September, ein Stadtbrand verwüstet weite Teile Tangermündes

1618, 23. Mai, Fenstersturz zu Prag

1618 Anfang des dreißigjährigen Krieges

1619, 22. März, Grete Minde stirbt in Tangermünde auf dem Scheiterhaufen

1619 Ende des Buches **„Im Feuersturm"**

1620, 08. November, Schlacht am Weißen Berg bei Prag

1630 Anfang des Buches **„Im Schein der Hexenfeuer"**

1631 Eintritt Sachsens in den dreißigjährigen Krieg

1631, 10. Mai, Verwüstung der Stadt Magdeburg durch kaiserliche Truppen

1631 Anfang des Buches **„Die Räubermühle"**

1632 die Pest wütet in Sachsen

1632, 16. November, Schlacht bei Lützen

1634, 25. Februar, Albrecht von Wallenstein wird in Eger ermordet

1634 Ende des Buches **„Die Räubermühle"**

1639 schwedische Truppen brennen Dresden teilweise nieder

1641 nochmalige Zerstörung Dresdens durch die Schweden

1648 der „Westfälischer Friede" wird geschlossen

1648, 24. Oktober, Ende des dreißigjährigen Krieges

1650 Ende des Buches **„Im Schein der Hexenfeuer"**

1694 Friedrich August I. wird unerwartet neuer Herzog und Kurfürst von Sachsen

1697, 15. September, Friedrich August I. wird in Krakau zum polnischen König gekrönt

1700 –

1710 Anfang des Buches **„Anna und der Kurfürst"**

1712 Thomas Newcomen konstruiert die erste verwendbare Dampfmaschine

1715 Ende der „Kleinen Eiszeit", einer Periode relativ kühlen Klimas mit besonders kalten Zeitabschnitten seit 1675

1715 Ende des Buches „**Anna und der Kurfürst**"

1756 bis 1763 der Siebenjährige Krieg tobt in Mitteleuropa

1776 Gründung der Vereinigten Staaten von Amerika mit der Unabhängig-keitserklärung

1789, 14. Juli, Beginn der französischen Revolution in Paris

1793 Beginn des Interventionskriegs gegen Napoleon, an dem auch Sachsen teilnahm

1794 die Gesellen streiken in Dresden

1796 der Interventionskrieg endet mit einer Niederlage für die preußischen, österreichischen und sächsischen Verbündeten

1800 –

1800 Anfang des Buches „**Der russische Dolch**"

1806 Preußen und Russland verbünden sich gegen Napoleon. Sachsen schließt sich ihnen an

1806 Krieg der Verbündeten gegen Napoleon

1806, 14. Oktober, Schlacht bei Jena und Auerstedt, die Verbündeten werden von Napoleon vernichtend geschlagen

1806, 20. Dezember, das Kurfürstentum Sachsen tritt dem Rheinbund bei und wird durch Napoleon zum Königreich

1812 von Sachsen aus beginnt der Feldzug gegen Russland. Sachsen ist mit 21.000 Mann daran beteiligt

1812, 23. Juni, Napoleon überquert mit seinem Heer die Mehmel

1812, 17. August, Schlacht um Smolensk

1812, 7. September, Schlacht von Borodino

1812, 14. September, Napoleon rückt in Moskau ein

1812, 13. Oktober, Napoleon beschließt den Rückzug

1812, 3. November, Schlacht bei Wjasma.

1812, 26. bis 28. November, Schlacht an der Beresina

1812, 14. Dezember, Kaiser Napoleon macht, seinen Truppen auf dem Rückzug aus Russland vorauseilend, in Dresden Station

1813, 2. Mai, Schlacht bei Großgörschen, Sieg Napoleons gegen Russen und Preußen

1813, 20. und 21. Mai, Schlacht bei Bautzen, weiterer Sieg Napoleons gegen Russen und Preußen

1813, 26. und 27. August, Schlacht bei Dresden, Napoleon errang seinen letzten Sieg auf deutschem Boden

1813, 16. bis 19. Oktober, Die Völkerschlacht bei Leipzig brachte Napoleon eine verheerende Niederlage. Die sächsischen Truppen liefen zu den russischen und preußischen Truppen über

1813, 11. November, die belagerte Festungsstadt Dresden kapituliert

1815, 18. Juni, Schlacht bei Waterloo

1815 Ende des Buches „**Der russische Dolch**"

1900 –

Von Uwe Goeritz ebenfalls beim Verlag BoD erschienen (BoD – Books on Demand, Norderstedt, nähere Informationen finden Sie unter www.BoD.de)

„Schicha und der Clan des Bären" die ISBN lautet 978-3-7386-0262-3

108 Seiten für 7,90 Euro

„In den finsteren Wäldern Sachsens" die ISBN lautet 978-3-7357-7982-3

108 Seiten für 7,90 Euro

„Der Gefolgsmann des Königs" die ISBN lautet: 978-3-7357-2281-2

116 Seiten für 7,90 Euro

„Im Zeichen des Löwen" die ISBN lautet: 978-3-7347-5911-6

116 Seiten für 7,90 Euro

„Kaperfahrt gegen die Hanse" die ISBN lautet: 978-3-7386-2392-5

108 Seiten für 7,90 Euro

„Die Bruderschaft des Regenbogens"
die ISBN lautet: 978-3-7386-5136-2

112 Seiten für 7,90 Euro

„Im Schein der Hexenfeuer" die ISBN lautet: 978-3-7347-7925-1

112 Seiten für 7,90 Euro

„Die Räubermühle" die ISBN lautet: 978-3-8482-0893-7

112 Seiten für 7,90 Euro

„Der russische Dolch" die ISBN lautet: 978-3-7412-3828-4

116 Seiten für 7,90 Euro

„Das Schwert des Gladiators" die ISBN lautet: 978-3-7412-9042-8

116 Seiten für 7,90 Euro

„Frauenwege und Hexenpfade" die ISBN lautet: 978-3-7448-3364-6

116 Seiten für 7,90 Euro

„Die Sklavin des Sarazenen" die ISBN lautet: 978-3-7448-5151-0

308 Seiten für 9,90 Euro

„Die Tochter aus dem Wald" die ISBN lautet: 978-3-7448-9330-5

116 Seiten für 7,90 Euro

„Anna und der Kurfürst" die ISBN lautet: 978-3-7448-8200-2

312 Seiten für 9,90 Euro

„Westwärts auf Drachenbooten" die ISBN lautet: 978-3-7460-7871-7

120 Seiten für 7,90 Euro

„Nur ein Hexenleben ..." die ISBN lautet: 978-3-7460-7399-6

312 Seiten für 9,90 Euro

„Sturm über den Stämmen" die ISBN lautet: 978-3-7528-7710-6

124 Seiten für 7,90 Euro

„Die Rache der Barbarin" die ISBN lautet: 978-3-7528-4103-9

128 Seiten für 7,90 Euro

Aktuelle Informationen und Neuerscheinungen finden sie immer im Internet unter:

www.Goeritz-Netz.de